春濃花開

上

禾晏 著

風文創 074

目錄

金陵【四木家】人物關係表

【梅家】

- 梅海泉
- 夫人 吳氏
  - 長子 梅書遠
  - 次子 梅書達
  - 長女 梅蓮英（已死）

【楊家】

- 楊母
  - 楊崢
  - 夫人 柳氏
  - 姨娘 鄭氏
    - 長子 楊昊之
    - 長媳 梅蓮英（已死）
      - 長孫 楊林珍
    - 次子 楊景之
    - 次媳 柯穎鸞
    - 長女 楊蕙蘭
    - 次女 楊蕙菊
    - 三子 楊晟之（庶出）

【柳家】

夫人 孫氏
柳壽峰
姨娘 周氏
姨娘 花氏

長子 柳禛
長媳 張紫菱
長女 柳婧玉（入宮）
次女 柳娟玉
四女 柳妍玉
次子 柳祥（庶出）
三女 柳姝玉（庶出）
五女 柳婉玉（庶出）

【柯家】

夫人 馮氏
柯旭
姨娘 袁氏

長子 柯琿
長媳 柳娟玉
次子 柯瑞
長女 柯穎鸞
次女 柯穎思（庶出）

序言

這本小說緣起十分簡單。

彼時我剛寫完一本武俠小說，在刀光劍影的熱血江湖之後，想寫個格局不要太大，但是精緻一些的小說換換口味，當時桌上正正好好擺著一本《紅樓夢》，於是就決定：唔，就是它了，寫個紅樓味道的世俗小說吧。

扯了一張紙，草草出了大綱就動筆了。知道自己有越寫格局鋪得越大的毛病，所以這一回，小心翼翼的控制劇情發展，只把焦點集中在梅、楊兩家，居然寫起來也有滋味，不知不覺扯了四十多萬字。

這本小說曾經參加網路小說比賽獲獎，獲得同組最高票數，可惜因為種種原因沒有出簡體版。但在完結一年之後，臺灣的狗屋出版社要出繁體版，倒真是一個意外的驚喜了。

希望臺灣的讀者朋友們能夠喜歡它，謝謝。

^_^~~

第一回　紅芍藥聞聽大家族　梅蓮英魂還深宅門

盛夏，蟬兒在樹上狂鳴，荷塘間微風陣陣，擺動碧葉，傳來陣陣荷香。紅芍托著一碗藥，穿了荷塘邊的抄手遊廊直走到浣芳齋，入內室掀開簾子一看，只見柳婉玉躺在床上雙目緊閉，面色慘白。夏婆子正坐在繡墩子上，頭靠著床欄打盹。

紅芍將藥碗放在床邊梅花几子上，拍了拍夏婆子的肩，夏婆子猛一醒過來，看見紅芍，用手搓搓臉輕聲道：「天太燥熱，守著守著就犯了睏了。」

紅芍道：「夏嬤嬤幫我一把。」說完去扶柳婉玉的頭。夏婆子忙過來將婉玉上半身扶起，紅芍將藥一勺一勺灌進柳婉玉口中，又用帕子給她擦了嘴。

夏婆子將柳婉玉放躺下來，看著那張桃花面，坐在床邊嘆了口氣道：「婉姐兒長得冰雪可愛模樣，可是氣性太大，好端端的投什麼湖，幸虧死活給救回來了，但鬧那麼一齣，姑娘怕以後難做人了。」

紅芍拿了針線笸籮出來，坐在夏婆子身邊，對床上一努嘴低聲道：「就這位小祖宗，難做人的事兒還少嗎？也不怕添這一樁。」

夏婆子忙掩了紅芍的口道：「沒輕沒重的東西，亂嚼舌頭，若是讓太太知道，仔細妳的皮！」

紅芍也知自己說話衝撞了，哼一聲低頭做起針線來。

夏婆子靜了半晌，忽然道：「聽說了沒？昨日還有個人墮湖，竟是楊府的大奶奶梅氏！聽說是不小心滑到湖裡去的，救上來的時候人已經斷了氣。梅府那邊炸了營，梅家老爺帶著人就趕去了，梅家太太哭暈了頭，兩家正商議著如何辦這層白事。」

紅芍繡著一朵菊花，聽夏婆子說得鄭重，便抬起頭道：「這梅氏墮湖難道是什麼了不起的新聞？楊府又是什麼來歷？」

夏婆子失笑道：「我竟忘了，妳剛從外省買過來，不知道我們金陵的事情。我且說與妳聽，這金陵城中有四個大戶，梅、楊、柳、柯，人稱『金陵四木家』，咱們柳家便位列其中。」

紅芍忙道：「夏嬤嬤，妳快將梅家和楊家的事說與我聽聽。」

夏婆子道：「『四木家』中梅家因是詩書傳家，故排名為首。梅家祖上三代做官，傳到這一輩，老爺梅海泉是此地巡撫，二品大員，自是顯赫風光。膝下有兩子一女，大兒子梅書遠金榜高中，入了翰林院，做了京官；二兒子梅書達年紀雖小亦是個秀才。梅家大小姐閨名喚作蓮英，是個知書達禮的大家閨秀，長相卻平庸，這也罷了，竟天生是個瘸子。四年前配與了楊府大少爺楊昊之。那楊大官人真個兒一副好相貌，英俊倜儻的，早年頗惹了些風流債的。這梅蓮英過門第二年便生了個大胖小子，有娘家撐腰，又得了兒子，在楊家哪個不讓她三分？」

紅芍嘆道：「真真兒是這梅蓮英的造化！雖生得殘廢，長得亦不漂亮，但娘家聲勢顯赫，還嫁了個如意郎君。」

夏婆子道：「誰說不是，只可惜命薄，無福消受，竟掉進荷塘死了。」說到此處，誰都沒留意婉玉悄悄側過臉對著牆，眼淚順著眼角靜靜滑了下來。

那夏婆子接著道：「這楊家來歷亦不簡單，祖上便是皇商，慣做絲綢生意，自是闊綽，金銀珠寶享受不盡。楊老爺子前年病死，楊老太太健在，二人只有一個兒子喚作楊崢，娶了婉姐兒的姑姑柳氏，育有三子兩女。大兒子楊昊之跟著楊崢做了商賈；二兒子楊景之，聽說是個怯懦性子，媳婦兒是柯家大小姐，閨名喚作穎鸞，精明強悍，玲瓏八面，過門後一無所出，卻不讓楊景之納妾，去年楊老太太發話，把身邊一個大丫鬟配給了楊景之，開了臉做了姨娘。柯氏明裡頭未說什麼，到年底那小妾便不明不白死了，可見她手段厲害了。」

紅芍聽到此處，因自己也是個丫鬟，不由兔死狐悲嘆了一聲。夏婆子道：「這楊家老三楊晟之卻是個頂不起眼的庶子，在家裡唯唯諾諾的。一心想走仕途，讀書讀得一股書呆子傻氣；這楊家的大女兒楊蕙蘭嫁了外省大戶，二女兒楊蕙菊還待字閨中，但已和梅家小兒子訂了親。」

紅芍道：「這兩家倒是親上加親了。」

夏婆子道：「可不是，那梅家的小兒子也是個文武雙全的俊俏兒郎，且前程遠大得很，楊家是要死死抱住梅家這棵大樹了。」

婉玉心中冷笑，腦中思緒紛紛，藥力上湧，不由昏沈沈睡了。迷迷糊糊間作了一個夢，夢裡她還年幼，不過六、七歲光景，一日在書房對著爹爹將四書五經背得滾瓜爛熟，她爹爹喜得將她舉起來道：「此等聰慧，男子亦不及也！」說罷又面帶疼惜，摸著她的頭憐愛道：「可惜是個女兒家，若是男子，有這般學識，又何懼身殘？」

夢又轉變，轉眼間她長到十五歲。在家中後園子裡看書，忽而一陣風起，將她放在石桌上的幾張花箋吹遠，直吹到一雙青皂靴旁，那人俯身將花箋拾起，看了一遍，而後含笑望著她道：「這是姑娘做的文章？真是好文采。」她抬眼望去，那男子十六、七歲年紀，長身玉立，身穿雪青色長衫，風度翩翩。她素來深居簡出，幾乎不怎麼見人，如今被這樣清俊的人物一讚，臉兒瞬間紅了，低著頭。她素性淡然，但此刻不知怎的，心裡頭突然因為自己是瘸子而難堪羞愧起來。

過了幾日，她娘親拉著她的手兒笑道：「我兒好福分，楊家派人來提親了！那楊家大公子妳幾天之前在園子裡碰見過，斯文儒雅的。我原本想著多備嫁妝把妳嫁給個家世清白的讀書人家便好，誰想還能結到這樣一門親，那楊昊之說，他就仰慕妳的文章錦繡、滿腹詩書……阿彌陀佛，看著妳出嫁，我也便知足了……」

她爹爹卻皺著眉道：「那楊昊之風流自賞，他的事情我是有所耳聞的。我怕他此番攀親不過看上咱們家世，英兒嫁過去受苦。」她垂下眼，心中酸楚，只覺若是能嫁如斯俊偉丈夫，即便是憑藉家世也無有不可。

夢境之中轉眼間又過了一年。她懷了孩子，夫君恐她寂寞，便將她從小的玩伴柯穎思接到楊府小住，陪她說話。她因著自小殘疾，故而身邊沒什麼夥伴，唯有柯家的二小姐柯穎思自小陪著她一同說話，做做針線。如今柯穎思的姊姊又成了府裡的二奶奶，與她成了妯娌，於是二人走動便越發頻繁了。這一日她將下人打發了，一個人清清靜靜的去書房看書，不多時便聽外間傳來推門聲和腳步聲響。只聽她夫君楊昊之的聲音道：「有話就這兒說吧，這裡素來清靜無人。」

柯穎思聲音尖銳道：「楊昊之，我今日便要問你個痛快話兒！總說讓我等，這如今要等到什麼時候？爹爹已經給我定了王家那門親，可……可我早就把清白給了你了！你個挨千刀的陳世美，你說，這可怎麼辦？」之後便是嚶嚶哭泣之聲。一席話，直將她劈得五雷轟頂，整個人僵直成石頭一般。

楊昊之溫言軟語道：「思妹妹，妳我二人青梅竹馬，是從小的情分，我對妳的心妳還不知道嗎？只是爹爹的意思，我不得不娶了梅蓮英，如今她又有了孩子，在這節骨眼上，妳我之事我自是不好提出來，妳且等上一等吧！」

柯穎思哭道：「我雖是個庶出的，但好歹也是個大家小姐，如今都願意忍氣吞聲的給你做二房，你又擺什麼架子、拿什麼喬？那梅蓮英不過托生得好，鑽進了大戶人家的正妻肚子，論相貌、身段、女紅手藝，在這一輩的女孩兒裡我也算是個尖兒，她一個瘸子哪一點強過我來著？昊哥兒，我對你一片癡心，你萬不能負了我！」

楊昊之柔情款款道：「思妹妹，我若負妳便死無葬身之地，但眼下不是好時機，妳且再等上一等吧。」

屋外男女柔情密意，她縮在牆角裡手足俱冷。成親以來，夫妻二人相敬如賓，好似待客一般，她本以為夫君素性淡薄，原來……自己夫君一腔的柔情已盡數給了別人！若是早知道他有了心尖兒上的人，她斷不會答應提親！

她怔怔坐了良久，原先她偷看過幾本才子佳人的話本，看罷曾癡想著與有情郎君長相廝守。原來，才子早就有了佳人，兩人之間自有愛恨糾葛，她只是多餘人罷了。忽然腹中劇痛，她捂著肚子，死死咬著嘴唇，竟一直忍到那對男女離去才搖著輪椅出門。她受此番刺激，孩子未足月便生了出來。楊家見是個男孩兒，全府上下不由喜氣盈腮，給她道喜的絡繹不絕。她臉上笑著，心裡卻是苦的。

她的夫君每日都來探望她，只坐一坐就走。柯穎思得了風寒，他卻一日之間探望五、六回。她知道夫君來坐上一坐俱是為了表面工夫，或許也因為心中可憐她——這一切只不過是她任性，無自知之明，妄想了檀郎佳偶，有此般下場也活該自作自受。

然而她又作妄想，現如今不如便裝傻，蒙混過關，只作不知道那檔子情事。孩兒都有了她又能如何？況且那夫君是她心心繫繫的人兒，她只要一心體貼，即便是顆石頭，揣在懷裡也能捂熱了，更何況人非草木孰能無情？自己又是他的結髮之妻，明媒正娶進來的，日子一長，夫君會念及她的好處，回心轉意與她相守吧?!

夢境又變了變，似乎又回到了昨日。她心緒憂悶，在府裡荷塘邊閒坐，命丫鬟去給她端壺茶來。就這片刻的工夫，背後忽有一雙手將她直直推入荷塘之中！她腿不能動，只胳膊撲騰兩下，看見柯穎思臉色煞白的站在湖邊，心中頓時雪亮，嗆了水連救命都來不及喊一聲便沈入湖底。恍忽間身子越來越輕，竟飄到湖面上頭。只見楊昊之匆匆而來，對著柯穎思滿面通紅道：「妳瘋了！人都掉下去了還不趕緊喊人！」說著便要縱身而入，柯穎思忙扯住他的衣袖道：「昊哥，你萬不能救她！她知道是我將她推入湖的，若是將她救活，我便要見官了！」

楊昊之登時呆住，跺腳道：「妳這是……妳這是為什麼啊?!」

柯穎思哭道：「還不是為了咱們！我今日上午特地來求她，說我已懷了你的骨肉，求她讓我進門做個二房。我跪了半日，她連眼皮都沒抬一下……那瘸子娘家勢力大，她不讓我進門，我們家和楊家是萬不敢得罪她的，我又是個庶出……昊哥，我真沒辦法了，我已為了你打了兩胎，大夫說這胎再打了，今後便懷不上孩子了！」

楊昊之一沈吟，咬著牙跺腳道：「莫叫旁人瞧見，妳快隨我走吧！」說完扯了柯穎思的手忙不迭的逃了。

她心中又哀又痛又恨，直想衝過去拽著那對男女陪葬。四年的夫妻恩情、十幾年的朋友情誼，竟就這般下了殺手。她飄在荷塘邊欲哭而無淚，天上彤雲密佈，雷聲大作，忽而驚天一道霹雷打下來，她便什麼都不知了。

再醒來，她從梅蓮英變成了柳家小妾之女柳婉玉。

她滿面淚水的睜開雙眼，十幾年的愛恨一晃而過，再回憶恍若隔世一般，真好似長長的作了一場夢。

紅芍和夏婆子絮絮說了半晌，忽聽門外傳來一陣說笑聲，兩人忙止住話頭，只見門被推開，七、八個丫鬟簇擁著五個女子走進來，為首的是個二十出頭的年輕婦人，眉眼清秀，高䠷身材，頭綰金鳳釵，身穿墨綠纏枝桃花刺繡鑲領粉綠短襦，同色長裙，手捏一條藍色宮紗帕子，品格大器。這幾個人一走入，立時便把屋子擠得滿滿當當。夏婆子和紅芍趕緊起身，滿面堆笑道：「大奶奶、姑娘們好。」

那婦人道：「婉姑娘的病怎樣了？」

紅芍忙道：「剛餵姑娘吃過藥，現如今還睡著。」婦人聽著屋中鶯鶯燕燕雜亂，便讓丫鬟出去等候，自己則坐到床邊，伸手摸摸婉玉的臉，嘆道：「婉姐兒作著夢怎的就哭了？唉，這孩子，想來也是心裡委屈。」說著拿帕子給婉玉拭淚。

只聽得有人冷哼道：「她心裡委屈？瑞哥哥心裡說不定還更委屈！聽說被他爹狠狠打了一頓，還關在祠堂裡兩天不給飯吃。分明是她沒羞沒臉，連累了旁人，這會子怎又說她委屈了?!」

此時又有人道：「妍姊姊，妳這話說得不妥，是柯家二公子先辱婉妹妹在先的，若不是他背後說婉妹妹『繡花的枕頭，粗魯悍婦，天下的女子都死絕了也不會娶她』，妹妹又怎麼會一賭氣跳了湖？」

那人爭辯道：「是她巴巴的貼過去，又送鞋又送荷包，瑞哥哥才……」

話音未落，便聽那婦人道：「都少說兩句吧！」屋中頓時靜了下來。

婉玉暗想：「原來如此，這柳婉玉是因著這個緣故才投了湖，世上悲歡皆是因這一個『情』字罷了。」心中默默一嘆，微睜開眼睛，只見屋子裡站了三個姊妹，第一個十六、七歲年紀，鵝蛋臉，杏子目，纖腰盈盈，飄逸清高；第二個十四、五歲，瓜子臉，春水眸，身形婀娜，粉面含嬌；第三個年紀與第二個相仿，修眉俊眼，膚若凝脂，合中身材，帶著一股英氣。三人均是一色海棠紅衣裙，連釵環絹花也俱都相同。這幾個人婉玉原先都是見過的，她微微瞥了一眼，便又閉上了眼睛。

原來這柳家也頗有來歷，祖上曾封過爵，根基在京城。柳老爺柳壽峰入江寧織造局，做了四品員外郎，品級雖不高，卻是個肥缺。夫人孫氏生了大爺柳禛，今年二十五歲，捐官做了同知，娶了京城官宦小姐張氏，閨名喚作紫菱。其妾周氏生了次子柳祥，方才六歲。柳府中有五個小姐，大小姐柳婧玉入宮為嬪；二小姐柳娟玉嫁給了柯府大公子柯琿；三小姐柳妹玉乃是周姨娘所生之女；四小姐柳妍玉是嫡出之女；五小姐柳婉玉也是庶出，母親卻早亡了，她母親花氏原先是個唱越劇的戲子，生得閉月羞花一般，將柳壽峰迷住了，放在外宅養著，直到私出孩子才帶回家做了姨娘。府裡人嘴上不說，但心裡到底看輕幾分。花姨娘死後，孫氏便把婉玉帶在身邊一直教養。

今日這房中被喚作「大奶奶」的婦人便是柳家大兒媳張紫菱，那氣質高潔的是柳姝玉，嬌俏的是柳妍玉，那英氣的女孩是張紫菱的妹妹張紫萱，如今暫住在柳府。

紫菱見婉玉醒了，忙道：「五妹妹醒了？身子哪裡不舒服，頭還疼不疼？」婉玉閉目不語，妍玉冷笑道：「瞧瞧，自己做了丟人的事，如今還跟嫂嫂使上性子了。」此話一出，旁人俱倒抽一口冷氣，眼睛齊唰唰盯著婉玉，等她跳起來衝向妍玉哭鬧時好將她攔住，卻見婉玉靜悄悄的躺在榻上，眉毛都不曾動上一動。人人心中納罕，只道她身上不爽利。

正在此時，只聽門外有丫鬟道：「大奶奶，太太請您過去，說楊府大奶奶沒了，這層白事怎麼隨禮，要您過去商議。」

紫菱道：「知道了。」說罷握了婉玉的手道：「五妹妹放寬心吧，妳如今病著，爹也不會責罰於妳，安心調養身子，若有什麼要的，直接派人跟我說一聲便是。」說罷帶著人散了。

婉玉側過身，眼淚又簌簌滑了下來。

如此這般過了三、四日，婉玉只躺在床上昏昏沈沈，柯家日日派人來問候，送了燕窩、人參等名貴補藥。到了第五日早晨，一個大丫鬟進屋對她道：「姑娘，柯家二爺親自登門給您賠不是，太太命我叫妳去正房。」

婉玉強打精神道：「知道了。」而後起身，命紅芍及小丫頭子打水洗漱淨面。婉玉坐在床上，小丫頭子端了銅盆站在她面前，婉玉等人給她拿毛巾掩住前襟，卻見紅芍垂著眼皮不動，少不得自己將衣襟掩了，用青鹽擦了牙。斜眼一看所用之物不由微微皺眉，原先她還是梅蓮英的時候，每日淨面必用自家製的茉莉皂，那香皂是用茉莉花搗碎配著幾味中藥和珍珠粉製成的，芳香四溢，且滋潤皮膚，而現今用的香皂卻是市面上的常見貨色，用起來不免澀重。婉玉知挑剔不得，便草草洗了臉，接過紅芍遞來的毛巾將臉上的水拭了，換了件月白色的衣裳，站起身走到妝檯跟前。

她自小腿殘，重生為人竟得了具健全的身子，只是她連日來心中苦楚，這層喜悅便被沖淡了不少，這幾日對這身子熟悉了，走起來倒也穩妥。紅芍站在她身後，拿起梳子道：「姑娘想梳什麼頭？」

婉玉道：「簡單些便好，不要太繁複的，也不要插花。」紅芍暗暗稱奇，她這小主人平日裡仗著貌美，最愛扮俏賣嬌，雖沒幾套衣裳，但梳的頭卻是天天變著樣，如今卻像轉了性子。心中納罕，手裡頭卻麻利起來。

婉玉抬頭，只見鏡子中的女孩不過荳蔻年華，兩彎遠山眉，雙目若秋水，紅唇雪膚，榮耀春華，已隱隱有了國色。婉玉看了呆了一呆，暗道：「這柳婉玉倒有個好皮相。」

不多時，紅芍將頭髮梳好了，門外的丫鬟早已等候多時，紅芍道：「白蘋姊姊，我家姑娘已準備停當了。」白蘋道：「姑娘隨我去吧。」說完在前頭引路。

婉玉蓮步輕移緩緩跟在後頭，出了浣芳齋走過抄手遊廊，往西北方穿過一道拱門，旁邊便是下人們住的裙房（注），沿著石子路拐一道彎，便能看到西花牆開的一道角門，進去後繞過福祿壽喜字樣的影壁，一排軒麗的正房就在眼前了。

房門口守著個抱著貓咪的小丫鬟，見婉玉等來了，忙起身到門前挑簾道：「等候姑娘多時了。」

婉玉邁步走了進去，此處正是孫氏常居的休息處，靠窗一處大炕，鋪著雲蟒妝花緞子的大條褥，正面設四合雲地柿蒂窠蟒妝花羅靠背，同色引枕。左右兩旁皆是一溜四張梨花木椅子，搭秋香色椅搭，椅旁的菱花洋漆高几上擺著瓜果茗碗等物。

只見炕上坐兩個婦人，正拉著手親熱的說話兒。東側椅子上坐了個十四、五歲的少年，生得面如冠玉、唇紅齒白，頗為俊俏，好似金童一般。那少年繃著臉端坐，垂著眼皮看都不看婉玉一眼。婉玉飛快打量一遍，認得其中濃眉大眼、長臉高鼻的婦人是柳府夫人孫氏，忙恭敬行禮，垂首而立。

那炕上的另一個婦人忙召喚道：「五姑娘，我的兒，快讓我看看。」婉玉低著頭走過去，手便立刻被人握了，婉玉抬頭一看，那婦人頭戴鳳釵，身穿藕色盤金襦裙，身材微胖，五官端莊，此人正是柯府的夫人馮氏。

這梅、楊、柳、柯並稱「四木家」，柯家排最末一位，因這家只是坐享祖蔭罷了。祖上是開平王的手下大將，後封了爵位，雖不是世襲，但從大明開國起便在金陵扎根，至今仍有朝廷俸祿，自有一方勢力。柯家老爺柯旭，膝下二子二女。大兒子柯琿雖捐了個官，卻鎮日在家賦閒，娶了柳家的二小姐娟玉；次子柯瑞十五歲，已有秀才功名。柯家大女兒柯穎鸞嫁給楊家次子楊景之。二女兒柯穎思是庶出，前年出嫁，成親一年便守了寡。

馮氏拉著婉玉的手連連嘆道：「水靈靈的姑娘，如今清減憔悴多了。」說完眼睛一瞪那兒坐著的柯瑞道：「都是因為你這混帳小子！還不快給你五妹妹賠不是！」

柯瑞心中煩悶至極，不情不願的起身，作揖行禮道：「妹妹我錯了，給妳賠不是了！」

婉玉忙道：「瑞哥哥哪有錯，是我年紀小不懂事，讓太太、夫人平白擔心，牽連瑞哥哥受罰。」

此言一出，四下皆靜。滿屋人都不可思議的盯著婉玉猛瞧。孫氏也不由大訝，瞇著眼打量婉玉幾眼，板著臉道：「既知道自己平素讓人操心，怎還做出這等事情？大家小姐，本就該文文靜靜，端莊賢淑，妳看妳的嫂嫂和幾個姊姊，哪一個像妳鬧了這麼一齣！」

婉玉忙低頭道：「太太別氣，是我錯了。」

馮氏道：「五姑娘身子還沒大好，就莫要訓斥她了。這件事都怨瑞哥兒，幸好沒鑄成大錯。」說完拿出一個赤金彌勒墜子塞到婉玉手中道：「這個物件是請高僧開過光的，保佑五姑娘健健康康，平平安安。」

注：裙房，指與高層建築相連的建築，高度不超過二十四米的附屬建築，亦稱裙樓。

婉玉一迭聲的道謝，退兩步便要行禮，馮氏一把攔了，又一陣噓寒問暖。婉玉一一應答，說太太關心、嫂嫂體貼、姊姊們知疼著熱，下人也辛苦盡力，總之人人俱好，說到最後，孫氏也露出淡淡笑容。

聊了片刻，馮氏帶著柯瑞告辭。孫氏命人相送，而後便坐在炕上靜靜發呆。婉玉站在旁邊，屏聲靜氣的候著，心中暗想：「柳婉玉是個小妾之女，娘親還死了，平素又是個不招人待見的，在這家要處處小心才是。所幸此處還算是個宅門旺族，不至於受凍受餓，還有下人使喚。」

正思索的當兒，孫氏忽然抬起眼皮，看著婉玉不冷不熱道：「婉玉，妳可知道妳給柳家丟盡了臉了？現如今街頭巷尾的誰不在議論咱家的事兒？妳小小年紀就為個男人尋死覓活，將來可怎麼做人？昨個兒老爺還來信，責怪我沒有將妳好好教養，可妳憑良心想想，妳雖不是我親生的，可我待妳一直跟親生女兒一般，吃穿用度哪一點虧了妳了？妳如今鬧到這般田地，讓我……讓我……」說到此處再講不下去，用帕子拭起淚來。

婉玉忙跪下磕頭道：「太太，是我錯了，妳責罰我吧！」

孫氏灑了幾滴淚，一把將婉玉拉起來，拽到身邊語重心長道：「婉兒，我不是怪妳，而是怨我自己。妳在我心裡跟親生的一般，等過兩年必要給妳尋一個好婆家，多備些陪嫁把妳風風光光嫁了……婉兒，柯家二爺那裡妳便死了心吧，人家一則要大戶人家嫡出的女兒，二來馮氏心裡也有了妥帖的人兒。妳如今也不小了，須記著男女大防，今後那些外眷，能不見便不見了吧。」

婉玉低頭道：「太太說的是，往日裡我淘氣，淨惹太太生氣，如今我都改了。」

孫氏道：「我的兒，妳若都改了，不但是妳的造化，也是我的一番造化了！」又跟婉玉說了片刻，方派白蘋將她送走了。看著婉玉的背影，孫氏沈著臉暗思道：「那戲子生的孩子竟突然懂事伶俐起來了，莫非真的是大難不死必有後福？」又想：「不管怎樣，如此這般一鬧，柯家是萬不會再看上她了，柯瑞這般人品本是我給妍兒相中的夫婿，怎能讓那戲子的孽種攪壞了這門好親。」

想到這裡，孫氏心中又嘲笑婉玉一個庶出的女兒竟想嫁入豪門大戶，平頭正臉的做妻，不由輕輕笑了一聲。

第二回　怒柳父痛打假嬌女　苦閨秀急智避災禍

婉玉低首斂眉，緩緩往回走，一路上暗想道：「孫氏是個有手段的，對庶女百般刁難哄騙，不知我那苦命的孩兒今後會怎樣？」又想到柯穎思手段毒辣，不由打個寒顫，握緊拳頭暗道：「老天讓我活下來，從今往後我必要想盡辦法報仇！想方設法護我孩兒周全！橫豎我已是個死過一次的人了，還憐惜自己這條命麼？不讓那對奸夫淫婦血債血償難消我心頭之恨！」想到傷心之處，不由又灑了幾滴淚，怕被人瞧見，忙用衣袖拭了，此時已走到浣芳齋門口，她別了白蘋，掀開門簾靜悄悄走進去，往臥室偷眼一望，只見紅芍和夏婆子正在床上閒話。那夏婆子捧著紅芍繡的百蝶圖讚道：「真真兒一雙巧手，這針線，柳府裡頭誰也趕不上。」

紅芍臉上微帶一絲得色道：「不是我自誇，原先在村裡，我的針線便是最好的。我娘都說，為這一手女紅也不愁找個好婆家，唉，誰想到村裡連年遭災，我便賣給人家當了丫鬟。」

夏婆子安慰道：「進了咱們柳府總算也是入了大戶人家，吃穿不愁。妳又伶俐貌美，再加上這好手藝，總有個出頭之日。」

紅芍冷哼道：「若是跟了妍姑娘、娟姑娘，恐怕我還能攀個高枝兒，跟著這位活祖宗，今後還能有什麼好去處？至多不過配個小廝嫁了，哪能有什麼出頭之日？」

夏婆子嘆道：「柳家幾個姑娘裡，婉姑娘相貌最拔尖兒，人也風流靈巧，只吃虧了一件。小時候她姨娘嬌養溺愛，對她凡事都千依百順，所以落下個盜蹠的性氣。纏足那會兒，因她怕疼哭鬧，太太心一軟竟也就作罷了。」

紅芍冷笑道：「怪不得呢，她把自己當成珍珠寶貝，把別人都當成糞土一般，對丫鬟下人輕罵重打，耍盡了威風。太太因她不是親生的，姨娘又死了，也不好多管教。那女霸王在家裡鬧翻了天，偏偏對那柯家的二爺擺出一副靦覥樣來，如今被逼急了投湖……哼哼，也是報應。」

夏婆子忙道：「紅芍，妳萬不能因為姑娘責罰過妳就說出這等話來。我是伺候姑娘長大的，她娘在世的時候，姑娘也是個懂事的，只是她親娘一撒手，太太怕落人口實，也一味的順從，姑娘的性子就越發野了。」

紅芍賭氣道：「與其伺候她，我還不如跟了姝姑娘，雖性子冷淡孤傲些，可聽說待下人倒是寬厚。」

婉玉暗道：「眾人皆以為是這柳婉玉舉止驕橫跋扈，誰想是孫氏推波助瀾，一味放任，讓這姑娘的名聲越來越壞。姊妹間擠兌她，下人也不順心。剛買來沒調教過的就放在身邊做大丫鬟伺候。除了一個大丫鬟、一個婆子和一個小丫頭子，身邊竟沒有再可用的人了。孫氏真是面慈心毒的好手段！這紅芍模樣生得好，有幾分聰明，但心比天高，胸襟又太淺，這樣的人斷留她不得。」想到此處，婉玉輕輕咳嗽了一聲，屋中頓時一靜。她邁步走進去，垂著眼冷冷淡淡道：「我累了，要歇歇，妳們出去罷。」

紅芍見婉玉走進來，不由驚出一身冷汗，但見婉玉面無異色又不由慶幸，暗想剛才那番話若是讓她聽到，這會子早就拿木棒責打她了。於是心中稍安，手下麻利的伺候婉玉躺下，將帳子放了，輕手輕腳的退了出去。

婉玉見人都走了，便從床上坐了起來，她生性勇毅，此刻已稍微振作。將閨房裡外都看了一遍。屋子並不敞闊，但亦不算狹小，屋中擺設簡單。靠牆是一張雕花木床，床對面設一矮榻，是給丫鬟備的。左面牆邊有一個衣櫃，右邊設一梳妝檯。她走到衣櫃旁，將櫃門拉開，只見裡頭整整齊齊的掛著半櫃子衣裳，隨手翻揀，見雖都是綢緞，但均是半新不舊。她走到妝檯跟前，看妝檯上擺著的胭脂水粉，也不過是平常貨色，將抽屜拉開，見其間只有兩根銀簪、一支赤金的小鳳釵、一個赤金瓔珞圈、一對兒鐲子並兩對兒耳環。抽屜角塞了一個紅色錦囊，打開一看，裡面放了幾塊碎銀和幾串錢。

婉玉知道這是月例，便將東西又放了回去，暗嘆一口氣，自言自語道：「這五姑娘雖占了官宦小姐名號，但也忒窮了些。」想著又往外間看去。這浣芳齋並不大，進屋一個小廳堂，右手方設了個月亮門隔斷，裡面便是臥房了。廳中擺了四把椅子並兩個高方几子，當中靠牆設一橫條案，上面擺了兩只瓷瓶、一套茗碗和兩碟子鮮果。婉玉忍不住搖頭，暗道：「若是個小門小戶的姑娘也就罷了，江寧織造，頭等的肥差，把府邸修得華美，可給自己的女兒竟是這等吃穿用度，真夠寒酸。」

中午時分，兩個婆子送來飯菜，婉玉胃口稍開，用了兩個小饅頭又喝了碗粥。而後又將這屋子細細巡檢了一遍，找出一張紅梅工筆圖，技法雖生澀，但勉強可看，命紅芍將畫掛在廳裡條案上方。讓喚作小葵的小丫頭子將瓷瓶洗了，盛了清水，她親自出去剪了幾枝時鮮花卉插到瓶子中。她又見紗窗已經舊了，便命小葵去找紫菱討了新的碧窗紗，讓幾個婆子糊好。從櫃子裡翻出兩匹有些黴壞了的舊紫紗，叫紅芍把壞了的地方剪了，剩下的當成軟簾掛在月亮門兩側，用鏨銅鈎掛住。最後命人將屋角的梔子花澆了水，挪到條案下方來。這一番收拾，房中頓時生色不少。婉玉仍覺不足，隨口問道：「我這房裡怎連個薰香的鼎爐都沒有？」

紅芍道：「原先有一個金鳳口罌香盒，姑娘生氣摔壞了之後，屋子裡便沒有鼎爐了。」

婉玉一愣，隨後搖了搖頭道：「罷了，這屋裡還有鮮花，有這一脈清香也夠了。」

夏婆子忙道：「我看園子裡還有兩、三盆茉莉，也沒有哪房要，姑娘若喜歡，把那茉莉花搬來放在睡房裡，每夜聞著花香入睡也極好。」

婉玉道：「甚好，快去搬來吧！」

這幾人一番忙碌，房裡已有些模樣了。此時大夫來給婉玉號脈，說她脈象已無大礙，就是憂思過重，開了張強身補氣的方子。婉玉又要了幾味藥材，命人一併取回。又命夏婆子去廚房借石臼和杵。不多時夏婆子回來，問道：「姑娘，妳這是做什麼？」

婉玉道：「我原先聽說旁人家裡的香皂都是自己製的，便將方子問來，一直想做一塊試試。夏嬤嬤，妳去摘幾朵茉莉花過來。」說著將山奈放入石臼中搗碎。

夏婆子摘了一把花，捧了過來。婉玉將藥材均研成細末，又過細目羅，把胰皂拿來對藥材進去攪勻，搓成了團子。夏婆子湊過去一聞，只覺一陣清香，不由讚道：「姑娘，這是什麼方子，妳告訴我，我也製上幾塊。」

婉玉道：「其實簡單得緊。綠豆粉六錢、山奈四錢、白附子四錢、白殭蠶四錢、冰片兩錢、外添上香花，若沒有香花的，麝香也可，共研極細末，過細目羅，再對上胰皂便算製成了。」

夏婆子拉住婉玉的手笑道：「我的姑娘，妳病完怎麼跟換了個人一樣，人也溫柔了，也越發心靈手巧了。」

婉玉心下一嘆，暗道：「我本是梅家大小姐、楊家的大奶奶，何曾住過這樣的房子，用過這樣粗糙的東西？唉，這樣的身分又有誰知道呢？不過就是作了場夢罷了。可他們虧欠我的，我必要加倍討要回來才是！」

正在此時，門簾忽然掀開，婉玉扭頭一瞧，只見個四十多歲的男子走進來，身形高瘦，容貌端正，穿了一襲官衣。夏婆子見了慌忙施禮道：「老爺您來了。」

婉玉見是柳壽峰，忙請他坐下，親自奉茶，垂首站在一旁，立了良久，卻發覺柳壽峰久久不語，餘光一掃，只見他凝望著條案上的紅梅圖出神，原來那圖正是柳婉玉生母所畫。

柳壽峰連日裡公務纏身，今日剛剛回家。一回來便到浣芳齋尋婉玉，心中盛怒。他這小女兒平日裡便驕縱任性，這回又做了如此辱沒家門之事，他這次來本意斥責訓導，但抬頭看見那紅梅圖，心中不由一軟，再見婉玉，只覺這孩兒跟她母親越長越像，厭惡之情立時去了三、四分，可餘怒未消，板著臉道：「虧妳也是我的女兒，仔細妳弄髒了我府裡頭的地方！太太是個面軟心慈的，憐惜妳小小年紀沒了姨娘，妳倒得寸進尺，若不是她攔著，我早就揭了妳的皮！」

婉玉忙直挺挺跪在地上，哭道：「爹爹息怒，婉兒知錯了！」

柳壽峰罵道：「小小年紀就不知羞恥，真是丟盡祖宗的顏面！妳這是自毀前程，這般一鬧，哪家門第清白的敢把妳娶回去做正室？」說著說著怒火上揚，想到這些天裡同僚之間也拿這件事竊竊私語的議論他，他因這庶女受盡了難堪屈辱，憤恨之下，抄起身邊一盞茶便砸到了婉玉身上。

那茶水滾燙，立刻便在婉玉臉上燙出幾個泡。婉玉心中恨極，但知此刻不得不服軟，哭著磕頭道：「爹爹我錯了，你饒了我罷！」

柳壽峰怒道：「饒妳？平日裡飛揚跋扈，任性驕奢，和男子私相授受不知廉恥，讓我也跟著妳丟人現眼，我，我恨不得打死妳個孽障！」說著起身便去拿雞毛撣子，抄起手便劈頭蓋臉打了下來。

婉玉知他怒急，這雞毛撣子打在身上又狠又疼，她一邊哭一邊向後躲去，正在此時，門簾掀開，孫氏衝了進來，一把握住柳壽峰的胳膊，「撲通」跪在地上哭道：「老爺！婉姐兒辱了門風，是我訓導無方，你要打，就打我吧！」

妍玉也跟著走進來，孫氏悄悄丟給妍玉一個眼色，對著茶碗一努嘴，妍玉立刻會意，在旁勸道：「爹爹息怒，妹妹也是一時迷了心。這大熱天的，爹爹別氣壞了身子，要多保重才是。」說著又親自奉茶過來，端在桌上。

柳壽峰越發覺得妍玉懂事，婉玉可憎，冷笑道：「如今誰都別替她求情！事已至此，只能問問柯家，願不願收妳過去給柯瑞做妾！」

婉玉聽罷，忙上前蹭了幾步，一把抱住柳壽峰的腿，淚流滿面道：「爹爹，先前都是我錯了，把我嫁過去做妾，我還不如一頭撞死了，你看我年紀小，就饒了我罷！我以後再也不敢了！」

孫氏母女聽柳壽峰如此一說也一陣心急，孫氏哭道：「老爺，婉姐兒雖不是我親生的，我也當她是自己的孩兒，讓她嫁過去做小，豈不是毀了這孩子？你若這般對她，我倒寧願你將我打死了！」說著抱住婉玉哭道：「我的兒啊，妳都改了吧！」

婉玉淚如雨下，大哭道：「爹爹要是讓我給柯家做妾，還不如打死我，去了陰司裡尋了我姨娘，也好稱了我的心願！」說罷放聲痛哭，這一哭實是連日來累積的含冤憤恨，真真哭得死去活來。婉玉的生母是柳壽峰最寵愛的女子，他聽婉玉這麼一說，眼淚也將要落下。

正鬧得不可開交，紫菱聽聞浣芳齋出事了，忙趕了過來，一看眼前陣仗，趕緊道：「公爹息怒！」上前攙扶孫氏道：「太太別哭了，大熱天的別哭壞身子。」看見婉玉臉上水泡又吩咐妍玉道：「妍姐兒，去尋點兒清涼膏過來！」

婉玉不住哭泣，柳壽峰聽見婉玉叫姨娘，又見她哭得不似人形，臉上一片腫，心裡也是一揪，火氣消了大半。將雞毛撣子一丟道：「罷了罷了！隨這孽障去吧！」說完頭也不回的走了出去。

婉玉猶自痛哭不住，孫氏哭啞了嗓子，身上一時不爽利，說了兩句關切的話，便讓妍玉扶著她回房休息去了。紫菱將婉玉扶起來，看著她的臉道：「乖乖不得了，要馬上把水泡挑了搽藥才是，萬一落下疤可就糟了！」說完拿了笸籮裡的銀針，放在火上烤了，對婉玉道：「五妹妹忍著疼。」說完輕輕將水泡挑破，將水擠出。

婉玉咬緊了牙關，疼得直冒冷汗，只一個勁兒的淌淚，紫菱嘆道：「爹這次動了真怒，但凡妳平日裡懂事些，有點分寸，也不至於鬧到現在這個地步。幸虧只是燙傷，但這印子也要半年多才能消下去了。」

紫萱悄悄走進來，手裡捧了個美人肩瓷瓶，向紫菱道：「姊姊，我把藥取來了，給婉妹妹搽上吧。」說完又對婉玉道：「這藥膏一日三次搽在臉上，每次銅錢大小便夠了，若是用完了，我那兒還有。」

紫菱嗔道：「就知道妳這小耗子趴在附近偷聽！我已經讓妍姐兒去拿藥了，妳又巴巴跑來。」

紫萱笑嘻嘻道：「她？她巴不得讓人家破了相才好，怎麼可能去拿藥呢！」

紫菱瞪紫萱一眼道：「胡說八道，等會兒我撕爛妳的嘴！」說完蘸藥膏搽在婉玉臉上。

婉玉淚又湧出，攥緊拳頭，心中恨道：「若不是那對奸夫淫婦，我又怎會在這裡忍氣吞聲，受這份罪責！」閉目一會兒，又睜開，低聲道：「麻煩嫂嫂和萱姊姊了。」紫萱見她開口說話，便問道：「妳好些了嗎？」婉玉道：「臉上清清涼涼的，似是好多了。」

紫菱嘆了口氣，握了婉玉的手道：「好妹妹，聽嫂嫂勸一句，平日裡莫要總使性子，妳也漸漸大了，須知有些事要知所進退。平日裡也多和太太親近親近，畢竟妳日後嫁人，也是憑她作主……妹妹萬萬別和自己過不去……」

婉玉點頭道：「我知道嫂嫂對我說的是知心話，婉兒記下了。」說完站起身，親自給張家姊妹端了兩碗茶。

紫菱喝了一口便連連皺眉，婉玉看在眼裡，垂頭不語。紫萱也喝了一口道：「這茶怎麼有股子怪味兒？」然後又喝一口道：「這茶葉應該和豬肉、魚肉什麼的混在一起受潮了，所以串了味道。難不成妹妹天天就喝這個？」

原來這亦是孫氏背後授意，讓下人供次等茶點，意圖引著婉玉使潑哭鬧。紫菱與紫萱對了個眼色，放下茶碗道：「我再去尋一罐好茶葉給五妹妹，妹妹也累了，好生歇息，我們先走了，明日再過來看妳。」說完起身告辭，婉玉在背後相送。

待出了門，紫菱低聲訓斥紫萱道：「妳這孩子，怎麼嘴那麼快！妳這個氣性，遲早惹麻煩上身！咱們爹爹雖是有功勳背景的，但還在南疆戰場上搏命，一時半刻的不能接妳回家。妳如今跟我住在柳家，就要事事乖順些，別由著自己性子。」紫萱嘟著嘴，心中腹誹。紫菱見她那樣不由笑道：「妳平常不也頂頂看不慣婉玉嗎？怎的這次倒跑過來給她送藥了？」

紫萱道：「柳家這幾個女孩子個個陰陽怪氣，姝玉是個孤僻怪性；妍玉刻薄，又藏了好多彎彎繞繞的心思；這婉玉霸道跋扈些，本性卻還不壞，又死了姨娘，太太暗地裡總為難她，我看她可憐。」

紫菱笑道：「我的乖乖，原來我妹子是個行俠仗義的大俠客！」而後頓了頓又道：「如今太太不待見五姑娘，咱們可憐是可憐，也別太親近，暗地裡多幫襯就是了。」紫萱連連點頭，姊妹倆攜手而去。

且說婉玉坐在房裡，紅芍和夏婆子走了進來，婉玉撩開衣裳一看，只見身上被雞毛撢子打得一條條紅痕，皮膚嬌嫩，有的地方已經抽破，滲出血跡。夏婆子是婉玉的奶娘，從小看她長大的，故見她如此，眼淚忍不住滾了下來。紅芍卻在心中暗暗稱快。兩人給婉玉上藥，又默默將屋子打掃了，相對無言。

不多時妍玉命人送了一小瓶清涼油來，孫氏也派人送來藥膏和一碗雞湯。姝玉和周姨娘那邊派大丫鬟紅槿送來一盒子鮮果，紅槿拿著一個藥瓶交給婉玉，笑道：「姨奶奶和三姑娘說給姑娘送點時鮮的果子過來。知道姑娘傷了臉，這瓶藥是『仙女紅玉膏』，等傷好了搽在臉上能祛了燙傷疤痕。」婉玉忙不迭道謝。一時間紫菱也命人送了茶過來，另又有幾碟子點心糕餅和八寶盒裝的蜜餞。婉玉稱謝不止。

待人都散了，婉玉便草草梳洗躺下，輾轉無眠，臉上作痛，猶如刀割一般。她心中恨一陣、氣一陣，又流了半枕頭眼淚，直想回梅家投奔爹娘，但轉念又打消了念頭，暗道：「若是回去找了爹娘，一則他們是不是能夠認我；二則借屍還魂本就虛妄，我又怎能拿這空口無憑的說辭給那奸夫淫婦治罪？楊家家大業大，必會想出千萬種手段護住那畜生，所以眼下只能忍耐，在柳家立住腳，方可進一步打算。」她心中拿定主意，又細細想了一番，待到快天明才迷迷糊糊睡去。

第二天早早起床，梳洗停當之後，婉玉臉上也不搽藥，直奔柳壽峰住的正房而去，立在書房門口等候，不多時小廝出來道：「五姑娘，老爺讓妳進去。」

婉玉低眉順眼的走了進去，聽屋中笑語晏晏，抬頭一瞥，只見柳壽峰坐在書案後頭，妍玉在旁邊給他研墨，父女倆一派其樂融融之景。妍玉扭頭瞧見婉玉，只見她臉上紅印點點，眼睛腫得跟桃兒一般，哪有平日裡的嬌美模樣，心中不由快意，剛想過去說幾句關心的話，沒想到婉玉「撲通」一聲跪了下來，連連給柳壽峰磕頭道：「不肖女來給爹爹請安，磕頭賠罪了。」

柳壽峰原本見她還有氣，但聽婉玉這般一說不由一愣，婉玉接著道：「爹爹昨日教訓得是，婉兒已經銘記在心，日後萬不敢再做出格的事，若是再惹爹爹生氣，不消爹爹打我，就是我自己也沒臉活在世上！」說著眼淚汪汪的抬起頭。

柳壽峰看了婉玉幾眼，忽而皺起眉，冷笑道：「昨兒個妳娘和姨娘，兩個姊姊都送了藥給妳，妳怎麼不搽？是誰給妳出的主意，大早晨巴巴的湊到我這兒來，這般作態給誰看?!」

婉玉心中一凜，腦中飛快一轉，面上惶恐道：「爹爹，這是我自己要來的，爹爹因為我動了那麼大的氣性，嘴上雖不說，卻暗自關心是誰給我送藥，婉兒知道爹爹用心，所以早晨特地來給爹爹請安，也好讓爹爹放心，這傷婉兒是故意不搽藥的，讓自己疼幾天，好長個記性。爹爹打我是因為疼我，婉兒萬不能失了孝心。」

柳壽峰起初臉上淡淡的，但聽到最後不由微微動容，道：「這頓打沒白捱，卻是進益了，知道孝道。先前的事妳可知錯了？」

婉玉忙道：「是婉兒做了辱沒家門的事，不該忘了爹爹平日裡的教導。」

柳壽峰緩緩點頭，見小女兒認錯，不悅之情淡淡消散，又見她臉上帶傷，眼睛紅腫，脖子上也有一道紅印子，知自己昨日下手重了，心中也有些後悔。看她憔悴模樣透著幾分可憐，便道：「別跪著，起來罷。昨日打妳，今天一早就知道過來認錯，又明白父母用心，可見妳還不是朽木。」說完略一沈吟，道：「妳再歇一天，明日便跟妳兩個姊姊和萱丫頭一同上學去，也多懂些道理。」

這一句正中婉玉的下懷，她站起來剛要開口，卻聽背後有人道：「婉姐兒先前病那一場還沒好，如今身上又帶了傷，身子單薄，怎禁得起勞頓？要我說再多養兩天才是。況且說了，女子無才便是德，只須將女紅做好，唸那麼多書倒學一肚子酸氣。」婉玉扭頭，卻見是孫氏滿面含笑的走了進來，將婉玉親親熱熱的摟在懷中摸了摸頭。柳壽峰見妻子待婉玉和藹，心中寬慰，暗道：「孫氏素來賢慧，旁人挑不出個錯處，昨日若不是她攔著，我恐怕早將婉兒打個半死了。」心裡不由對孫氏多一層敬重親厚。

妍玉見到孫氏眼色，順著道：「娘說的是，還是讓妹妹再多歇上兩天吧。況且妹妹往日裡一唸書就頭疼。」

婉玉見柳壽峰神情動搖，忙道：「爹爹，我身子已經調養好了，明日願同姊姊們去上學，好讓姊姊們教我道理，免得日後讓長輩們操心。」

柳壽峰道：「那便如此吧。」婉玉乘機又索了筆墨紙硯等物，柳壽峰便隨手將自己慣用的一套送了婉玉。婉玉自是欣喜，乖覺道：「爹爹是本朝的進士，大大的才子，用過的東西必沾著才氣，我用了，保不齊也成了才女。」

柳壽峰聽到此話自是受用，不由笑了起來。孫氏母女各懷心思，但見柳壽峰笑了，連忙跟著陪笑，妍玉忍著氣，臉上卻一派爛漫道：「那趕明兒個爹爹也送我枝毛筆，我也跟著沾沾光，咱們家裡也多出幾個女狀元。」柳壽峰平素最疼愛妍玉，見她神態嬌憨，便賞了她一枚小金錁子。

妍玉自覺扳回一城，滿面帶笑，用眼角去掃婉玉，卻見她只垂著頭恭敬站著，心裡不由有幾分失望。誰知柳壽峰忽然想起自己這兩年竟沒有賞過小女兒什麼東西，看了婉玉一眼。他知道自己這小女兒不知眉眼高低，也不會討好乖順，今日忽然像換了個人一般，話裡話外的討人喜愛，頗有亡故愛妾的品格了，心中不由欣慰，將自己夏日不離手的一把摺扇遞給婉玉道：「這扇子跟了我好幾年，今日便送妳了，這上頭有四個大字，妳回去弄清楚是哪四個字，平日裡多思考思考，改改妳那浮躁的性子，想好了再回來答覆。」

婉玉立刻雙手接過，口中喊著：「多謝爹爹。」立刻便要磕頭，柳壽峰一把拽住，低聲嘆道：「妳若真改好了，我也算對得起妳姨娘了……」

妍玉臉上的笑容登時一僵，孫氏忙扯了她退了出去。待出了書房，孫氏母女雙雙進了正房偏廳，妍玉立刻撲進孫氏懷中，跺著腳道：「娘，這可怎麼好？爹爹把用了七、八年的扇子都給了那小貨，我聽說那扇子還是前朝的，值錢不說，關鍵是這口氣！這幾個姑娘裡除了大姊，誰長過這個臉？」

孫氏心中直冒酸水，卻拍著妍玉的後背安慰道：「不過是把扇子，老爺是因為打了她所以心裡頭愧疚。那小貨在咱們手裡，還怕她翻了天不成？」

妍玉氣得嬌俏的臉兒通紅，扭著孫氏的胳膊道：「要是爹爹真寵她，遂了她的心意，把她嫁給瑞哥哥可怎麼辦？那可是娘給我挑好的親事。」

孫氏笑道：「就算妳爹有這個心，但她頂著母夜叉的名號，還是個庶出的，生母又卑賤，人家柯府還不願意要呢。」說完拍拍妍玉的頭道：「妳放心，凡事自有娘給妳做主張。」略一沈吟，一計已生成。

再說婉玉回了浣芳齋，將那扇子打開一看，只見扇面上寫了四個大字「澹泊致遠」，筆力遒勁，龍飛鳳舞，頗有氣勢。婉玉暗道：「這四個字大約是出自諸葛孔明的〈誡子書〉裡『是故非澹泊無以明志，非寧靜無以致遠』，意境是極好的，字也灑脫，只是題這幾個字的人沒什麼名氣。」她拿在手中把玩，愛不釋手，又看了眼落款的日子，知道這扇子是前朝的東西，便珍而重之的收了起來。

到了中午，正房那邊又命丫鬟送來四樣小菜，說是老爺特地吩咐的。紅芍和夏婆子頓覺揚眉吐氣，臉上喜氣盈盈，走路都比往日硬氣上幾分。婉玉臉上扮了喜悅，心裡卻頗不以為然。

紅芍喜不自勝道：「這是老爺夏日裡不離手的扇子，如今都賞了姑娘了。這幾個小姐，哪個都沒有這樣的體面！可見姑娘出頭的日子快要到了。」

婉玉道：「什麼出頭不出頭，咱們只是盡孝道罷了，日後出去也別渾說，事事忍讓為上。」

紅芍被婉玉一訓，心中不悅，但轉念想到若是婉玉蒙老爺另眼相待，自己日後也能尋個好去處，不由又暗喜，伺候婉玉比往日精心起來。

第三回　傳喜訊婧玉升品儀　訴苦情娟玉忍醋意

第二日一早，婉玉起來時紅芍已將上學要用的文房四寶等物準備停當了。婉玉凝神一瞧，只見紅芍穿了件棗紅繡花鑲邊衣裙，頭髮蘸了刨花水梳得油光可鑑，臉上略用了些水粉，唇上也點了口脂。她本就生得妖嬈，這一番打扮更添三分姿色。

婉玉見她這般裝束，心中極不以為然，梳洗之後，在臉上搽了藥膏，換了件半新的衣裳便要出門。夏婆子卻趕緊過來，在包裡塞了一包點心道：「姐兒上課累了便吃個墊墊肚子，養養精神。」婉玉見她神色殷切，心中一暖道：「勞夏嬤嬤費心了。」夏婆子笑道：「會識文斷字是個好事，姑娘病了幾日，身子還沒大好，在外不比家裡，姑娘自己也多小心，藥膏和清涼油我都交給紅芍了。」猶豫片刻，又道：「還有，姑娘要是聽到什麼風言風語也別掛在心上。」

婉玉握了夏婆子的手，笑道：「夏嬤嬤，妳說的我都記下了。」說完別了夏婆子，跟著引路的丫鬟走到柳府側門旁，只見停著兩輛馬車，主子乘一輛，丫鬟另有一輛，婉玉上車一看，只見姝玉和紫萱已坐在車上了，旁邊還坐一個六、七歲的孩童，生得白嫩，與姝玉容貌酷似。婉玉心中有數，笑著叫了一聲：「三姊姊，萱姊姊。」又對那孩童道：「祥兄弟好。」姝玉微一點頭，馬上又別過臉去，柳祥見其姊如此，也微點了一下頭。倒是紫萱關心問了婉玉兩句。

等了許久，妍玉方姍姍而來，一上馬車便掩口笑道：「是我遲了。早上去請安，爹說酥酪是剛做好的，非留我吃些，唉，我緊趕慢趕的，還是慢了。」說著眼睛卻瞅著婉玉。婉玉自是懶得搭理她，只低了頭不語。

紫萱哈哈一笑道：「說的是，遲了這麼久，怕是吃了好幾大碗了吧？大清早的妍姊姊可切莫吃撐著了。」

妍玉聽她話裡有話，但看紫萱臉上笑咪咪的，也不好發作，便哼一聲道：「吃撐了總比沒得吃強。」說完便不再言語。紫萱忍著笑意，抬頭看去，只見姝玉坐在她對面，眼中露出讚嘆之色，和她對視，二人微微一笑。

馬車行過兩個巷子，而後停了下來。婉玉讓紅芍攙著下了車，舉目便看見一座大宅院，朱紅的大門上掛了一塊匾額，上書「群英書堂」四個大字。這群英書堂確有幾分名堂，早些年是一位告老還鄉的翰林創辦，林林總總出過三十幾個舉子和十餘位進士，故而名氣很響。後來書堂分了東、西院，東院請來頗有名望的大儒講學，而西院則專門教習閨秀們琴棋書畫、廚藝女紅。

婉玉原先因腿腳不便，自幼在家教養，故而第一次來到西院書堂，心中自是新奇，忍不住左顧右盼。只見屋中左手側牆上掛一幅「湘君洛神圖」，畫下設一長書案，書案右側擺幾部書，中間置一張烏玉琴，左側擺著綠檀製的一枰棋盤，隨意散放著數十顆黑如點漆、白如雪凝的玉棋子。另前方琳琅滿目的擺放筆架、筆筒、筆洗、鎮紙、硯臺等物。往右看，屋子正中擺了十幾張桌椅，牆兩側掛著字畫，另設有兩方黑漆几子，上擺著建蘭，屋中自有一脈淡淡清香。

婉玉在心中讚了又讚，見屋中已來了四、五位十四、五歲的小姐，便跟紅芍隨便挑了個位子。剛一坐下來，便見屋中人不約而同向她望來，竊竊私語道：「快看，柳家那個小潑婦來了！」、「臉上還帶傷，定是被家裡人打了，這回可是破了相！看她還怎麼裝嬌賣俏！」、「少說兩句，讓她聽見了定要過來打妳！」、「怕什麼，她自己丟人現眼，為個男人尋死覓活，還有臉出來見人！」說罷一個紙團飛來，正好打在婉玉裙角。婉玉低頭一看，那紙團上竟沾了墨汁，將雪白的裙襬染黑一塊。旁邊登時傳來幾聲輕笑，有人小聲道：「這下裙子跟她的臉一樣嘍！」柳婉玉仗著貌美，平日上課時都打扮得花枝招展，自是惹一眾小姐厭煩，加之她又性子霸道如火，平日裡沒少和別人吵架，故而見她倒楣，人人都拍手稱快。

紅芍見狀不由覺得難堪，縱然她不喜這小主人，但也知一榮俱榮的道理，眼見婉玉被人這般難聽的奚落，她也覺面子上不好看，又氣又惱，向那幾個小姐瞪去。妍玉幸災樂禍，遠遠的坐了下來。姝玉向來是個清冷性子，也是事不關己高高掛起。倒是紫萱看不過，剛想過來安慰婉玉幾句，卻見婉玉不緊不慢的坐了下來，揚起聲音抑揚頓挫道：「有本事就當面大聲講出來，再有本事的到人家家門口嚷嚷去，背地裡頭道人家長短，真真兒長舌婦的作風！」說完扭頭對紅芍道：「紅芍！這裡頭太髒了，快拿抹布把這桌子給我擦擦！」紅芍大聲道：「姑娘說的是！」掏出塊帕子便開始抹桌。適才婉玉聽見嘲諷本想要忍下來，但心中又悲，暗道：「原先我梅蓮英豈是能如此這般任人消遣的？真真是虎落平陽被犬欺！」想到此處，怒氣和委屈再難抑制，才會反唇相稽。

這一番話噎得那三位小姐上不來、下不去，其中一人冷笑道：「我們幾個又沒說妳，妳多什麼心？還是妳自己作賊心虛！」

婉玉目光如冷電一般直盯著那小姐道：「素來都是好話不背人，背人沒好話，剛才自己說過的話這會子又不承認，可見得品性了。」

那小姐被婉玉凌厲的眼神瞪得心驚，面紅耳赤站起來，道：「妳、妳侮辱誰來著……」話音未落，只聽雲板聲音響起，授課的教諭崔氏走了進來。這崔氏二十四、五歲，閨名喚作雪萍，生得頗有幾分姿色。是梅府的一房遠親，八年前還未過門便死了未婚夫，青春年華竟堅守不嫁，只在家服侍公婆。眾人敬她品行端正，又知這崔雪萍有些學識，便重金將她請了過來。

婉玉見是崔雪萍不由一愣，原來此人常常往梅府走動，故而婉玉對她極有印象。緊接著她嘆了口氣，打發紅芍出門，將書本掏了出來。崔雪萍在門口早將剛才動靜聽得一清二楚，朝婉玉看了幾眼，搖了搖頭，將《女誡》打開來，開始講讀。

婉玉一見開篇所講竟是她頗為不喜的《女誡》，不由大失所望。聽了一陣向左右一瞥，只見妍玉正跟背後坐著的一位小姐交頭接耳；紫萱拿著筆在紙上畫畫；姝玉手撐著頭，閉著眼睛，似是睡了過去。婉玉不由失笑，往四周圍再一瞧，只見那個跟她鬥嘴的小姐惡狠狠的剜她一眼，婉玉一愣，輕笑一聲，暗道：「想來我修養還是不夠，跟幾個黃毛丫頭生什麼氣呢！」但她聽了片刻又實在無聊，便把帶的幾部書都拿出來，忽見還有本歐陽詢的字帖，不由暗道：「歐陽詢的正楷骨氣勁峭。原先我用顏體的底子習了簪花小楷，鴛鴦小字。如今再世為人，換個字體，練練左手書法倒也不錯。」便研了墨，左手提筆開始描紅練習。這一寫字，舊日那些光景便紛紛湧上心頭，婉玉強忍著浮躁寫了一篇，寫著寫著，心慢慢靜了下來。

待到休息，門口候著的丫鬟們一個個擁了進來，給自家主子沏茶倒水，奉糕餅遞水果。婉玉早就不耐待在屋中，將紅芍打發了去，自己施施然走到院中散步。忽聽牆外一陣喧譁，隱隱傳來鑼鼓之聲，聲聲悲慘，欲震人心碎。婉玉好奇心起，悄悄走到門口，順著門縫向外望去，只見街上黑壓壓一大隊人緩緩走過，挑旗打幡，嗩吶喇叭吹吹打打，似是在辦喪事。路上送殯之人群長得看不見首尾，粗粗算來，有二十幾頂大轎，三、四十頂小轎，大大小小馬車百餘輛。和尚、道士、尼姑高聲誦經，路邊搭著各色祭棚，鳴鑼之聲不絕於耳，浩浩蕩蕩如山一般壓來。

婉玉立刻恍然，暗道：「是了，算起來我過世已七天，該入殮下葬了。」再細心一瞧，只見披麻戴孝之人中竟有小弟梅書達，哭得如淚人兒一般，婉玉思念難耐，直欲撲過去大哭一場。她強行忍耐，再朝前看去，赫然看見楊昊之扶著棺材哭得撕心裂肺，旁邊兩個小廝將他左右架住，楊昊之口中不斷哭道：「蓮英！蓮英！妳怎就拋下我們父子去了！」

婉玉氣得渾身打顫，恨不得衝上前啖其皮肉。楊昊之俊挺的臉，曾讓她魂牽夢縈，甚至不惜借助娘家的勢力嫁過去，後來又妄想加倍體貼溫存，用兒子拴住他的心。而今她卻覺得那張臉又鄙俗又噁心，他當日不顧四年的夫妻之情，不顧兒子年幼，竟然狠心將她害死，今日卻堂堂扮起了癡情郎君！

她靠在牆上，慘笑了一聲，為了這個人面獸心的虛偽小人，她葬送了自己的性命，雖獲重生，卻有家不能回，日日看人臉色，不得不小心翼翼，委曲求全，事事處處的討好，掙扎著活下來。她又悔又恨，當初怎麼竟會如此淺薄，看上一個人的皮囊！

婉玉滿臉是淚，恍恍惚惚的往回走。此時早已到上課時分了，她緩緩走到東、西兩院的院牆間，依稀聽到旁邊東院傳來琅琅讀書聲，婉玉從月亮門探過頭去觀瞧。猶豫片刻，趁左右沒人，便提起裙子，悄悄溜到對面書堂的牆根下，凝神一聽，先生正教授《孟子》，眾人跟著唸道：「〈太甲〉曰：『天作孽，猶可違。自作孽，不可活。』此之謂也。」最後一句正敲中婉玉的心事，她口中默唸道：「天作孽，猶可違。自作孽，不可活。楊昊之，今日你好一番作態，你且等著，必有你真正慟哭的一天！」

她一邊想一邊往回走，低著頭用帕子拭著臉上的淚珠，走著走著冷不防和前頭一人撞了個滿懷，婉玉「哎喲」一聲便被撞倒在地。那人顯是有些慌亂，忙上前攙扶道：「姑娘，對不住，妳怎樣了？」

婉玉聽得是個年輕男人的聲音，不由暗自喊糟，這東院是男人讀書的地方，她擅自闖進來，若傳揚出去，恐怕又少不了柳壽峰的一頓教訓。想到此處，她低低的垂下頭，猛一推那男子，掩著面便跑了出去。

跑到西院門口，她深吸口氣，想將臉上的淚擦乾，卻發現兩手空空。婉玉心中一沈，又將渾身上下摸了一遍，帕子確不在身上，她嘆口氣，知自己適才不小心遺失了，不由自我安慰，好在那帕子上未繡閨名，丟了也就丟了。她用袖子擦了擦臉，悄悄走到座位上，靜靜坐了下來。

正午時分，書堂便放了學。待回到柳府，婉玉悶悶進了房，午飯略吃了些，下午只將宣紙鋪開了練字。寫了一陣，忽聽外面一陣吵鬧，緊接著小葵跑進來道：「姑娘，聽說前頭有宮裡的太監老爺前來降旨。」婉玉一怔，忙將毛筆放下問道：「是什麼旨意？」小葵搖頭道：「不知，只聽說是給老爺道喜的。」婉玉略一沈吟，趕忙翻櫃子，找出一套喜慶的紫色透紗閃銀梅花紋襦裙換了。而後帶了紅芍往前頭走去。

走至前院，見人人喜氣洋洋。正巧白蘋從前頭走來，一見婉玉不由笑道：「五姑娘來得正好，太太命姑娘都到正屋去，姑娘快過去吧！」

婉玉不敢怠慢，直走到正屋，撩開簾子一看，只見柳壽峰手捧一卷聖旨，眼角眉梢具是一派喜悅之情，孫氏亦眉開眼笑。婉玉一見，立刻乖巧的跪了下來，磕頭行禮道：「婉兒給爹娘道喜！」

柳壽峰本就春風滿面，再見女兒均穿冰藍水綠，唯有婉玉一身紫紅，越發應了喜氣，心中又是一喜，對婉玉和顏悅色道：「婉兒起來吧。妳大姊在宮裡蒙聖眷，由德嬪賜封為淑妃了！」婉玉雙手合十，喜道：「阿彌陀佛！真是天大的喜事！今日早晨我去上學的時候便聽兩隻喜鵲在枝頭嘰嘰喳喳叫，想不到應在這件事上。」

柳壽峰聽婉玉這般說話，心中越發高興，笑顏盡開。妍玉微露不悅，臉色微微一沈，孫氏忙給妍玉使了個眼色，笑道：「妳們大姊還賞了妳們不少東西。」說完將柳婧玉在宮中賞賜出來的東西一一拿給女兒。姝玉得了兩部書，一方硯，一枚碧玉瓚鳳釵，兩個紫金的如意錠子；妍玉與姝玉相同，但又多一枚紅珊瑚番蓮花釵和一串翡翠手串；婉玉一看自己那一份，除了書和硯臺之外，就只有兩個如意錠子了。

婉玉臉上仍笑咪咪的將東西收了，心中卻嘆一聲，這柳婧玉是孫氏嫡親的女兒，自然對自己一母同胞的妹子妍玉格外疼寵。周姨娘又生了兒子，在家地位不同，故而旁人也不敢怠慢姝玉。唯有自己，是個死了親娘的庶出女兒，孫氏看著厭惡，自然也不招宮裡那位娘娘的待見了。

婉玉雖不太在意，但她看著手中的東西，一時之間亦有種莫名的滋味湧上心頭。

晚上孫氏命廚房做了一桌子好菜，全家人聚在一處慶賀，一派和和睦睦之景。婉玉雖滿面堆笑，但心中卻暗生警惕：她這位爹爹竟未察覺自己得的是微薄之禮，而妍玉、姝玉均有價值百金的名貴首飾，對比有如雲泥。她思量道：「柳婉玉本就是個小妾之女，如今連親生爹爹都難以將她記掛在心上，如若這般情形，別說報仇，就是日後前程也堪憂。我須想個法子，既能脫離這個地方回到爹娘身邊，把兒子要回來，又不會打草驚蛇。」

這一夜過去暫且無話，第二日早晨，婉玉梳洗打扮後，正房便打發人來道：「太太說了，因家中有了喜事，讓幾位姐兒過兩天再去上學。」婉玉沈吟片刻，便帶著夏婆子去了廚房，說要自己備點兒吃食。婉玉在家中雖是個不受待見的，但好歹是個小姐，故而下人也不曾為難她，只道：「姑娘喜歡吃什麼讓我們做便是了。」

婉玉挑了兩個金碧山水的彩繪瓷碗，盛上牛乳，又將胡桃、杏仁、花生等搗碎，把乾的蜜棗子剝皮去核用刀切碎了，全都撒在牛乳裡，攪上蛋清，放到鍋裡頭用慢火細細燉著，又拿了同套的碟子，挑了兩、三塊精緻的點心。等牛乳熟了，晾涼了之後又點上木樨清露，把奶皮子掀開，又撒上青絲玫瑰和芝麻等物，放在朱漆托盤裡，端著朝前院走去。

今日恰逢柳壽峰休息，柳婧玉榮升淑妃之事早已傳開，一早前來道喜的絡繹不絕，但礙著梅家大小姐剛過去的喪事，故而沒有大肆慶祝，柳壽峰剛送走一批客人，他坐在書房裡，將聖旨又打開看了一遍，滿面春風，蹺著腿，搖頭晃腦唱道：「誰是你的卿……等你得功名，榮耀歸來再喚卿啊……」

此時忽聽丫鬟來報：「五姑娘來了。」言罷挑起簾子，婉玉端了托盤走進來，滿面笑容道：「爹爹早，忙了一上午，想必爹爹也累了，婉兒親手做了酥酪，給爹爹墊墊肚子。」說罷將托盤上的吃食擺在桌上。

柳壽峰凝神一瞧，只見那酥酪白花花、滑嫩嫩，看著分外誘人。他拿起勺子吃了一口道：「手藝尚可，今日怎麼乖覺了？」因看著托盤上還有一碗，便問道：「這一碗是……」

婉玉連忙道：「這碗是給太太的。昨日家裡有了天大喜訊，大姊因德才出眾成了正二品的娘娘，皇恩浩蕩，全家上下都跟著臉上有光。我想了一夜，心裡竟通透起來，我縱然不能像大姊那般光耀門楣，但也要當個溫婉閨秀，不能讓爹娘平白的操心。」

柳壽峰露出笑容，連連點頭。婉玉心中輕輕呼一口氣。又看見桌上擺著的各家禮單，便作漫不經心之狀，滿臉喜悅道：「道賀之人確是不少，昨日聽說楊府大奶奶出殯呢，不知道梅家和楊家還有沒有心思來道喜。」

柳壽峰道：「剛才楊家二爺來了，梅家還沒到。」說罷頓了頓道：「梅海泉乃巡撫，本就是此地頭等的上級，平日裡我想見他一面都難，哪有挑剔他的道理？」

婉玉笑道：「如今大姊聖眷正濃，待誕下皇子，冊立為貴妃是早晚的事。咱們家是皇親國戚，可不比他矮幾分。」

柳壽峰心中受用，但仍板著臉道：「胡說八道，內眷怎能跟外臣比？梅海泉是能吏，早晚升為一品大員，何況他還有兩個聰明的兒子。」說到兒子，柳壽峰想到自己膝下兩個，柳禎是個素沒大志的，柳祥又太小，不由嘆了口氣。

婉玉猜到柳壽峰心思，機靈道：「爹爹莫急，聽說小弟是個伶俐的，已會背《三字經》了，日後定能高中。大哥守業，小弟承業，柳家必會興旺。」

柳壽峰撚鬚微笑，幾口便將酥酪吃了，又吃了一塊點心。此時聽丫鬟來報又有賓客到訪，婉玉便端著托盤退了出來，待到正房外，只見白蘋站在門口訓個丫鬟，見了婉玉道：「五姑娘，二姑娘剛來了，在屋裡跟太太說話兒，姑娘還是等下再進去吧。」婉玉笑道：「不妨，就送個吃食，馬上便出來了。」說罷便掀起簾子走進去。

屋裡靜悄悄的，唯有內室傳來隱隱啜泣之聲，婉玉輕手輕腳走過去，站在內室門口，只聽屋中人哭道：「如今他更是逞了性子……竟想把那小娼婦贖身帶到家裡來，說要納妾……嗚嗚嗚……娘，我素來不是個愛撚醋的，我沒進門之前，他就納了兩房妾了……如今、如今還要把個窯姐兒拉進家裡頭來……嗚嗚嗚……妳讓我……讓我可怎麼做人?!」說罷失聲痛哭。

孫氏怒道：「豈有此理！他這般鬧，妳公公婆婆也不管上一管?」

娟玉抽抽噎噎道：「婆婆平日裡只知道鬥牌，家裡頭的大權也牢牢攥在手裡，公公成天跟個道士參修悟道，哪裡還會管我……他對我不理不睬的，若不是因為咱們娘家，怕是連我的房門都不會進了……」說到苦處，娟玉啼哭不住。

這後半段話卻敲打進婉玉的心坎裡，她靠在牆上，淚珠滾了出來，暗道：「想不到柳家的二小姐竟與我境遇一般。若不是因為我娘家的勢力，楊昊之也斷不會虛情假意的娶我，對我扮出恩愛敬重的模樣。是我先前太傻，竟以為他是真心的……」

孫氏安慰道：「莫哭，娘給妳出主意。」說著拿了帕子給娟玉拭淚，嘆了口氣。她這三個親生女兒裡，大女兒婧玉容貌氣度最最出挑；小女兒妍玉亦生得美貌，只是年紀尚輕，自己平時又寵狠了，故而不知輕重，需要調教；唯有這二女兒，長相雖不及姊妹，卻也清秀，只是脾性靦覥軟弱，吃虧受委屈盡往肚腸裡嚥，如今嫁的門第雖好，可夫君卻是個紈袴，娟玉又沒有半分能耐，讓她最操心不過。

孫氏沈吟片刻道：「萬萬不能讓那個娼婦進門，否則日後妳在親眷們面前再難抬頭，且這個例兒一開，今後說不定他還搞出什麼名堂。依我之見，妳不若給他娶個比那窯姐兒模樣還整齊的小妾，把他牢牢拴在房裡，省得他出去胡鬧。」

娟玉瞪圓了眼睛，「啊」一聲道：「還給他納妾？娘，妳這是什麼主意？」

孫氏道：「這妾可不是隨便納的，第一要是咱們家的丫鬟，妳拿著她的賣身契，攥著她的短處，日後她就算再得寵也要敬著妳，萬不會欺負到妳頭上去；二來要伶俐乖順，知道眉眼高低。」說完嘆道：「當年妳爹爹死活看上那個賤戲子，我就從娘家挑了個丫鬟，開了臉送到他房裡，就算後來生了一子一女，這些年也安安靜靜的，又怎麼敢造次？哼！老爺屋裡有了人兒，本已和那戲子斷了往來，若不是那賤人私出了孩子又跑去跪著給老爺磕頭，老爺又怎會心軟把她弄進家門！」說到恨處又不禁咬牙切齒，看著娟玉道：「這須儘早下手，若等那娼婦有了孩兒，可就遲了！」娟玉只是瞪眼，連淚兒都忘了抹。

孫氏細細想了一回，道：「家裡的這幾個丫鬟，唯有妍兒身邊的紅薔是調教了幾年的，模樣也俏麗，身段跟水蔥似的，伶俐、知道進退，就是她吧。」

娟玉垂著眼，噘著嘴，面帶委屈不願，並不吭聲，只是淚珠不停往下滾。

孫氏瞧著娟玉的模樣，氣不打一處來，心中又疼又氣，伸手戳著娟玉的腦門道：「妳說妳說，我怎麼生了妳這個不成器的東西，我的手段一點都沒學到，倒是自己長了膿包脾性！妳但凡自己有手段，我何苦給妳房裡納妾？我今兒個就跟老爺說，打探清楚姑爺看上的是哪家的娼妓，咱們暗地裡花錢把她買下遠遠賣了，省得放在眼前藕斷絲連。」娟玉聽到此話臉色這才稍好了些，但又想到自己要再將個嬌滴滴的小妾送到夫君房裡，心中又一陣氣苦。

婉玉聽到此處慢慢向後退去，轉身出了房門，見白蘋還站在門口，便笑道：「太太和二姊說得親熱，我看了一眼不便打擾，我這就走了。」說完心中慢慢思量，有了一番計較，低頭回了房。

且說孫氏處，她又開解了娟玉一回，一時決定要給女婿納妾了，便將妍玉和紅薔喚到房裡，對妍玉道：「妍兒，妳二姊跟妳要個人兒，我也是允了的，就是妳那丫鬟紅薔。妳把她給妳二姊，等下娘再給妳挑個絕頂伶俐的丫鬟。」說罷又上前，拉住紅薔的手，上下打量一番，笑道：「妳這丫頭有福了，二姑娘抬舉妳，要給柯大爺納妾，妳是個好命的，攀上了高枝兒，妳且說妳願不願意？」

紅薔聽孫氏如此一說，立刻羞紅了臉，低著頭偷偷瞄了娟玉一眼。娟玉看著紅薔，只覺她身段如風擺柳，一張瓜子臉清秀水靈，勝了自己不止兩、三分，心中頗不是滋味，臉色也陰沈沈的。紅薔暗道：「二小姐是個老實的，待人也還寬厚，比四姑娘好伺候。柯家名門望族，做了柯府大少爺的妾，總好過將來配小廝，或給稍富裕點的人家當妾室、填房，這也是我一番造化了。」她心中自是樂意，剛想跪下來磕頭謝恩，便聽妍玉叫道：「不准！紅薔是我的丫鬟，娘，妳再挑別人吧。」

孫氏哄道：「娘再給妳找個伶俐百倍的來……我把白蘋給了妳吧。」妍玉扭著臉不願。正此時，只聽一個脆生生的嗓音在門口響起，道：「太太，五姑娘親手做了酥酪，讓我給太太送來。」

屋中頓時靜下來，眾人回頭齊唰唰一看，只見紅芍端了朱漆的托盤站在門前，滿面笑容，雙眼炯炯有神道：「五姑娘剛才送過一回，聽白蘋姊姊說太太正忙，就回去了。現在讓我送來。」說完將酥酪端在孫氏手邊，又笑吟吟道：「夫人嚐嚐，這是五姑娘的一片心。」

妍玉立刻指著紅芍道：「不如把紅芍給了二姊吧！」這一句正中紅芍心懷，原來她已在門口站了半日，將房中的對話聽得一清二楚，聽見孫氏要把紅薔嫁去柯府做妾，心中又妒又羨。她雖是個不諳世事的丫頭，心中卻好強至極，仗著有幾分顏色總想搶尖向上攀附高就，連跟婉玉去書堂也塗脂抹粉的賣俏，心裡頭總癡心妄想有一日能被富貴人家公子哥兒看中。今天聽了屋中這番話，別的丫鬟必定默默退了，而紅芍卻昂首闊步走進來，又搶機會百般表現了一番。

孫氏沈下臉道：「胡鬧！這事便那麼定了！」妍玉氣得眼睛發紅，原來這紅薔不但行事妥帖，而且會給她梳頭打扮，還做得一手好女紅，用著甚是可心。如今紅薔一走，妍玉自是千萬不捨。

孫氏明白妍玉的意思，幾個女孩兒中她最寵愛這個女兒，一見妍玉眼淚汪汪心中不忍，便道：「妳看中哪個丫鬟，娘就給妳哪個，如若都不中意，咱們再出去買，總給妳一個可心的人兒。」

妍玉抬頭看見紅芍，想到這丫鬟女紅做得精，平日裡還愛打扮，梳的頭也好看，便指著紅芍道：「我要她！」

孫氏皺起眉，看了紅芍一眼，只覺這丫鬟愛賣弄風情，臉帶狐媚之相，因自己不喜才塞給了婉玉，如今妍玉竟點了她，孫氏一時猶豫起來。妍玉賭氣道：「就是這丫鬟，娘也不給我嗎？」

孫氏暗道：「先順了她的意，往後再買一個換了紅芍便是。」於是笑道：「好好好，那就這麼辦，回頭跟婉姐兒說一聲，這丫頭便給妳使喚了。」

紅芍心花怒放，馬上磕頭道：「謝太太恩典！」紅薔也跪下來道：「謝太太抬舉，謝兩位姑娘抬舉！」

紅芍喜氣洋洋的回了浣芳齋收拾東西，只盼著快些搬進妍玉住的碧芳苑，碧芳苑比浣芳齋大了兩倍不止，吃穿用度也不知比此處好了多少倍，跟著妍玉這得寵的小姐，日後也自會謀得一條好出路，前程豈不是比紅薔又高出一頭？

紅芍神清氣爽，在婉玉面前晃來晃去，道：「姑娘，太太讓我去伺候妍姑娘了，我雖捨不得妳，但奈何是太太的命令……」說著作態欲流幾滴淚出來。

婉玉只站著拿了毛筆練字，眼皮都沒抬一下，緩緩道：「這可真是妳的造化了，日後好自為之。」

紅芍本想揚眉吐氣，沒想到吃了婉玉一記不冷不熱的軟釘子，心中憤憤，但轉念想到婉玉定是氣恨故而拿她使性子，臉上又掛了得色，轉身走了出去。

婉玉將毛筆放了，看著紅芍背影冷笑一聲：「蠢材！」她望向窗外，喃喃道：「眼前煩人的終是走了，但不知我什麼時候也能得償所願，離開這個地方。」

第四回　柯二少拾帕惹風波　柳五姐遭戲動干戈

話說紅芍收拾了包袱去了碧芳苑，紅薔和娟玉又在府裡住了一夜，第二日早晨，娟玉便帶著紅薔回了柯家。婉玉一早就捧著這幾日習的字送到書房請柳壽峰指點。柳壽峰見女兒如今真修了閨秀氣性，連往日頭疼的書法也開始練習了，不覺欣慰，但面上不動聲色，便要她把字留下來，打發她去了。

吃罷早飯，白蘋便捎孫氏的話過來，讓婉玉另選一個二等丫鬟使喚。婉玉暗想：「這丫鬟必不能從正房處選了，否則平白多個眼線出來，我往大房看看，紫菱是個有些品格的，身邊調教出來的想必不錯。」想到此處便起身往外走，走到一半想起自己兩手空空，這般去恐是不大好看。正此時，只見幾個丫鬟又抬水又搬桌的嘰嘰喳喳說著話從前方走來。

婉玉便招手喚道：「妳們過來一個！」其中一個見是府中的五小姐，忙離了眾人跑到婉玉面前，滿面笑容道：「姑娘有什麼吩咐？」婉玉凝神一瞧，只見這丫鬟十六、七歲，眉眼俏麗，有幾分人才，懷裡還抱著幾部書，神色甚是討喜，便道：「我身邊一時沒有丫鬟，如今有件事要使喚人，不知妳行是不行？」

那丫鬟忙笑道：「姑娘吩咐便是，我辦不成任憑姑娘責罰。」婉玉笑道：「妳是誰房裡的？」那丫鬟滿面堆笑道：「我是三姑娘房的。今日就是三姑娘要人打掃屋子，本也沒什麼大事，姑娘吩咐我吧。」婉玉點了點頭笑道：「甚好。妳去我那浣芳齋，臥房裡衣櫃右抽屜裡有一疊帕子，妳拿兩塊繡了菱花圖案的，兩塊繡了萱草圖案的。再問問夏嬤嬤，老爺那邊打發人來沒有，若是來人了，說了什麼；若人沒來，就把我梳妝檯上放著的幾張寫了字的紙捲好了，告訴夏嬤嬤等人來了交給他。我往大房去，妳辦妥了就到大房找我。」

那丫鬟聽完便轉身去了，婉玉便慢慢往園子裡頭走，走著走著，只聽不遠處傳來嬉笑聲，她走到一棵桃樹後頭，扒開枝椏偷眼一望，只見姝玉、妍玉、柯瑞、楊蕙菊、楊晟之等人站在水榭窗口看魚、餵魚，說說笑笑好不熱鬧。因梅蓮英新死，故而楊家兄妹身上還都穿著素。妍玉和柯瑞單獨站在一扇窗子前，逗著水裡的鴨子和鴛鴦，親親熱熱說話，遠遠看去，確是一對璧人。

婉玉冷笑一聲，知今日府裡面來客，孫氏故意跟她隱瞞。她心中卻也不在乎，但看到昔日的小叔和小姑，想到原先的歲月，又想到幼子，心裡又是感慨又是思念又是酸疼，當下緩緩轉身往大房走去。

走到大房門口，婉玉便聽見屋裡紫菱道：「別總窩在家裡頭畫畫，楊府那兄妹和柯瑞都在園子裡頭，妳也去跟他們一處玩玩吧。」紫萱冷笑道：「我才不去，那堆人裡頭有太太中意的乘龍快婿呢，上回我跟快婿多說了幾句，妍玉就掛了臉子，還讓太太不鹹不淡的點了我兩句。」紫菱噗哧一笑道：「妳少跟柯家二爺說話不就得了。」紫萱道：「不去，還不如畫畫呢。」

正說著，婉玉挑開簾子進去，笑道：「嫂子好，萱姊姊好。」屋中兩人見來的是婉玉，不由一愣，馬上招呼她坐下，又命小丫頭倒茶。婉玉走到桌旁，見紫萱正在畫一幅仕女圖，筆法雖還生嫩，但勝在氣韻靈秀，不由連連稱讚道：「這個美人畫得倒像活了似的。」

紫萱聽婉玉讚她不由高興，她素是個心直口快的，拉了婉玉的手問道：「妹妹沒去跟那幾個哥哥、姊姊一同玩？」

婉玉抿著嘴笑道：「來的時候倒是瞧見了，我不去，多一事不如少一事，我知道自己是什麼處境的，去了怕是別人也不自在。」

紫萱道：「昨兒個楊家人來送賀禮的時候說楊家老太太下個月做壽，因他家大奶奶剛死，所以不便大肆擺宴，就說讓梅家、柳家、柯家的孩子都去楊府住幾天，略微熱鬧熱鬧。還讓我也去，我卻不願跟他們一同湊合。」

婉玉聽了紫萱的話不由一愣，心道：「去楊府，去楊府！去了楊府就能看見兒子了！」她心中又悲又喜，強自按下情緒，仔細一想又覺不對，暗道：「楊家的人是昨天來的，連紫萱都聽說了，我怎的竟不知道……怕是孫氏不願讓我去吧！」心禁不住向下一沈。

正在此時，那丫鬟卻到了，走進屋將帕子交到婉玉手中。婉玉道：「妳到外面等我一會兒。」那丫鬟便退了出去。婉玉把帕子分別放到兩人手中道：「上次我挨打，妳們兩個又送藥又送吃食和茶葉，我心裡頭感激不盡。我人小，也沒什麼好拿得出手的，這兒有兩塊帕子，是上好的鮫綃裁的，原先我身邊用的丫鬟是個手巧的，在上頭繡了點花樣，嫂子和姊姊就拿著用吧。」

紫菱和紫萱連聲道謝，接過帕子一看，只見上頭繡的花樣繡得精緻素雅，小巧可愛，這帕子原本不是稀罕物，但暗合了自己的閨名反倒覺得精巧有趣了。紫菱看看帕子又看看婉玉，心中不由納罕，暗道：「這婉玉死過一次還真像換了個人，不但人變得懂事伶俐了，竟連氣度也落落大方起來，舉手投足都帶了一番貴氣，不像原先那霸道跋扈的小妾女兒，倒像個在書香裡浸潤許久的豪門閨秀。若說性情可以大變，這氣韻怎的也一夕之間全改了？」

紫萱卻未想許多，只覺婉玉比原先溫和好相處，便拉著她給她看自己原先畫過的畫，三個人評了一番說笑一回，婉玉便告辭離開了。

她走出房門，只見那丫鬟正坐在房檐下頭等著，一看婉玉忙迎了上來回道：「姑娘，我去的時候正趕上老爺派了丫鬟來，我把姑娘寫的字捲好了用紅繩子拴好交上去了。那丫鬟說，姑娘的字老爺看過了，說筆力生澀，過於戾氣不夠圓融，歐體筆力過於勁健，不適合女子，要姑娘換一個字體。還有，適才我在姑娘房裡，夏嬤嬤偏巧出去，趕上白蘋姊姊來放月例，說這個月喜事，給姑娘們每人多加半兩銀子，銀子我秤了，確是一兩半，已放在姑娘梳妝檯的抽屜裡了。」

婉玉一路走一路聽，只覺這丫鬟乾脆俐落，事情樁樁件件講得分明，聽說話不像其他女孩子扭捏，便微微笑道：「這事情辛苦妳了，難為妳『過於戾氣』、『筆力勁健』這樣的話也能記下來學給我聽。妳叫什麼名字？今年多大？來府裡幾年了？」

那丫鬟笑道：「我叫怡人，十六歲了。跟原先服侍姑娘的紅芍一併被買進府的，才來一個月，是三等丫鬟，專門在三姑娘房裡粗使。」

婉玉問道：「進府之前妳做什麼的？」

怡人道：「我原先在外縣一家富戶裡頭服侍小姐。」說著偷偷用眼去瞄婉玉，卻見婉玉面色無波的看著她，她忽覺那目光銳利，心不由一凜。原先這怡人被富戶老爺看中，想納為小妾，結果被太太知道了，就賣給了人牙子。轉到柳府後，因女紅做得不精，又長得乾淨整齊難免遭妒，被踩成了三等丫鬟。昨日裡全府下人們就都傳遍了，紅薔飛上枝頭做了柯家姨娘，紅芍換去服侍四姑娘妍玉。她想到紅芍跟她同時進府的，竟命好做了大丫鬟，心中不由悶悶的，今日見婉玉身邊要人，便巴巴的湊上前來。

婉玉靜靜打量她半晌，忽笑道：「若這樣，我身邊恰好缺個能服侍的人，妳便跟我罷。妳可願意？」

怡人心中大喜，但臉上仍作鎮定，笑道：「五姑娘抬舉我，不敢說願不願意，只想著好好服侍姑娘，多增長些見識。」

婉玉笑道：「那妳且回去，我今兒個回了太太就把妳要過來。」

怡人告退離開，婉玉轉過身往回走，繞過府中荷塘，看前方有一處怪石假山，山上頭有座亭子，她走了半日，天氣也熱，便想到亭子上歇一歇。婉玉提著裙子往假山上頭走，走到半截，忽聽一塊山石後有兩人說話，一個道：「呸！我還當你手裡拿的是什麼稀罕物，原來是條舊帕子！」緊接著一個少年道：「就是條舊帕子，妹妹還是快還我吧！」婉玉認得這聲音是柯瑞和妍玉，心中不由暗暗叫糟，心想道：「柯瑞和妍玉均十五、六歲，正是懷春鍾情的年紀。兩人來了隱私之處，不知要做出什麼名堂，若撞見了我，心裡一臊，恨我拿捏了他倆的短處，再生出什麼是非來，豈不大大不妙？」想著轉身便要走，但那二人的聲音愈來愈近，她一閃身便藏入旁邊的假山洞中，向後一退，後背卻碰到個又熱又軟的東西。婉玉大吃一驚，剛欲驚叫出聲，一隻手卻伸過來死死將她的口鼻掩住，在她耳邊輕聲道：「別喊，別作聲。」

婉玉聽那聲音覺得有幾分耳熟，止住掙扎側過臉抬頭看去，直對上一雙黑眸，緊接著看見一張英挺的臉。婉玉一愣，此人正是今日到府上做客的楊家三公子楊晟之。四目相對，二人均有些尷尬，都垂了頭。

假山這頭，柯瑞和妍玉都站在石階的拐角處，妍玉站在上頭，冷笑道：「我不還！你且告訴我，這是哪個姑娘、丫鬟給你的定情信物？讓你這麼寶貝，還貼著身放著。」

柯瑞見妍玉臉上不悅，便笑道：「什麼姑娘丫鬟定情信物，不過是我偶然得的罷了。」

妍玉酸道：「既然是偶然得的，那就送了我吧。」說著拿了帕子一瞧，只見那松花色的帕子底下繡了一朵胭脂梅，看著有說不盡的嬌豔，心中一時間又犯了醋，狠狠剜了柯瑞一眼。

柯瑞道：「這帕子將來還是要還給人家的，妳莫要扯壞了，妹妹要歡喜，我就送妳十條、八條，但這條卻不能給妳。」他眼見妍玉惱了，忙從荷包裡掏出個水晶扇墜子遞到妍玉面前道：「我用這個跟妳換。」

妍玉一看柯瑞的荷包不由火冒三丈，狠狠捶打了柯瑞肩膀一下，哭道：「我給你做的荷包呢？我親手做的東西你不隨身帶著，偏把不相干人的帕子寶貝得跟什麼似的，你這個，你這個狠心的……狠心的……」再說不下去，嚶嚶哭了起來。

柯瑞柔聲哄道：「妹妹給我做的那個，我怕弄髒了，所以一直沒敢帶出來，我明兒個就隨身帶著。」

妍玉淚眼矇矓，見柯瑞面若皓玉，目如春水，俊俏清秀如若畫中人，一時之間不由看癡了過去，想到自己芳心已許，時時刻刻都抱著一腔體貼柔情，但薄情郎卻有情還似無情，今日身邊竟又添帶了閨閣之物！她一時之間又氣又恨，扯著手中的帕子哭道：「我今天就把這帕子撕個乾淨！」

柯瑞一急，過去就要把帕子搶回，妍玉死不鬆手，柯瑞用力猛了，一下將妍玉推倒在石階上，妍玉「哎喲」一聲，只覺腿和腰被石頭硌得生疼，淚兒登時便簌簌往下掉，扭頭卻見柯瑞竟是先撿了帕子再過來扶她，不由怒髮衝冠，拍開柯瑞的手哭道：「你滾，你滾，我再不要見你了！」說完掙扎著自己站起來，一瘸一拐的下了石階往前跑。柯瑞不由長長嘆了口氣，口中喊著：「妹妹，我給妳賠不是了！」一邊跟著追了上去。

待這二人都走了，婉玉和楊晟之方從山洞裡走出來，楊晟之作揖道：「適才多有冒犯了，婉妹妹別見怪。」

婉玉想起剛才情形，臉也有些發燙，別開目光道：「不妨事，情急之下在所難免。」又抬起頭看了楊晟之一眼道：「這件事就請勿再提了，就忘了吧。」

楊晟之見她垂著頭揉弄著裙上垂下來的絲絛，桃臉微紅，嬌羞之態甚是動人，一時之間竟看呆了。婉玉見他不答話，抬頭看見他直勾勾的盯著自己，不由大窘，回轉身，提著裙子便跑了。

楊晟之這才回魂，伸手喚了幾聲妹妹，卻哪裡還能看見婉玉的影子，只留下一股淡淡的香風罷了。

且說妍玉哭哭啼啼的往前走，柯瑞跟在旁邊止不住認錯，妍玉見了卻越發覺得自己委屈，抬頭看見前頭就是正房，趕緊快走幾步，掀開門簾子便往屋裡衝，進屋看見楊蕙菊和姝玉正坐在屋裡跟孫氏說話，妍玉顧不得臉面，一頭滾進孫氏懷裡便開始痛哭起來。

孫氏見妍玉雙頰酡紅，滿頭汗水，眼睛哭得通紅，心裡又驚又疼，摟著妍玉道：「我的兒，妳這是怎麼了？」正說著，柯瑞也掀開簾子走了進來，面上訕訕的，垂著頭站在一旁。

孫氏一見這陣仗，心中登時明白了八、九分，臉上笑道：「妍兒怕是身上不痛快，我帶她到屋裡頭躺躺，你們幾個先自便吧，待會兒讓丫鬟端冰鎮酸梅湯來。」說著一拉妍玉將她推進了裡屋，母女倆坐在床上，孫氏低聲問道：「說吧，這是怎麼了？」

妍玉抹著眼淚把事情說了一回，孫氏聽完又好氣又好笑道：「就因為那麼條帕子，妳就鬧成這樣？平白讓姝玉和楊家的小姐看了笑話。」

妍玉瞪著杏眼道：「怎麼光因為一條帕子？這段日子，我心裡也是憋得氣苦。娘，妳說他若對我有意，那為何遲遲不到咱們家來提親？我做的荷包他也不帶，今兒個身上還添了別的女孩的物件；若說無意，那他為何偏生對我做小伏低，常在一處玩笑？我是女兒家，有些話也不便說出口，不說，心裡堵著，說了，又怕傷了情分和臉面……」

孫氏瞇著眼聽了一回，握著妍玉的手笑道：「早先有那麼一段事，柯瑞其實看上了他表姊，巴巴求他娘到他表姊家裡頭提親……」

剛說到這裡，妍玉「噌」的站了起來，咬牙切齒道：「好你個柯瑞！你戀上人家閨女，又何必跟我糾纏不清！我這就讓他還我的荷包，滾出柳家！」說著便要往外衝。孫氏忙捂住妍玉的嘴將她往回拽，口中道：「妳鬧什麼！還嫌不熱鬧？非要像婉玉那個小貨一樣丟柳家的臉面？」

孫氏這一斥，妍玉便老實下來，眼淚止不住往下掉。孫氏嘆了口氣道：「妳聽娘說完，他表姊攀了高枝兒，跟京城裡頭的官宦子弟訂了親，今年年初就嫁過去了，那帕子許是原先他表姊的舊物，他心裡還忘不了，所以帶在身上，妳又介懷什麼？早先這個事我是知道，但怕妳多想，就遲遲沒告訴妳。」

妍玉流著淚道：「他不喜歡我，我戀著他也無趣。」

孫氏笑道：「他怎會不喜歡妳？這些女孩子裡他唯獨跟妳親厚，我看他如今待妳不同，先前因為他表姊那檔子事，我沒跟他娘提你們倆的事情，本想等妳跟他更情投意合了便把事情定下來，也算了了我的一樁心願。」

妍玉冷笑道：「只怕他就算願意娶我，我還不高興要他了！」

孫氏道：「妳賭氣什麼？柯瑞這般人品是我看了多少個有門第家的子孫才幫妳挑出來的，有品貌又有才學，房裡如今還沒有通房的丫頭。柯家統共就兩個男丁，妳二姊嫁了柯家老大，妳再嫁了柯瑞，那柯家以後就是妳們姊妹倆的天下，妳二姊又是個性子弱的，妳嫁過去把妳二姊供起來，然後便能說一不二，掌管了柯家。這麼好的親，妳往哪裡找？」

妍玉聽了爭辯道：「可他心裡有別人，我……」

孫氏道：「男人都是朝三暮四的，如今他表姊嫁人，他再怎樣也就是個念想，日後跟妳成親，自會回心轉意，過不了多久就把原先的人兒忘了。」說完又諄諄教導道：「如今他表姊嫁了，妳更應該對他溫柔才是，哪兒能使小性子呢？最好能哄得他央他娘上門提親，娘便風風光光把妳嫁了。」又款款說了不少，妍玉也漸漸想開了些許。

正此時，婉玉因要回稟孫氏選婢之事，掀開簾子走進來，瞧見一屋子人不由一愣，眼波流轉，目光卻是先和柯瑞相碰，柯瑞勉強一笑，略點一下頭便偏過臉去。婉玉一時間有些尷尬，進也不是退也不是，倒是楊蕙菊笑著招呼道：「婉妹妹來啦，我還納悶這回來怎麼沒瞧見妳呢！」

這楊蕙菊十五、六歲，頭綰鳳仙髻，插一支小鳳含珠釵，身穿黃白綾棉裙，生得眉目如畫，胸中也有些丘壑經緯，尤愛詩文，自恃才華超乎眾人，往日裡與梅蓮英也並不十分親近。婉玉暗道：「不若趁此機會結交攀談，套問些兒子的近況也好。」想到此處便坐了過去道：「確是有段時日沒見了，聽說府上有了白事，還請節哀順變。」

姝玉道：「剛才菊妹妹還跟我說起這個事，她嫂子一走，她大哥也茶不思、飯不想的，人整整瘦了一圈。」說完不住搖頭唏噓。

婉玉心中又氣又怒，但面上不動聲色。只聽楊蕙菊道：「可不是，不只大哥瘦了，連我那小侄子也天天哭鬧著要娘親，昨兒個病了一場，今早晨才剛好了些。」

婉玉聽罷心裡如刀割一般，恨不得肋生雙翼飛到兒子身邊，強忍了急切，問道：「不知小公子生了什麼病？孩子年歲太小，天氣又毒又熱，若是大病恐就不好了。」

楊蕙菊道：「不過就是熱毒，這兩天哭得厲害了積了火在心裡，大夫開了方子吃了藥已經沒事了。」

婉玉這才放下心來，低著頭將淚意忍回去，面上還強顏歡笑道：「那就好了。」忙又說別的岔開心中痛楚，扭頭對姝玉道：「三姊姊，我如今身邊沒有丫鬟，想找妳要個人兒，我今天看見妳房裡有個三等丫鬟叫做怡人的，想放在身邊使喚，三姊姊割愛給了我吧。」

姝玉聽是個三等丫鬟，便笑道：「妹妹喜歡，回了太太就領走吧。」

柯瑞坐在一旁見她們三個說話，心中卻別是一番滋味，原先婉玉見了他都像扭股糖般纏在他身邊，撒嬌賣俏的討他歡喜，又每每因他跟妍玉爭持，他雖喜婉玉嫵媚多情，但心中厭惡她膚淺霸道。當日婉玉繡了個荷包送他，小廝們揶揄他，柯瑞才道婉玉是「繡花的枕頭，粗魯悍婦，天下的女子都死絕了也不會娶她」，沒想到此話又讓婉玉聽見，惹出一場禍端。自此之後柯瑞便遠離著婉玉，恨不得聽其音都繞道而行，但誰想今日見了故人，婉玉卻處處躲起他來，柯瑞見那花顏月貌的婉妹妹如今不來纏他，不由如釋重負，但心中竟又隱隱失望起來，忍不住偷偷瞥了婉玉幾眼，只覺得她與往昔不同，卻又說不出不同在何處。

此時孫氏掀開臥室簾子對柯瑞招手笑道：「瑞哥兒過來。」柯瑞忙放下茶碗走了進去，孫氏拉著妍玉的手，這邊又拉著柯瑞的手，笑道：「不過是小孩子家的鬧脾氣，沒什麼大不了的，如今便好了吧。」

柯瑞見孫氏臉上帶笑，這才放下心來，給妍玉作揖道：「是我錯了，害妹妹跌跤，妹妹別生我氣，若還惱，就打我罵我吧！」

妍玉見他神態殷勤，心中略寬，但想起自己原本以為與柯瑞兩小無猜，可心上人竟又戀上他人，心中又不由氣苦，臉仍繃得緊緊的。柯瑞見妍玉面露不悅，還道自己那一下子推得重了，妍玉惱他，不由自悔道：「只要妹妹不氣我，我任妳責罰。」

妍玉聲音澀澀道：「你只要把那帕子撕了、燒了，我便不氣了。」

柯瑞一愣，編了一番話道：「就是因為那帕子才惹了妹妹不高興，我剛才已將它丟進荷塘去了。」

妍玉冷笑著不信，孫氏暗地裡偷偷掐了她一把，妍玉偷瞥了母親一眼，這才垂著眼皮不情不願道：「我不怨你了。」

這話剛說完，只聽門口傳來一陣笑，三人抬頭一瞧，只見婉玉、姝玉和楊蕙菊皆站在門前，楊蕙菊笑道：「剛才瑞哥兒在外頭站也不是、坐也不是，如今看來，你們這對小冤家算是和好了。」妍玉聽了不由一窘，扭捏著去掐蕙菊的嘴，眾人見了又笑了起來。

柯瑞心中暗鬆一口氣。原來這帕子正是婉玉落在書堂院子裡的那條，當日柯瑞站在樹後瞧見個窈窕背影站在窗子旁聽屋裡頭背書，他還以為是哪家小姐的丫鬟，扒開枝椏望去，只能瞧見隱隱露出的一點雪腮。他見那女子只靜靜站著便自有一股超逸，有幾分他表姊的品格，不由心動，想見其嬌顏。裝作不經意與那女子相撞，誰知對方竟低著頭逃了，卻將一塊帕子留了下來。柯瑞暗地裡期盼這丟了帕子的姑娘與他表姊相若，暗想來書堂學習的女子均是大家閨秀，若是能因這帕子結一段良緣，也能稍撫慰與表姊難成佳偶的遺憾，於是便將那帕子時時刻刻的帶在了身邊。

孫氏見他二人和好了，臉上掛了笑意，但一見婉玉又將眉頭擰了起來，暗道：「今天柯家和楊家的幾位哥兒、姐兒到府裡頭來，我還特地瞞了那小貨，她倒是鼻子尖，自己嗅著就跑過來了，跟她那個當戲子的親娘一個賤相兒。」

婉玉見孫氏望著自己眉頭微皺，立刻猜到其中關節，忙將怡人的事回了，又託身體不適告退，孫氏也不挽留。婉玉從正房退出，念著兒子偷灑了幾滴淚，去楊府之心越發急切，暗思若是孫氏一力阻止她去楊府小住，唯一可求的就是柳壽峰了，如今只能使出百般手段討好，想到此處，婉玉便轉過身往書房走去。

入了書房才知柳壽峰已出門，婉玉心裡頭有點失望，只得往回走。走了一段路更覺日頭毒辣，便坐在抄手遊廊裡頭休息。忽然前面傳來聲音道：「我還道是誰坐在這兒，原來是表妹。」

婉玉猛抬頭一看，只見個十八、九歲的年輕男人站在跟前，穿著月白的襴衫，生得黑粗，舉止輕浮。婉玉一驚，不知此人是什麼來歷，但見他一雙綠豆眼睛時不時向她瞄來，心中登時明白了，不願與此人多待，站起來低著頭便往前走。那人往旁邊一閃，攔了婉玉的去路，笑道：「表妹別急著走，妳我有些時日未見了，不請哥哥喝杯茶嗎？」

婉玉見他擋路便轉過身往回走，那人又踅回來，擋在婉玉跟前，拿捏了風流作勢，笑嘻嘻湊過來道：「妹妹何處去？我同妳一起。」

婉玉何曾被人輕薄過，登時便怒了起來，指著呵斥道：「滾到一邊去！誰是你的妹妹？再擋我的路，叫人打死你個混帳東西！」

那人臉色變了一變，再看婉玉氣得雙頰生霞，雙眸圓亮，心中更是一蕩，竟伸出手來拉婉玉的胳膊，摸上她的手道：「好妹妹，妳惱我什麼，妳且說說，妳愛什麼花兒，喜什麼粉兒，我知妳愛用胭脂，表哥都買給妳。」

婉玉勃然大怒，掄起胳膊「啪」就是一巴掌。那人捂著臉登時呆住，見婉玉凌厲之勢不由心中發怵，繼而又惱恨，冷笑道：「不過是個小妾生的，親娘還是個賤戲子，還真把自己當小姐了？前些時日還因個漢子跳河，本就不是什麼好東西，這會兒裝什麼貞節烈婦?!」

話音未落，婉玉「啪」又是一掌，指著那人鼻子厲聲道：「我親娘是什麼輪不到你管，我是堂堂正正的柳府五小姐，你再試著辱我一句，你再試著輕薄我一下，光天化日之下竟做出這等齷齪骯髒之舉來，我今日拚出性命也要打死你這個畜生！」

那人怒了，伸手還欲拉扯婉玉，卻聽背後有人大喝道：「誰在哪裡？快給我住手！」那人一嚇，餘光又瞥見有個高壯的人影匆匆往這邊趕來，不由怕起來，暗想：「如今是在柳家，柳婉玉是個怪辣貨子，鬧起來自是沒我的好處。」想到此處慌忙轉身跑了。

婉玉急喘了幾口氣，癱坐在遊廊上，正用帕子拭眼淚的當兒，眼前卻出現一雙鑲邊雲頭履。抬頭一看，只見楊晟之站在她身邊，她忙擦了淚，低聲道：「謝謝，平白讓晟哥哥看了笑話了。」

楊晟之見婉玉落淚，本想寬慰幾句，但此刻見了她竟一句話都說不出口，臉微紅，只得吶吶道：「妹妹別哭，萬不要因那畜生把自己哭壞了。」說完又蹙眉道：「那人是誰？光天化日之下的，待會兒跟嬸子說了，將他狠揍一頓再轟出去。」

婉玉忙道：「晟哥哥好意，但如今還是多一事不如少一事，橫豎我已打了他，也解了心頭之氣了。」說完又看了楊晟之幾眼，只覺他眉眼生得與楊昊之有幾分相像，卻毫無楊昊之的秀氣，生得高大壯碩，膚色微黑，五官極為英挺。婉玉此刻狼狽，更不願見故人傷情，站起身道：「謝謝你，我走了。」

楊晟之原想送婉玉一程，卻見她頭也不回往前走，心中沈吟道：「她此刻定是覺面上不好看，所以先搶在前頭走了，我遠遠跟在後頭，若是那登徒子再來，也可護上一護。」思罷便遠遠跟在後頭，直到看見婉玉進了浣芳齋，楊晟之方回了去。

此話不提，且說在遊廊之上，與婉玉糾纏之人是孫氏娘家哥哥之子，喚作孫志浩。孫氏娘家亦是金陵中的富戶，家中到孫志浩這一代，唯有他一個獨子而已，自小被家裡頭溺愛，雖認得幾個字，但終日裡聲色犬馬，無所事事，養了一身紈袴習氣。平日裡跟婉玉也鮮少碰面，但只今日見了婉玉坐在遊廊上，見她生得嫵媚風流，舉止裡更添了嫻雅貴氣，孫志浩看著身子就已酥了一半，只覺自己見過的女子一個都及不上，不由起了淫心。適才被婉玉一番痛打痛罵，他自是懷恨在心，又怒又憤，但想到婉玉明眸皓齒，心中又癢起來，恨恨道：「任妳這小妖婦張狂，日後必定要落在我的手心之中，看我怎樣收拾妳！」

第五回　慶壽辰楊府迎嬌客　偷幽會楊大暗謀劃

婉玉回了浣芳齋將夏婆子找來套問，得知自己打的竟然是孫氏的侄子，心中不由驚慌，但一直不見孫氏找她去問話，又暗暗慶幸，遂放下心來。

過了幾日，妍玉、紫萱等都收拾東西準備去楊府小住，唯獨無人告知婉玉。婉玉又等了半日，終是坐不住了，起身便朝書房走去，怡人捧著東西跟在她身後。忽而怡人想起什麼，湊上來道：「姑娘，循著府裡頭的舊例，大丫鬟均是取『紅』字，婧姑娘身邊的紅櫻，娟姑娘身邊的紅藥，姝姑娘的紅槿，妍姑娘的紅薔和原先姑娘身邊的紅芍，均是這麼叫的，如今姑娘也給我改一個吧！」

婉玉把眉一皺道：「什麼紅不紅的，取得忒俗，咱們何必跟著她們瞎起鬨？妳的名字雅得緊，花香怡人，春色怡人，比那紅紅綠綠的意境強出百倍。」

怡人忙笑道：「姑娘說得是，那這名字便不改了。」

剛說到這裡便聽身後人道：「古語云『紅杳渺以眩湣兮，猋風湧而雲浮』，亦有『日出江花紅勝火，春來江水綠如藍』的佳句，『紅』字大俗大雅，若說用『紅』便是俗氣，也未免偏頗了些。」

婉玉一回頭，只見柳壽峰正站在她身後，連忙恭順道：「爹爹說的是，婉兒受教了。」

柳壽峰走到書房門口道：「進來吧。」婉玉便跟著走了進去。

柳壽峰坐在書案前，將婉玉新習的字攤開看了看，見落筆和字體架構均有長進，不由微微點頭。婉玉見柳壽峰面帶滿意之色，忙湊上前指著紙上「澹泊致遠」四個字道：「這幾個字是爹爹送我的扇子上題的，我後來問明瞭意思，無事的時候又多想了幾回，知道了爹爹的用心。」

柳壽峰微抬起頭道：「哦？那妳且說說我是什麼用心？」

婉玉道：「這幾個字出自諸葛亮的〈誡子書〉，『夫君子之行，靜以修身，儉以養德。非澹泊無以明志，非寧靜無以致遠。』，後面又有『淫漫則不能勵精，險躁則不能治性。』。意思是君子之操守，恬靜以修善自身，儉樸以淳養品德。不澹泊就不能明晰志向，不寧靜就不能高瞻遠矚。沈迷滯遲就不能勵精求進，偏狹躁進就不能治煉性情。爹爹是想要我澹泊寧靜，最忌跋扈險躁，修養德行，養自身品格。」

柳壽峰聽婉玉一番話款款道來，又見她盈盈而立頗有大家風範，心中不免添了兩、三分喜愛，又想到這些時日婉玉時常做些吃食送來，還日日堅持習字修身養性，比原先乖順百倍，愉悅之情又增了五、六分，看婉玉越發歡喜，點頭道：「不錯，妳若知道了，也不枉我的一番用心了。」

婉玉笑道：「這〈誡子書〉是諸葛孔明五十四歲的時候寫給他八歲兒子諸葛瞻的，而今爹爹拿此訓來教化我，咱們父女也算頗得古風了。」

柳壽峰笑道：「字還沒寫幾個就想仿古風？回去將柳體寫好了才是正經。」

婉玉見柳壽峰受用，心裡稍微鬆了口氣，又見他的茶碗空了，忙提了壺一邊沏茶一邊道：「爹爹說的是，婉兒回去勤加練習。」說完頓了頓道：「三姊、四姊和萱姊姊都準備去楊府了，爹爹，我也想去。」說完一雙杏目閃閃望著柳壽峰。

柳壽峰怔了怔，不讓婉玉去楊府是孫氏的主意，怕婉玉到楊府裡頭哥兒姊兒們多了又爭意氣鬧事，再丟柳府的顏面。他覺得有理便隨口應了，今日婉玉來求他，他不由猶豫起來。

婉玉哀求道：「爹爹，先前是我不懂事，而今我明白事理了，姊姊們都去了，府裡頭就剩我一個人，我也是孤單，爹爹就准我去吧，我絕不惹是生非。再者說，我如今都改好了，也想去把臉面爭回來。」

柳壽峰見她臉上滿是可憐乞求之色，心中不由一軟，略一沈吟道：「准妳去了，但是妳如若再說了什麼流言渾語，做出什麼丟人現眼的醜事，我定揭了妳的皮，再把妳遠遠打發了省得煩心！」

婉玉聽了一喜，連連稱是，躬身拜道：「婉兒不敢淘氣，只會跟著姊姊們學好。」她說完，見柳壽峰無話，方靜靜退了出去。

第二日早晨，楊家便派了馬車來，孫氏原是來送妍玉的，見婉玉也坐在車裡，心中自是不喜，看著妍玉含沙射影道：「如今在外頭一切不比家裡，別一句話不投機就瞪著眼睛罵人，亂抖那點小機靈，眾人面前能說慣道，妝紅抹綠的作輕狂樣兒，平白的丟人！」婉玉聽了不吭聲，只垂了頭坐在最裡頭。孫氏雖惱，但也無話可說，一時間人來齊了，小姐、丫鬟各乘一輛馬車，大家說說笑笑直奔楊府而去。

馬車行了一陣，駛入一條巷子，只見巷中有兩扇獸頭銜環的朱紅大門，門旁守著兩隻大石獅子，門口站了十幾個打扮整齊乾淨的四等僕役。馬車停了，小姐們被丫鬟攙扶下車，卻不走正門，只從角門入內，其間早已準備了四乘軟轎，婉玉上了轎子，掀開簾子不斷張望，再回故地只覺如同作夢一般，心裡頭又酸又悲。行了一陣，轎子在垂花門前停住，婆子、丫鬟擁上來扶小姐們下轎，妍玉對婉玉低聲道：「這楊府妳是第二次來，還沒逛過。園子比咱們家的大，也比咱們家的看著闊氣，但終究少了書香意境，這點就萬萬趕不上咱們了。這戶人家規矩多，妳可切莫多說了話，讓人恥笑了去。」說完一副駕輕就熟之態走到了最前方。婉玉輕輕搖了搖頭，緩緩走在後頭，行在遊廊之上，只見四周雕樑畫棟，檻鑿欄雕，怪石奇葩，夭花翡葉，一間間穿山廂房甚是軒麗。

婉玉看一回傷感一回，舊日之景皆浮上心頭，正恍惚的當兒，忽而身邊有人拽她胳膊，婉玉一怔，只見紫萱湊到她身旁向前頭的妍玉一努嘴道：「真真兒討人嫌，剛才她教我『別四處亂看，楊家雖富貴，也別讓人看輕了咱們。妳剛才看的那宅子是長子的正房，裡頭倒是華麗，回頭帶妳去轉轉』。哼，我家在京城的後園子也不比這楊家小呢，她那態勢好像自己就是楊家主人似的，真沒羞！」

這一打岔倒是將婉玉的傷懷沖淡了些許，她抿嘴一笑道：「人家把自己當主子呢，別理她就是了，又何必跟她置氣。」

紫萱得意道：「我當時就跟她說『我丟了人也是自己的事，倒是妳有見識，能把人家的宅子當成自己的宅子』，哈哈，她那臉當時就綠了。」婉玉聽了忍不住笑了起來。

此時已走到正房前，幾個坐在門口的婆子、丫鬟立刻站起身道：「姑娘們來了。」然後掀開簾子向屋中道：「老太太，柳家的姑娘們到了。」

妍玉搶先進了門，一入內便笑著湊上前道：「老太太好，老太太吉祥，才幾日不見，老太太越發精神了。」正說著，婉玉等人也走了進來，只見屋正中的羅漢床上坐了一個老婦人，滿頭銀髮紋絲不亂，插一根翡翠玉簪，髮髻上箍著昭君套，正中鑲一顆紅寶石。身穿墨綠縷金提花緞面交領長襖，神色端嚴，雙目湛湛有神，正是楊府的老太太。

有人在旁邊笑道：「聽聽、聽聽，妍妹妹的嘴跟抹了蜜似的，一來就知道討人歡喜。」婉玉扭頭一看，說話這人正是楊家的二兒媳柯穎鸞。柯穎鸞二十出頭，頭戴大鳳釵和金鉸鏈墜蝴蝶抹額，身穿寶藍鳳尾杜鵑折枝刺繡上襦，下穿霜色五彩花卉刺繡馬面裙，身量高挑苗條，細眉粉面，五官生得秀麗，卻算不得上等美人，但俊目流眄，被這眸子一襯，整個人便容色照人起來。她見婉玉等人來了，忙不迭起身招呼，命丫鬟擺座上茶。

楊母拉著妍玉的手，讓她坐在床邊，笑道：「妍丫頭比先前看著更水靈了，嘴也巧，跟她娘越來越像。」妍玉笑意盈盈，給楊母奉茶，又端瓜果。

婉玉向周圍一瞧，只見滿滿一屋子人，均是熟面孔。除去楊母和二兒媳柯穎鸞，楊母身邊還坐了楊蕙菊，左下方坐著柯瑞和楊晟之，婉玉因沒看見柯穎思不由失望但又隱隱鬆了口氣，跟著眾人去給楊母請安。

楊母見了婉玉和姝玉臉上都是淡淡的，唯見到紫萱不由奇道：「這姑娘是誰？長得也那麼俊。」

柯穎鸞笑道：「這應是柳家大兒媳的妹妹，神武將軍張亮的小女兒。」

楊母拉著紫萱的手笑道：「原來是將門之後，怪不得帶了尋常女孩兒家沒有的英氣。閨名叫什麼？可曾讀了書？平日裡喜歡做什麼？」說著將紫萱拉到自己身邊坐下，倒將妍玉擠到一旁了。

紫萱道：「我叫紫萱，早先在家也上過幾年學，識幾個字。平時不過跟姊妹們一處做做針線，還喜歡畫畫。」

楊母見紫萱說話伶俐又一派爛漫，因笑道：「來我家住著也別拘著自己，需要什麼就跟妳二嫂子說，畫畫缺什麼顏料、筆紙的也盡說無妨。」說完召喚道：「碧桃，我還有個瓔珞圈，妳取來給萱姐兒。」對紫萱笑道：「這瓔珞圈我原先給柳家的小姐每人一個，也不能虧了妳。」而後又賞了小金錁子、荷包等物，紫萱道謝不迭，又說了些許吉祥討喜的話兒，楊母自是歡喜，便對眾人道：「我與這孩子投緣，就讓她住我那暖閣吧。」

柯穎鸞笑道：「萱妹妹這氣度一看便知是女中的豪傑了，咱們老太太又素來是個颯爽幹練的，怪不得投脾氣。」說完又吩咐下人道：「你們引萱妹妹的丫鬟去暖閣，把東西收拾一遍，缺什麼直接去庫房登記領了便是。」

原先妍玉來府中是與楊母住一處的，如今見這鋒頭讓紫萱搶去，又想到剛進楊府時跟紫萱說話又被一頓搶白，心裡不由不痛快起來，暗道：「什麼投緣，不過是看人家是神武將軍的閨女，所以狠命巴結罷了，有什麼了不起的！」但面上仍強忍住，眼一斜看見柯瑞坐在底下，兩人目光一撞，柯瑞對她微微一笑，妍玉略好過些，勉強扯了絲笑容，只默默坐著不語。

婉玉揀了個不顯眼的位置坐了。不多時丫鬟奉上酸梅湯和冰鎮鴨梨，婉玉心潮起伏，雖急著想見兒子，但也知此處毫無自己插嘴的餘地，再見了剛才的光景，心中明白了幾分，暗道：「楊府如今是柯穎鸞管家，我一死也是稱了她的心願。」

楊蕙菊道：「老祖宗，我要跟妹玉一同住。」

柯穎鸞笑道：「那妹姑娘住妳的綴菊閣，婉姑娘和妍姑娘去蘭妹妹出嫁前住的含蘭軒吧。」婉玉跟妍玉對視一眼，二人心中均叫苦不迭。柯穎鸞又看著柯瑞道：「瑞哥兒就住大爺的飛鳳院，那地方寬敞。」柯瑞忙點頭稱謝。

楊母問道：「達哥兒怎麼沒來？」

柯穎鸞道：「梅家捎信過來了，說親家母病了，梅家大爺遠在京城，家中只有書達一個兒子，所以要守在病榻前頭盡孝，待老祖宗壽辰再過來賀壽。」婉玉一聽母親病了，心中登時一揪，立刻抬了頭。

楊母皺眉道：「親家的病怎的還沒好？妳去帳上支銀子買人參、鹿茸、燕窩什麼的給送去，多多的送。再配幾丸大補的藥，我吃的長榮寧樂丸也給配一味過去。」說完頓了頓道：「讓妳婆婆親自送去。」

柯穎鸞一一應下，道：「有道是『病來如山倒，病去如抽絲』，大夫說是憂思過重，靜養便可。老祖宗也別太過掛懷。」

婉玉緊緊絞著手中的帕子，垂頭暗道：「娘定是因為我死了才得了重病，她原本身子就不好，這一病不知痼疾加重沒有。可恨我如今自身難保，不能去病榻前盡孝。」想著眼淚便滴下來，急忙強忍，端了酸梅湯小口喝下，悄悄背過身用帕子將淚拭了。抬起頭卻看見楊晟之正向她望來，見她眼眶微紅不由面露詫異之色。

婉玉忙裝作無事，對他擠出絲笑容，不想又被柯瑞看見。柯瑞怔了怔，暗道：「婉妹原先對楊晟之素來不假辭色，說他是『榆木的腦袋，呆頭鵝一個』，今日怎的對他笑了？如今她不來纏我，難道是因為又看上楊晟之這小子？」他看看婉玉又看看楊晟之，心中反倒異樣起來。

眾人說笑了一陣，便各自散了。婉玉和怡人走在最後，待快走到含蘭軒時，婉玉輕拽怡人道：「如今跟了個多刺的祖宗住在一處，她的丫鬟也是個不省事的，妳我能避就避，莫要橫生枝節，妳有什麼事儘管跟我說，萬不要跟她們爭持了去。」怡人看了一眼走在前頭的妍玉和紅芍，道：「我心中有數，姑娘放心吧。」

婉玉將閨房讓給妍玉，命下人打掃了含蘭軒的書房，帶著怡人住了過去。中午丫鬟、婆子送了飯菜來，道：「老太太因天熱身上不爽利，所以就不讓姑娘們過去吃中飯了，姑娘們晚上再過去用飯。」

婉玉一看吃食，兩樣葷菜、兩樣素菜、一盅飯、一碟餑餑並一碗碧粳粥，倒也像樣。吃完飯，妍玉犯了食睏，去睡午覺。婉玉思子之情實在難以抑制，乘人不備，獨自出了門，輕車熟路的走到飛鳳院，從後門溜了進去。

入了院子發覺裡頭靜悄悄的，婉玉輕手輕腳的來到平日裡兒子睡覺的屋子旁，透過碧紗窗向裡頭望去，屋中一個人都沒有。她想著兒子興許跟楊昊之住在正屋裡，便又溜到正屋房後，只見窗子關得嚴密，往裡一細聽，卻聽見男女調笑之聲。

飛鳳院正屋臥楊之上，楊昊之正坐在榻上與柯穎思抱在一處，柯穎思摟著楊昊之脖子道：「冤家，這段時日你都沒見我，你想我不想？」楊昊之見她俏臉粉頰，想起先前二人共度的無邊春色，心都酥了，捏著柯穎思的小手笑道：「怎麼不想，還是我出的主意讓老太太把幾家的哥兒、姐兒都接過來住，妳我便可以時常相會了。」說完便對著俏臉要香過去。

柯穎思別開臉啐道：「你個小沒良心的，我且問你，你到底什麼時候娶我過門？」

楊昊之皺眉道：「那瘸子剛死呢，妳也知道，若是尋常人家的女兒也就罷了，偏生她是梅家的小姐，我小妹妹跟梅家小子還有親事，這一來兩家的顏面都要顧及，怎麼樣也要守義一年才能再談娶親之事。」

柯穎思咬牙道：「你等得，我肚裡的孩兒卻等不得了。你要把我置於何地？難道要把我放到外地生了孩子再回來？我連正室位置都不求，只要你讓我進門，你還推三阻四的做啥！」

楊昊之道：「思妹，這事急不得……依我說，妳把孩子拿了吧！」

柯穎思登時瞪大一雙眼，狠狠捶了楊昊之一拳，尖叫道：「你說什麼！你怎麼能說出這樣的混帳話?!」

楊昊之一把捂住柯穎思的嘴，沈下臉道：「嚷什麼嚷！還怕別人不知道妳在我房裡？如今情勢妳又不是不知道，這孩子留不得，若是讓梅家人知道，妳我都吃不了兜著走！」

柯穎思冷笑道：「虧你還是男子漢大丈夫，就那麼怕人家？橫豎你娶個偏房進來，又礙著他們什麼事！」

楊昊之冷著臉道：「就算娶妳也要先把孩子拿了，若是讓梅海泉知道那瘸子活著的時候我還跟妳在一處，心裡頭定然不爽快，萬一鬧到我爹那裡，不光妳的名譽掃地，我也要被扒層皮；再者說了，梅家如今仕途坦蕩，楊家不比往常，如今僅是在戶部掛個虛名，日後還要指望梅家那棵大樹，所以他家是萬不能得罪的。」

柯穎思心裡頭又悲又恨，不由捧著臉嚶嚶哭了起來。楊昊之忙坐起來摟著她安慰道：

「不過是個孩兒，今後來日方長，我娶妳進來還愁沒有孩子嗎？妳我是青梅竹馬長大的，我怎能辜負妳的一片心？」又絮絮說了好多衷腸的話兒，才將柯穎思勸得略好了些。楊昊之見柯穎思哭得雙目通紅，跟往常比又有幾分柔弱媚態，心裡頭的火又燒起來，在柯穎思耳邊說了幾句，柯穎思登時破涕為笑，橫了楊昊之一眼。楊昊之笑道：「不生氣了？」說完便親上粉面，將柯穎思壓到床榻之上，屋中自是一片春光。

婉玉在窗外氣得渾身亂顫，深吸幾口氣，強打著精神往外走，心中連連冷笑道：「好，好，好一對奸夫淫婦！想得償你們的心願，除非我梅蓮英再死一次！」拐過小徑時忽一個小小的人影兒跌跌撞撞衝上來，直撲到她腿上，往後一仰便摔倒在地，婉玉嚇了一跳，低頭一看，只見那小人兒不過三、四歲，穿一身白孝服，生得胖乎乎，頭上總兩個角，歪在地上咧著嘴，想哭又不敢哭，白嫩嫩的一張臉憋得通紅。這孩兒不是她朝思暮想的兒子楊林珍又是誰？

婉玉一驚，衝上前將珍哥兒扶起來，急切道：「碰到哪兒了？疼不疼？快讓我看看？」說著忙不迭察看兒子手臂和腿，只見胳膊上紅彤彤一片，心裡頭又悔又疼。

珍哥兒圓亮亮的眼裡含著淚兒，癟著嘴道：「我沒事，我娘說過，男子漢大丈夫不能掉淚。」

婉玉摸著兒子的臉，淚已滴了下來，把珍哥兒猛摟到懷裡，哽咽道：「肉肉兒，娘……想你想得心肝都碎了……」又趕緊將他鬆開，忙不迭上下打量，問道：「聽說你前幾日病了，如今可都好了？這幾日你吃得可好？睡得可好？奶娘和丫頭伺候得精不精心？」

珍哥兒貶著眼道：「妳是誰？叫什麼名兒？是新來的丫鬟嗎？」

這一句猛將婉玉點醒過來，她知自己失了態，忙用帕子拭了淚，把珍哥兒抱起來道：「你怎的一個人跑出來了？奶娘和丫頭們呢？」

珍哥兒噘著嘴道：「爹讓我跟老祖宗一處，我不願，中午裝睡覺，等人都出去了就自己跑出來了。」

婉玉抱著珍哥兒慢慢往正房走，口中道：「你怎的這麼淘氣？私跑出來，府裡頭非大亂不可。」

珍哥兒奶聲奶氣道：「我要回自己院子，萬一我不在時娘親從天上回來看我，我豈不是見不到她？」

婉玉心一揪，抱著兒子再說不出話。珍哥兒抱著婉玉脖子道：「妳叫什麼名兒？妳身上香噴噴的，味道跟我娘親一樣，我要妳陪我。」說著小腦袋歪在婉玉肩膀上。

婉玉淚意又起，忙壓下來，拍著珍哥兒低聲道：「我日後天天陪著你。」

剛走了一段路，就見前頭幾個婆子、丫鬟風風火火的迎面跑過來，一見婉玉抱著珍哥兒，都拍著手如釋重負道：「阿彌陀佛，可算找著這小祖宗了！」說著伸手就要抱，珍哥兒百般不願，扭手扭腳的抱著婉玉脖子不鬆開，婉玉自然也不願別人抱他，因笑道：「我抱著他回去吧。」丫鬟們道：「那就麻煩姑娘。」說罷跟在婉玉身後回了正房。

入了正屋，只見楊母沈著臉坐在羅漢床上，一見珍哥兒立時跟得了鳳凰般眉開眼笑，張開手臂道：「快把珍哥兒抱過來！」婉玉將珍哥兒抱過去，楊母一把摟在懷裡道：「怎的一聲不吭就跑了?這還得了!若要再犯，定要你爺爺和爹爹打你！」說完又呵斥跟著的丫鬟和婆子道：「好好個孩子都看不住，一個個辦事不牢，若珍哥兒出了好歹，妳們誰能擔得起？」屋中的下人烏壓壓跪了下來，一迭聲說知錯了。

楊母對婉玉道：「多虧了婉姐兒把珍哥兒找回來。」婉玉笑道：「男孩子自然淘氣些，下人們一時半刻也容易走了眼，老祖宗莫要生氣，好在珍哥兒沒跑遠，也沒出什麼大事。」楊母因尋不到重孫，心中自是著急發狠，如今見了珍寶回來，胸中惱怒自然去了一半，見婉玉給了臺階，便也順著下來，對下人道：「既如此，看在婉姐兒的面上，這次就不罰妳們了，都散了吧。」說完摸著珍哥兒的臉，愛憐道：「外面日頭毒，你病才剛好又出去淘氣，可曾唬著了？」

珍哥兒烏溜溜的眼珠看一眼楊母，小胖手抓了婉玉的裙襬道：「老祖宗，我要這個丫鬟陪我。」

楊母道：「休要胡鬧，她哪是什麼丫鬟，她是你婉姨。」

婉玉笑道：「不礙得，珍哥兒雪團一般聰明可愛，我歡喜都還不夠，願意跟珍哥兒一處玩。」

楊母眉頭暗皺，她知婉玉親娘出身不高，又曉得婉玉平日霸道胡蠻作風，對婉玉多有不喜，每次見了臉上均是淡淡的，又聽說她為了柯瑞投湖，心中更輕視幾分，想到讓她陪自己掌上的明珠，不由遲疑起來。

珍哥兒見楊母不作聲，便擰著身子撒嬌道：「我就要她，我就要她！」

楊母不動聲色將婉玉打量一回，看她舉止端莊大氣，氣度高貴，剛才說話也進退得宜，往跟前一站，與往日截然不同，一遲疑的工夫，珍哥兒早已扯著她袖子道：「老祖宗，妳准了吧，准了吧！」說完癟著嘴就要大哭。

楊母忙道：「好好，准了准了。」說完對婉玉笑道：「那就麻煩婉姐兒了。」

婉玉求之不得，忙將珍哥兒抱了，笑道：「老祖宗放心吧。」說完抱著孩子到旁邊屋子去了。

卻說妍玉睡午覺醒了，洗了臉，吃了盅茶，便往綴菊閣去找姝玉和楊蕙菊一同玩耍，到了門口卻聽屋中歡聲笑語不斷。只聽柯瑞笑道：「好妹妹，饒了我吧！」

楊蕙菊道：「不成不成，說好了的，輸的人不僅要吃一大海，還要學小狗叫喚，你賴帳可不行，萱妹妹妳說是不是？」紫萱道：「正是，這帳可賴不得。」楊蕙菊道：「聽聽，令官都這麼說了，你可不能不從。」

柯瑞央告道：「好妹妹，狗叫學得，這摻了鹽和紅糖的茶我可斷是喝不下了。」滿屋子的人登時笑了起來，姝玉道：「你若喝不下，那便想個別的法子抵了吧。」柯瑞笑道：「使得使得，前一陣子我去棲霞寺換寄名符（注），廟裡頭的老住持送了我一些小玩意兒，其中有個玉蟬，今兒我看菊妹妹腰上也戴著個，我那個玉蟬比妳的大，送了妳吧，正好湊成一對。」

紫萱笑道：「不錯不錯，這物件妙得很，日後菊姊姊可以送給姊夫定情。我看這款式保不齊還是宮裡頭的，水頭很足，比妳那個玉蟬剔透多了。」

楊蕙菊啐道：「不過是個玉蟬，別說宮裡頭，連坊間也多得是，還算什麼稀罕物呢，我不要。」

妍玉在門外站著卻已是沈不住氣了，掀開簾子進屋道：「喲，真熱鬧，一大屋子的人呢，是我來錯了。」說完轉身要走。

柯瑞見妍玉來了，忙上前攔道：「怎是來錯了？來得剛剛好，適才我跟三個妹妹行狀元令呢，妳來了，我們便一起玩。」

妍玉似笑非笑道：「不玩，我要輸了可沒什麼玉蟬金釧的賠給人家。」紫萱悄悄擰了眉，只捧了杯子喝茶，姝玉別開臉看牆上掛的古畫。

柯瑞尷尬起來，倒是楊蕙菊笑著迎上前道：「妹妹不歡喜咱們便不玩了，可瑞哥哥適才

注：寄名符，古代為了兒女容易成長，常寄名於僧道處為徒，僧道便授符簶給孩子佩帶，稱為寄名符。

輸了還是要罰，就罰你去端碟子冰鎮西瓜來，然後服侍妍妹妹吃瓜。」

柯瑞笑道：「這個好。」說完一溜煙的跑了出去。

柯瑞問了丫鬟，知綴菊閣裡已沒有西瓜，便舉步往廚房走，到廚房一問，婆子說今日的西瓜已吃完，僅剩的一盤端去老太太房裡了。柯瑞猶豫一陣，只覺妍玉剛才面露不悅之色，這會兒當要加倍陪小心才是，便要往老太太房裡討一片西瓜，回去表功一回也能消了她的火氣，便悄悄進了正房。入內一瞧，廳堂裡頭靜靜的，只有左邊屋裡時不時傳來幾聲輕笑。

柯瑞走過去探頭探腦一望，只見有個窈窕的半側影正坐在床邊跟床上的小孩子說話，身段風流坐姿端麗，自有一股卓然貴氣，柯瑞乍看去彷彿真是他表姊坐在那裡，忙緊走上前，此時那姑娘也聽到腳步聲，回過頭來，柯瑞登時一愣，那姑娘生得容色照人，竟是他避之不及的柳家五小姐婉玉。

婉玉見了柯瑞不由一怔，站起身道：「你怎麼來了？」柯瑞仍有些目瞪口呆，一時間竟未搭腔。珍哥兒卻是等不及了，拽著婉玉裙襬道：「後來呢？後來呢？那神仙變成鳥兒之後又怎樣了？」

婉玉摸了摸珍哥兒的頭，又抬起臉對柯瑞道：「瑞哥哥來這裡有何事？老祖宗剛才摸了一把牌，這會兒乏了，正歇著，你找她有事過會兒再來吧。」

柯瑞擺手道：「不是要麻煩老太太，就是想討片西瓜。」說著又看婉玉，暗道：「婉玉雖生得美，原先渾身有一股子俗氣，讓人避之不及，今日怎的舉止超逸起來，靈靈氣氣的，跟往日大不同了。」

婉玉聽罷走到床邊的小几子上，掀開食罩，端了碟子走到柯瑞面前道：「西瓜只剩半碟子了，瑞哥哥端走吧，回頭讓小丫頭子們把碟子送過來便可。」

柯瑞連連稱謝，還想同婉玉說上兩句，但見婉玉臉上淡淡的，逕自坐下來陪珍哥兒說笑，柯瑞反倒討了個沒趣，端著碟子往外走，走幾步還仍依依不捨的回頭望一眼，到了門外不住唏噓。

古往今來人多是這樣，別人湊趕著、巴結著，倒不覺得可貴，可一旦對方冷了，他自己倒先不舒服起來，反而生了幾分親近之心。況且柯瑞自小在胭脂香閨裡廝混，又是個溫柔多情的性子，見了有品格的女子莫不喜愛結交，今日見婉玉彷彿換了個人，容貌舉止竟誰都比不上了，又兼之與其表姊有幾分相似，種種情緒之下，更添了幾分殷勤，心中一動，又想：「莫不是當日拾到的是她的帕子？」一念及此，柯瑞恨不得整個人都留在正房裡，回綴菊閣哄妍玉的心思倒淡了七、八分。

婉玉在房裡跟珍哥兒玩笑了一陣，哄他吃了點時鮮的果子。一時珍哥兒乏了，躺在床上睡了過去，此時門簾一動，一個丫鬟托著一碗茶從外走了進來，來到婉玉身邊輕輕笑道：「姑娘說了半天故事，怕也是口乾了，喝杯茶潤潤喉嚨吧，後頭還有冰鎮酸梅湯，但我想著女孩子家還是莫要貪涼，所以給姑娘端了茶來。」

婉玉扭頭一看，那人正是楊母身邊的大丫鬟碧桃。碧桃今年十七歲，身量高䠷，柳眉細眼，自小便在楊母身邊服侍，為人穩重聰慧，最得倚重。婉玉笑道：「勞煩妳了。」說罷把茶碗接了過來，揭開茶碗蓋便聞到一股沁人心脾的茶香。婉玉笑道：「這茶是上等的君山銀針。」喝了一口，又道：「還是用軟水煮沸了泡出來的，用這麼好的茶招待我，妳真是有心了。」

碧桃笑道：「哪裡是我有心，剛才老太太說姑娘照顧珍哥兒辛苦了，讓我泡碗好茶給妳喝。」說完看了珍哥兒一眼，在婉玉身邊的繡墩子上坐下來道：「自從大奶奶沒了，珍哥兒便沒這般乖巧過了，每日醒來便是哭鬧著要娘親，前一陣子還病了一場，讓人操碎了心。」

婉玉道：「珍哥兒身邊應該有奶娘和伺候慣了的丫鬟、婆子，怎麼還讓孩子鬧出病來？」

碧桃嘆了一聲道：「姑娘有所不知，大奶奶沒了以後，大爺把原先梅家過來的丫鬟下人全都打發回梅府了，說是看著傷心。伺候珍哥兒的奶娘和丫鬟也是大奶奶從娘家帶過來的人，都一併打發回去了。老太太和太太雖也覺得不大妥當，但大爺對大奶奶情深義重的，看了以前跟著奶奶的下人就落淚，旁人也怕他傷心太過壞了身子，就把原先那些下人都打發走了。珍哥兒這幾日一直跟著老太太，但晚上定會哭鬧，吵著要回飛鳳院，等他娘親回來。」

婉玉心中冷笑一聲，暗道：「哪裡是見著故人傷心，分明是把我手底下的親信都弄出去，方便他二人偷情罷了！適才他還與那賤人風流快活，對我情深義重，真是天大的笑話！」又微微蹙眉，暗道：「我原想著見到原先親厚的丫鬟、小廝，讓他們去梅家給送個信，但如今竟一個都不在了，梅府高門深院，非等閒下人可進入面見我爹爹和弟弟的，這該如何是好？」面上不動聲色，只取了茶喝，一邊絮絮和碧桃閒話。

兩人說了會兒，卻見門簾子一挑，紫萱板著臉走進來，剛要說話，見珍哥兒躺在床上，方閉了嘴，走到几子邊倒了碗冷茶喝。

婉玉見狀招了招手道：「萱姊姊到這邊坐，莫喝冷茶，我這兒還有半碗熱的，不嫌棄就喝我這個吧。」

碧桃笑道：「來我們這兒還能不給碗熱茶喝？」說著起身出去沏茶。

紫萱往婉玉身邊一坐，噘嘴道：「適才我們在綴菊閣一處玩笑，瑞哥兒看見我做的荷包，讚上面的花樣好看，說連宮裡頭的都比不了。我說這個花樣是我自己畫出來又配了色，一針一線親手繡的，外面斷找不到第二個。瑞哥兒聽了便一口一個好妹妹，還給我端了碗茶，巴巴求我給他繡個錦囊。我便應了他，不過是想把花樣畫出來讓丫頭們去繡就是了。妍玉聽了便不得了了，酸溜溜說這還沒見幾面，定情信物便送上了，端了杯子是不是要喝交杯酒，又說我那荷包不過是色配得好，花樣早就用得俗了。我聽了沒說話，甩簾子便回來了。妍玉真真兒是個是非精，我可不願再和她一處玩了。」

婉玉道：「她就是這樣的人，妳又何必理睬她？日後咱們也都離瑞哥兒遠著點，省得說錯了話大家都不高興。」

紫萱冷笑道：「她不就寶貝柯瑞嗎？依我看，她能不能稱了心願還難說。她們母女倆倒是相中了姑爺，只怕對家還沒那個心。」原來馮氏曾對紫菱微微露過意思，想與張家結親，紫菱推說紫萱的婚事父母早有主張，馮氏也就不再提了。

婉玉知她話中有話，便也沒多問，只把話頭扯到別處。片刻後碧桃進來奉茶，命兩個小丫頭子在門口守著伺候，而後靜靜退了出去。

碧桃回到楊母臥寢，坐到楊母身邊笑道：「老太太放心吧，珍哥兒聽了半天故事，這會兒睡了。剛才我跟婉姑娘說了幾句，瞧她言語可敬，談吐也像是有見識的，是個十足的閨秀，要我說，還有幾分咱們大奶奶的品格，怪不得珍哥兒跟她投緣。」

楊母點頭道：「只要不是粗俗潑辣的下流胚子便好，我也瞧著婉丫頭與往日不同了，說到底還是官家小姐，自然有氣度和風采。珍哥兒若是聽她的話，咱們便留她多住幾天。可憐見的我那小重孫，小小年紀便沒了娘。」說著不住唏噓痛心。

第六回　評美人仇人初相見　私相授楊三勇相幫

一時之間相安無事，待到華燈初上，楊母命人在正廳中擺了兩桌飯，將小輩們全叫了來，姑娘們跟著楊母一桌，楊家的三個兒子並柯瑞坐了另一桌。婉玉先在房中照顧珍哥兒用了飯，這才轉回前廳。才剛踏進門，抬眼便是一愣——那柯穎思此刻就坐在她正對面！頭戴小鳳釵，身穿松花色緙絲衣裙，更顯得纖巧削細；一張瓜子臉兒秀麗美豔，兩頰上春意酥慵。婉玉一見她此情此態，又想到中午偷聽來的不堪之事，只覺血氣不住向上翻湧，眼睛一瞥，只見楊昊之低頭坐在桌邊，扮了一副憔悴相。

婉玉心中不停冷笑道：「好，好妳個柯穎思，枉我將妳一直當作姊妹，妳卻背地裡勾引我丈夫，做出敗德喪行之事，又將我殺死，害我兒小小年紀沒了娘親，害我淪為卑賤的小妾之女！可恨妳當初跪下來求我時，我還念著一絲舊情沒將事情做絕，若早知如此，我當時就應該下了狠手，否則又何至於惹出今日事端！」她攥緊雙拳，指甲深深刺入掌心之中，若不是竭力克制，怕是此刻早已衝到柯穎思跟前，抽她幾十個大耳刮子，拚出個妳死我活！

此時只聽楊母道：「婉丫頭來了，快坐吧。」婉玉一怔，忙收斂心神，低著頭坐了下來，但腿卻不由自主的亂顫，她深深吸了一口氣，再抬頭時已面色無波。楊母道：「今兒個下午辛苦了婉丫頭，妳晚上多用些飯食吧。」命丫鬟端銅盆和面巾來給婉玉淨手。

妍玉不由一怔，暗道：「婉玉這小貨怎的突然受老太太待見了？」頗不是滋味的朝她看了過來。柯瑞也時不時的朝婉玉偷瞟一、兩眼，見她舉止端莊可愛，不由又添了兩分傾倒，一心想著吃了飯便過去與婉玉好好結交一番。其餘人等均是靜靜端坐，等楊母動筷。

楊母將筷子提起來道：「大家都別拘著，想吃什麼就吃什麼。」眾人這才紛紛動筷子挾菜，碧桃和柯穎鸞立在旁邊伺候，一時只有碗筷碰撞之聲。因仇人在場，婉玉吃得有些食不知味，只胡亂填了填肚子，心裡亂糟糟的。眾人靜靜用飯完畢，又有小丫頭子捧來漱口的香茶和淨手的銅盆，待飯菜撤下，柯穎鸞等人方下去用飯。

楊母今日心情甚佳，命楊家三兄弟也不必急著回去，讓丫鬟擺上幾碟果品，和孫輩們談笑起來。妍玉早晨被紫萱搶了鋒頭，心中自然不甘，此刻圍著楊母閒拉西扯，說的淨是楊母愛聽之言，又有楊蕙菊和柯瑞在旁湊趣兒，氣氛自是熱烈。柯穎思因想著與楊昊之的好事，此刻對楊母也刻意討好，兼有楊昊之在旁擺出不經意之態頻頻幫腔，將楊母哄得眉開眼笑。

楊二爺楊景之本就言辭粗陋，楊晟之又是個悶嘴葫蘆，兄弟倆只靜靜坐著，偶一交談，其餘時間均靜靜喝茶。姝玉和紫萱在一處細細說話，婉玉雖狀似在聽她們兩人所言，但心神全放在楊昊之與柯穎思身上，見他倆一唱一和的哄楊母開懷，偶爾目光相碰又皆是心領神會的一番眉目傳情，直怒得雙手冰冷，暗道：「如今我再世為人，豈能讓你們這奸夫淫婦在一處情意綿綿、稱心如意！」

楊母道：「萱丫頭，我聽碧桃說妳房裡有一張畫了一半的美人圖，畫得頂頂好看，妳快拿出來給我們瞧瞧。」

紫萱忙推辭道：「畫得不好，顏料也發澀，怕污了老太太的眼。」

楊蕙菊道：「我也想瞧瞧，萱妹妹畫的美人是什麼樣兒？不瞞妳說，我大哥也是個會丹青的，妳拿出來讓我們評一評，豈不妙哉？」

紫萱還有些不好意思，只聽妍玉道：「妳推託什麼呢，不過一張畫兒，也不是什麼稀世珍寶，還捂著怕我們看壞了不成？」

紫萱原就憋著妍玉的火氣，聽了這話猛向妍玉看去，只見妍玉臉上似笑非笑，手中緩緩搖著一柄美人扇。紫萱「噌」的站起來道：「我哪裡是怕人看呢，若是真心點評指教，我求都來不及，只不過又怕有不懂裝懂的大俗人，反倒說人家畫出的東西俗氣罷了。」妍玉聽了臉上登時一白，紫萱已轉身回去取畫了。待將畫取來，兩個丫鬟拿著將畫展開，只見那上頭工筆畫了一個美人，手執紈扇，容貌秀美，敷色濃麗，甚是精緻動人。眾人一見不由嘖嘖讚嘆。

紫萱笑道：「昊哥哥擅丹青，小妹久仰大名，還請求指點一二。」

楊昊之本就愛賣弄風流文雅，此刻見有個伶俐美貌的女孩子向他求教，口中雖謙虛，但心中不由得意，指著那畫道：「妹妹畫得極好，敷色濃淡相宜，只是線條還略剛直些，稍欠柔美之感。」紫萱又想看楊昊之畫的，楊昊之有意在眾人面前展示，故而也不推辭，命小廝將自己才剛畫完的一張美人圖取來，丫鬟展開來一看，只見畫上有一個嬌柔女子，端雅而立，娟娟靜美，看著窗外如錦的繁花，一派穆然恬淡。

楊母看了笑道：「昊哥兒，要我說你這畫卻不及萱丫頭的，畫得太粗略了，美人兒畫得糙，身段也胖了些，反不見精緻了。我以為畫美人時落筆還是細密些，方有趣味。」

門簾子一掀，柯穎鸞邊走進來邊笑道：「聽聽，原來真正的大畫家竟是咱們老祖宗，評得有眉有眼的，改日老祖宗畫上一幅，保准便是名作。」眾人聽了均笑了起來。

楊母指著柯穎鸞笑道：「妳個猴兒，偏會拿我尋開心，我哪裡會畫什麼畫兒，不過看看熱鬧罷了。」說完又對楊昊之道：「你這美人圖給我重新細細畫來，回頭跟萱丫頭的一同送出去裱了才好。」

婉玉忽開口道：「老太太，我是個笨人，不懂什麼畫兒，我也評幾句，若評得不對，您便教教我吧。」

楊母對婉玉印象大好，因笑道：「妳說，這畫兒本就是讓咱們評起來作樂趣的。」

婉玉道：「昊之哥哥畫的美人姿態閒適，筆法雖粗放白描，但妙就妙在以少勝多，以形寫神，粗獷之中見細膩，灑脫之中見精練。畫畫講究的便是筆墨趣味，畫兒也是帶著精氣靈氣的，就好比唐朝的『搗練圖』、『簪花仕女圖』，美人穠豔豐肥；而宋朝的『妝靚仕女圖』、『春庭行樂圖』纖弱輕柔，但均有一番美態和靈氣，可見不管樣貌如何，那股子精氣神兒是最最重要的。人物畫還是應以傳神為重吧。所以我反倒覺得昊之哥哥畫得好呢。」說著抬起頭朝楊昊之笑意盈盈的望來。

楊昊之聽了此話登時泛起知己之感，扭頭望去，只見個少女立在燭火之下，秀眉鳳目，玉頰櫻唇，說不盡的嫵媚可人，臉上笑意融融正瞧著自己，那神色氣度似曾相識，但偏又陌生得緊。楊昊之心中一緊不由怔住，卻見那少女眼波流轉，在他臉上停了一停，又似羞怯的將頭低下道：「我原是不懂畫的，在這裡班門弄斧了，大家莫要笑話我。」

紫萱笑道：「妳還叫不懂畫？評得好，老祖宗是故意偏袒我呢，才說我畫得妙。」

柯瑞緊接著道：「不錯，婉妹妹說的極是，那股子精氣神兒最最重要，相同的容貌，換了氣韻，便立刻不同了。」說著眼角朝婉玉瞟去。這一幕卻被妍玉瞧見，她心裡頭越發不快，手裡的帕子直絞成了麻花。楊母笑道：「婉丫頭言之有理，被妳那麼一說，我也覺得昊哥兒那畫兒畫得有意境了。」說完又看了眼楊昊之畫的，越看越覺出其中妙處，不由微笑點頭。

婉玉只含笑不語，忽覺楊昊之目光有意無意的向她掃來，她一抬頭，二人目光在空中相遇，婉玉作了嬌羞之狀，將頭偏開，微微側過了身。楊昊之心中一動，暗道：「此卿甚美，旁人俱不可及也！我原先只道柳家的五姑娘還是個小丫頭罷了，誰想到已出落成這般模樣，又難得通曉這風雅之事，果是個才貌雙全的佳人。」想著目光又往婉玉身上看來。

柯穎思一直都將心思放在情郎身上，見此光景心裡頭直泛酸，暗道：「今兒個下午還與我海誓山盟來著，這會兒見著個生得略微整齊點的黃毛丫頭就成了這副德行，這死人，有了我還不知足！」想著心中越發氣苦，瞪了楊昊之一眼，心中連帶對婉玉也恨了起來。

楊晟之一直遠遠站著，將眾人之態盡收眼中，他看了看楊昊之，又看看柯穎思和柯瑞，最終將目光定在婉玉身上，眉頭微微蹙了一蹙，他見婉玉同楊昊之說話，暗想道：「大哥是個慣在女人身上下功夫的，惟知以淫樂悅己，並不知真誠相待，只怕如今瞧見婉妹美貌，便魂與三分了，只是婉妹待他如此和顏悅色，又時有羞澀，莫不是……莫不是也愛慕大哥那副風流倜儻的模樣？」他又看了婉玉一眼，心裡竟不自在起來。

屋中自是熱鬧，眾人又將二人的畫評了一番。柯穎鸞坐在楊母身邊親自奉茶，道：「我不懂什麼畫，就覺得這兩幅都好，一個胖美人，一個瘦美人，都有妙處。」

紫萱道：「畫美人本就隨心，我聽我爹說，他去關外征戰，北地的游牧民族覺得女子越胖越動人，渾不似咱們這裡，覺得纖腰削背才是美人。」

婉玉道：「我倒知道為何他們都以胖為美。」說完頓了頓，見眾人都朝她望來，便輕笑道：「因北方游牧外族放牧為生，自然盼著小羊羔、小牛犢越肥美越好，所以便也覺得女子越胖越好看了；而咱們漢人是靠著種地過生活，所見的都是高粱、稻子，全都是細瘦細瘦的，自然便覺得美人還是瘦的動人。」聲音抑揚頓挫，動聽非常。

眾人都笑了起來。婉玉眼波流轉，在楊昊之面上停了一停，又含笑將眼光移開，楊昊之心中不覺一蕩，暗道：「婉妹妹這般看我，莫非有什麼深意不成？」忍不住朝婉玉一瞧再瞧，誰想婉玉只端坐著喝茶，再不看他第二眼了，反倒將他的心思勾得有幾分癢。

妍玉道：「呸呸！這婉丫頭不學好，講了滿口的歪理。」雖是玩笑，但語氣中卻藏了把軟刀子。

楊母卻笑道：「這歪理歪得也有幾分道理，細細想來還真是這麼一回事。」

柯穎鸞一聽，忙笑道：「還是老祖宗懂得多。」

此時裡屋簾子微微一掀，露出個小腦袋，閃著大眼往外看，瞅見婉玉便咚咚跑了出來，直撲到婉玉腿上道：「抱抱，抱抱。」婉玉一笑，將珍哥兒舉起來抱在懷裡。

楊昊之見愛子親近婉玉，不由愣然，不自覺的朝柯穎思看了一眼。柯穎思心裡當下不痛快起來，原來她為了日後能嫁入楊家便違著心百般討好珍哥兒，但這小孩子卻不領情，將她送來的吃的玩的一逕丟在地上，還拚命嚎哭，幾次將她弄個沒臉，再不敢招惹這小魔頭。如今見珍哥兒親近婉玉，心裡頭不免氣悶，走上前道：「都多大了，還磨人家抱你，天氣熱，過來找我吧。」說完便要把珍哥兒接過來。珍哥兒卻不願，小胳膊死死摟住婉玉的脖子道：「我不要妳抱！」

柯穎思道：「珍哥兒別使性子淘氣，沒看你婉姨汗珠子都滾下來了，我抱你，你若再不下來，我便生氣了。」說著掐了一把珍哥兒的臉蛋。

誰想珍哥兒雙目一瞪大聲道：「妳是什麼東西，憑什麼管我？」這一怒，神態與梅蓮英像了個十足，一瞬間竟將柯穎思嚇了個手足無措，待她回過神，忙瞥了楊昊之一眼，垂著手，做出一副委屈模樣。

楊昊之自是不忍心上人受辱，厲聲道：「沒大沒小！怎麼跟長輩說話呢！」說完又對柯穎思賠笑道：「妹妹見笑了，是我將他寵壞了。」說完又大聲呵斥道：「孽障！還不快下來，乖乖跟丫頭們回飛鳳院！」

珍哥兒與其父素不親厚，此刻遭訓不由嚇了一跳，癟著嘴要從婉玉身上滑下來，看了楊母一眼，耷拉著腦袋，眼裡已盈了一泡淚。楊母心疼，對楊昊之罵道：「作死呢！他還是個三歲大的小兒，你莫要再將他嚇出病來！今兒下午婉丫頭一直跟珍哥兒一塊兒玩，此刻親近些也是理所當然的。可憐他這小小年紀的，你這當爹的平日對他不問不睬，這會兒倒曉得要老子威風了！」又百般安慰珍哥兒道：「好孩子，你愛跟誰在一處便跟誰在一處，你老子若唬你，我便捶他。」說完看了柯穎思一眼，心裡頭存了不悅。

這一番話將楊昊之說得有幾分下不了臺。婉玉將珍哥兒抱回來，對楊昊之道：「昊哥哥，珍哥兒又聰明又乖巧，我歡喜得緊，你若再對他沒好臉色，別說是老太太，就連我們也不依的。」一邊說一邊剝了一顆荔枝塞進珍哥兒嘴裡，側過臉笑道：「思姊姊，妳說是不是？」語氣雖親和，但目光卻陰冷好似毒蛇一般，看得柯穎思登時寒毛倒豎，竟發了一身冷汗，但定睛再瞧，婉玉臉上笑靨如常，對她點頭微笑，好像剛才的目光只是她看錯了眼罷了。

楊蕙菊道：「正是這個理兒，大哥，你平日裡也要多疼珍哥兒些才是。」

楊昊之指著珍哥兒笑道：「罷了罷了，如今你倒找了幾座好靠山。」

大家又說笑了一回，一時間楊母乏了，眾人便各自散去。婉玉將珍哥兒抱回飛鳳院，將他哄睡了方出來，一出廂房門口，卻見楊昊之早已站在院裡的桃花樹下，朝她作了個揖，笑道：「辛勞妹妹了，進屋吃杯茶吧。」

婉玉道：「什麼辛勞不辛勞的，昊哥哥言重了。」

楊昊之道：「這孩子因老祖宗溺愛，除了他娘，其餘人的話一概不聽，我說也說不得，打也打不得。可憐他娘又早去……」說著淚已滾下來，長長吸了口氣道：「還請妹妹多教導他才是。」

婉玉心中淒然，暗暗搖了搖頭，心道：「楊昊之，你我好歹夫妻一場，若你這淚是真心掉的，當時見我落水又為何不管；若這淚是裝出來的，就更恨我當初識人不清，竟將終身託付予你這個人面獸心的畜生！」

一時間二人無話，楊昊之見婉玉面帶悵然之色，忙將淚拭了，笑道：「怨我，反倒招了妹妹不痛快，妳照看珍哥兒該記一大功，這人情我欠下了，日後妹妹想要什麼只管跟我說。」

婉玉笑道：「聽說昊哥兒是個大大的才子，我羨慕得緊，若肯教我吟詩作畫，我自然是求之不得的。」

楊昊之聽聞婉玉讚自己是個才子，不由喜不自勝，忙道：「這哪是什麼大事，妹妹想學便隨時來找我。」

婉玉一笑，福了一福轉身離開，楊昊之忙命兩個婆子在後頭挑燈籠相送，見佳人緩緩走遠還立在原地久久凝望。忽聽身邊傳來一聲咳嗽，緊接著有人道：「是不是魂兒也跟著過去了？若心裡念想著，還不趕緊的追過去！」

楊昊之一扭頭，見柯穎思滿面妒意的站在他背後，不由皺眉道：「這麼晚了妳還過來做什麼？讓人見著不乾不淨的，妳趕緊回去，明兒個咱們在二門外頭見上一見。」

柯穎思怒道：「見我就是不乾不淨，你見她就清清白白了？今兒晚上你見著她神魂都丟了，又作揖又賠笑……我……我……」說著淚便要滾下來，又急忙咬唇忍住，半晌道：「我看那柳婉玉不大對，你還是遠著些吧！」

楊昊之只道她是拈酸吃醋，心中雖有幾分不耐，但少不了低聲哄道：「妳多想什麼呢，她照看珍哥兒，我客氣些也理所應當，何況兩家又是親戚，橫豎咱們倆今後是在一處的，妳別胡思亂想。」說罷又壓低嗓音道：「墮胎的藥我已給墜兒了，妳今晚就喝了，我自會找妥帖的人前去照顧，妳託病歇息幾日，待老太太擺壽宴的時候也應是好得差不多了。」柯穎思只咬著唇垂頭不語。楊昊之又款款說了幾句，柯穎思方離了飛鳳院。

婉玉一逕回了含蘭軒，怡人見婉玉回來，忙迎上前道：「姑娘回來了。」忙送上綠豆湯。婉玉接過來喝了一口。怡人道：「姑娘，眼下有件棘手的事。」說著向四周看一眼，又壓低嗓音道：「剛有個小廝給了我一包東西，說是孫少爺送給姑娘的，說上次是無意間冒犯，送點薄禮給姑娘賠罪，讓我親手交給姑娘。」說完拿出個小布包。

婉玉一愣，奇道：「孫少爺？什麼孫少爺？」將布包接了過來，打開一看，見其中包著一支鴨青點翠鳳頭步搖，一個嵌瑪瑙金項圈，兩朵碎玉珠花並一塊上好的宮絹，顯是價值不菲。婉玉略一沈思便想到了這「孫少爺」的來歷，不由皺起眉頭。

怡人道：「姑娘，這孫家的少爺不是什麼好貨，成天裡浪蕩成性，如今還未娶親，房裡就有了三房小妾和好幾個通房丫頭，聽說還送首飾金銀給下人的媳婦，帶入府中胡搞，是個吃喝嫖賭樣樣精通的混帳東西，偏生家裡頭還寵著。如今他給姑娘巴巴的送東西來，顯是沒安好心！姑娘怎麼跟他熟識了？」

婉玉便將孫志浩調戲她的事故與怡人講了，怡人罵道：「呸！不要臉的東西！如今又私贈這些東西來，傳出去不是故意毀姑娘的聲譽嗎！癩蛤蟆想吃天鵝肉！」又道：「姑娘，我明兒個回去便把這布包交給太太吧。」

婉玉只覺手中的小布包有千斤沈，道：「這事情不好辦，太太怎麼對我妳是知道的，把東西交給她不知又會惹出什麼事端，吹到爹的耳朵裡也不乾淨。」

怡人道：「要不我將這東西直接給老爺？」

婉玉搖搖頭道：「這也不好，我原先那些名聲妳也知曉，只怕老爺知道了多想，更怕他聽了挑唆，萬一把我跟孫家定了親，這就更難辦了。」婉玉沈吟片刻，忽地笑了起來，道：「我想到一個人，讓他幫著把東西還回去，怕是再沒有這麼合適的了，今兒個晚了，我明日一早便去找他。」說完讓怡人打水卸妝淨面，躺下歇息了。

一宿無話，第二日早晨，婉玉吃了早點便帶了怡人往園子東北走，通過兩條小路，越了一座石橋，又穿過一片杏林，方走到一處偏僻的院落，只見院子四周都是矮矮的籬笆，其間翠竹環繞，有三間房屋，兩明一暗，地方雖狹小，但別有情致，門上方懸著一塊匾，上書「抱竹館」三個大字。

有個小丫頭正在掃院子，見婉玉和怡人進來，忙向裡頭傳報道：「有客來了！」簾子一掀，從裡頭走出個丫鬟，生得白淨俏麗，見婉玉笑道：「是柳家來的姑娘吧？快請進來，三爺在屋裡頭讀書呢。」

婉玉含笑致意，提了裙子走上臺階，待進了屋，只見四壁滿滿當當置的都是書，房中擺設極簡單，不見古董香爐等物，牆上也無字畫，窗紗家具也均是舊的，乍一入內，彷彿走入個文人寒士的居所，倒不像是大家公子的房間。

那丫鬟忙讓婉玉和怡人坐，笑道：「不知姑娘是柳家的哪位姑娘？」

怡人道：「是五姑娘婉玉。」

丫鬟道：「原來是婉姑娘，我叫翠蕊，姑娘要什麼只管吩咐便是。」說完又殷勤奉茶。

婉玉點了點頭，又悄悄四處打量。她原先雖嫁入楊家四年的光景，但因腿腳不便，又與楊晟之接觸甚少，反倒沒來過他的住處。眼睛一掃所用的杯子，發覺竟是普通的白胎瓷器，不由暗自搖頭，如今她做了庶女才知庶出的難處，粗一打量屋中陳設，知楊晟之在府中的光景也比自己強不到哪裡去。她原先在楊府管家，每月不過按時發下例銀罷了，誰想到楊晟之所住所用竟這般寒酸，心裡不由升起一絲愧疚。

此時楊晟之從屋中走了出來，一見婉玉不由一愣，眼中浮出詫異之色，但嘴角上隱隱掛了笑意道：「原來是婉妹妹。」

婉玉道：「打擾你苦讀了，對不住。」

楊晟之道：「離秋闈時間還遠。」說著從翠蕊手中接過茶，目光在婉玉臉上轉了轉道：「妹妹找我有事？」見婉玉面帶難色，心下明白了八、九分，扭頭對翠蕊道：「妳到後頭做些茶點過來，就那個菱粉糕吧，前兩天我吃著香甜。」翠蕊答應了一聲便撩開簾子出了門。

婉玉心中不由詫異，暗想：「想不到這老三竟是個有眼色的，那這事情便好辦了。」開口道：「還真無事不登三寶殿，眼下有件頂頂頭疼的事，還請晟哥兒幫幫我。」說著將布包取出來交給楊晟之，又低低的把前因後果說了。

楊晟之眉頭微皺道：「若是賠禮道歉，送個尋常的物件也就罷了，送了如此貴重的首飾倒顯出幾分居心叵測來。我只是有耳聞這孫志浩不是好貨，想不到竟把下作手段用在婉妹妹身上，將官家的小姐都當成什麼人了！」

婉玉求道：「還請晟哥兒全力相幫，替我把這東西親手交了孫志浩，萬不要生出事端才好。」

楊晟之微微點頭道：「妹妹放心吧。」

怡人笑道：「昨兒個晚上姑娘愁了半天，忽的想到個救星，這才睡了個安穩覺。今日一瞧，三爺果然是個仗義的人。」

楊晟之笑道：「這忙我幫了，妳也不用拿好話哄我。今兒個下午我便出門找孫志浩一趟，最好讓他絕了心思，再不會擾到婉妹妹頭上。」

婉玉聽罷親自捧了一杯茶送上來，楊晟之抬頭一見她明眸皓齒，雙頰豔麗，走近身邊還隱隱有暗香浮動，不由想到當日與婉玉同擠在假山洞中的情形，心中微一蕩，趕緊輕咳一聲，將目光垂了下去。他早先對婉玉並無好感，但自那日假山偶遇便覺得她變得大不同了，又見她被孫志浩調戲得哭了，便想時刻護著她，每每想起她就覺得胸中悸動，竟一刻都不能放下。

一時間翠蕊做了菱粉糕送來，楊晟之道：「妹妹嚐嚐看，這季節正是吃菱粉糕的時候，《調鼎集》中說，此糕可補脾胃、健力益氣、消暑、解毒。」說完又吩咐翠蕊道：「待會兒妳再端一碟子讓小丫頭給姨娘送去。」翠蕊連連答應。

婉玉拈起一塊放入口中一嚐，只覺滿口清香糯滑，又遞給怡人一塊，怡人讚不絕口，道：「這糕不知是怎麼做的，趕明兒個我也做給我們姑娘吃。」

翠蕊道：「也不難。將菱角去殼，研成末，和著糯米粉三分，加進洋糖拌勻蒸熟就妥了。」說到此處見楊晟之淡淡看了她一眼，立即心領神會道：「正趕上做得多，我給姑娘裝一碟子帶走吧。」婉玉忙推辭不用，翠蕊已吩咐小丫頭去備下了。

婉玉暗自點頭，心想：「楊老三也未必如先前他人所言，是個木訥的呆頭鵝，看他行事說話，色色周全，倒像是有幾分見識的。」又見他生得俊朗魁梧，與楊昊之風流清瘦截然不同，心裡對他的排斥之情也慢慢淡了下去。

幾人在一處說笑了一回，婉玉便起身告辭，楊晟之想挽留卻不知該怎樣說。翠蕊看這主僕二人走遠了，回過頭對楊晟之道：「三爺，這五姑娘好端端的跑來做什麼？莫非是有事情相求？」楊晟之低頭品茶，略點了點頭。

翠蕊道：「她來求您的事兒，您也應下來了？」楊晟之又一點頭。

翠蕊皺眉道：「聽傳聞她名聲可不好，還為了柯家的二小子尋死覓活的，三爺可謹慎些，莫要惹得一身臊。」想到楊晟之一向對人疏離，今日卻待婉玉殷勤備至，說的話也比平日裡多了不少，不由愁起來，心口裡還有幾分酸意，忍不住又加上一句道：「依我看三爺還是離她遠些，莫讓不相干的人知道了嚼舌頭根子！」

話音剛落，卻聽「啪」一聲，楊晟之將碗蓋扣到茗碗之上，清脆的響動震得翠蕊吃了一驚，忙住了嘴。楊晟之站起來淡淡道：「忙妳的去吧，我要讀書了。」說完走到書案旁坐了下來。翠蕊自悔多言，給楊晟之端上一杯茶，便靜靜退了出去。

第七回　楊大郎偷贈前人物　柯二姐苦墮腹中肉

這一日，一大清早，楊昊之便溜出了二門，逕自走到一處極僻靜的下人房邊。一個府裡的婆子正守在門口，見楊昊之來了，忙迎上前，滿面堆笑道：「大爺來了，人已經在房裡等著了。大爺放心，我在此處守著，旁人萬不會來。」

楊昊之微微點頭道：「妳好生辦事，日後自有妳的好處。」說著從袖中掏出一串錢向旁一拋。那婆子趕緊伸手將錢接了，眉開眼笑道：「這自然、自然的。」

這婆子嫁的夫家姓王，旁人都稱她王婆，是楊昊之身旁小廝的姨媽，在二門外當差，慣是喜歡抹牌賭錢。每每柯穎思來楊府之時，楊昊之便借王婆住所幽會偷情，過後再以錢銀酬之。王婆起先害怕，但眼見這錢來得容易，過了一段時日也無人發覺，便越發膽大了起來，這幾年也得了楊昊之不少銀子，全家人都跟著穿金戴銀、吃香喝辣，故而對楊昊之百般巴結討好，還生怕他不來此處偷歡。

楊昊之推門便走了進去，往裡一瞧，只見柯穎思正坐在床頭，摸著肚子，六神無主。他上前坐在床邊，冷著臉道：「聽墜兒說妳昨晚死活都不肯把肚子裡的胎拿了，莫不是都要鬧得大家臉上不好看？我說過多少遍了，如今這情形，這孩兒斷不能留！妳若是個尋常女子，我還可將妳送到莊子上，悄悄把孩子生下來將養著，待風頭平息了再接回來。可妳是柯家的小姐，又是新寡之人，傳揚出去不但妳我名譽不保，萬一梅家追究起來，咱們都吃不了兜著走！」

柯穎思上前抱住楊昊之的胳膊，淚已滾下來道：「昊哥，你再想想法子吧！這孩兒我是真想將他生下來，咱們的親骨血，你也捨得？」

楊昊之道：「妳以為我不想……妳也知如今勢比人強，妳就……」

柯穎思哭道：「我昨兒個還夢見送子觀音抱著個胖小子推到我懷裡，昊哥哥，這次我懷的鐵定是個男胎……你也知老太太最喜歡的就是孫兒，平日裡又寵你。若我一舉得男，說不準她老人家一高興便准了咱倆的好事，老太太都准了，老爺那裡你還擔心什麼？況且那瘸子已經死了，梅家又怎麼會為了個死人跟楊家爭持起來……」

楊昊之斥道：「胡鬧！莫怪說婦人都是頭髮長見識短！讓妳打胎便打胎，妳尋歪理搪塞我做什麼！妳若想跟我長長久久的在一處，便按我說的辦！」

楊昊之從小與柯穎思一同長大，平日裡對她莫不溫柔體貼，今日卻對她疾言厲色，又打定主意要她墮胎，柯穎思不由心頭火起，一邊拚命捶打楊昊之，一邊哭鬧道：「是了！我知道了！你如今嫌棄我了，所以變著法的讓我將孩子拿了，就是想把我甩到腦後是不是？我且告訴你，即便我柯穎思不是什麼貞節烈女，但清白也是你毀的！你若是對我生出二心，我拚出性命不要，也定要在老爺面前說個清楚！」

楊昊之恐她哭聲太大驚動旁人，忙上前去捂住柯穎思的嘴。柯穎思見楊昊之氣勢弱了，越發使起潑來，滾到楊昊之懷裡，抽噎不止，尖聲道：「楊昊之，你摸心口想想看，我待你究竟如何，把身子和心全都給了你，你倒一天到晚推三阻四不肯將我迎娶進門……先是說那瘸子勢力大，你不敢娶小；如今那瘸子死了，你竟要我把孩子拿了！」又哭道：「你這挨千刀的死漢子，我的命怎麼這麼苦！」

被她這麼一鬧，楊昊之倒手忙腳亂起來，在她耳邊又哄又勸。但此番柯穎思占了上風，未達目的豈能善罷甘休，越哭越覺委屈，又想起昨日楊昊之與柳婉玉眉來眼去，心裡越發不痛快，哭鬧道：「我看你昨日跟柳家那小妖精郎情妾意的，你莫不是又看上了她？又說要煮茶，又說要畫畫……好哇，你如今嫌我老了是不是？我跟她雖都是庶出的，可她是賤戲子生的孽種！論模樣、品性她又哪一點強過我來著？」

楊昊之皺著眉道：「妳怎的又扯到別人頭上了？」

柯穎思指著楊昊之道：「你說！你說！你是不是看上那狐媚子了！」

楊昊之不勝其煩，心想道：「再這樣鬧下去不像話，還是早點將事情壓下去，讓她將胎打了才是。」一想起自己骨肉要化成一灘血水，楊昊之難免傷懷，再見柯穎思哭得眼淚縱橫，和著滿臉的胭脂水粉，甚是可憐，又想起多年的情分，心中的不悅也煙消雲散，將柯穎思攬到懷中道：「心肝兒，我只愛妳一個，怎又會看上旁人？我知這件事委屈妳了……」說著略一沈吟，在柯穎思耳邊低聲道：「讓妳將孩子拿了我心裡也疼得慌，思妹，我又怎會不心疼妳？妳若將這胎打了，我就把妳早先想要的那套足金的燈籠釵環送妳。」

柯穎思本在抽噎痛哭，聽聞此話不由一怔道：「你說什麼？」

楊昊之從懷中掏出一只錦囊，拆開來取出一支金釵道：「妳看看這是什麼？」

柯穎思顧不上拭淚，瞪圓雙眸呆呆的盯著那支金釵，愣了半晌，伸出青蔥般的手指朝那金釵伸了過去。

且說婉玉和怡人回了含蘭軒，一時間珍哥兒來了，婉玉便抱著他認字，怡人在一旁做針線。不多時來了個小丫鬟，說楊蕙菊等人在荷塘旁的長亭裡備下了果品，邀婉玉去吃茶，婉玉便領著珍哥兒隨那小丫鬟走了過去，只見楊蕙菊、紫萱、柯穎思、柯瑞、姝玉和妍玉已經到了。柯瑞見婉玉款款走過來，眼神不由亮了一亮，妍玉冷笑了一聲，將茶碗端了起來。

婉玉凝神一望，辨出不遠處正是自己當日落水之所，她又朝柯穎思看了一眼，見她正坐在亭子邊眺望遠景，婉玉死死攥緊了拳頭，在石凳上坐下來問道：「你們剛才都說些什麼呢？」

柯穎思因楊昊之對婉玉另眼相看，心裡頭憋了一團火，見她此刻坐過來，便搖著扇子不冷不熱道：「沒什麼，就是看這荷塘裡的花開得好看。」

婉玉朝她瞥了一眼，見她髮間插著的金絞絲鑲翡翠燈籠釵，渾身不由一震——那支金釵正是她當年陪嫁帶來之物！再往柯穎思耳上看去，見她耳朵上戴的也是同套的金飾！婉玉登時氣得手腳冰冷，這套首飾原是她母親在她及笄之年所贈之物，因別致昂貴，甚得婉玉喜歡，平日裡也捨不得取出來配戴，除了及笄之禮和出嫁那天戴過之外，其餘時刻均鎖在箱子裡妥帖收藏，但今日卻發現這套首飾竟戴在她仇人身上！

婉玉面上不動聲色，但裙下雙腿早已氣得發顫，心裡怒道：「好！好你個楊昊之，竟將我最喜之物都送了這賤人！」臉上故意讚道：「思姊姊頭上的金釵別致得緊，連耳朵上的墜子也是燈籠形的，我見了這麼多首飾，還沒有一樣比得上姊姊的首飾精巧。」

柯穎思心裡卻透著幾分得意，這一套金飾是一個工匠花了三年打造成的，其上所鑲翡翠均是極品，精緻絕倫。柯穎思第一次見梅蓮英戴在身上時便羨慕不已，嘴上稱讚她戴起來好看，但心裡卻又妒忌又憤恨，狠狠道：「再好的金飾戴在這瘸子身上都是白白糟蹋！若讓我戴著不知該有多美！只恨我投錯了胎，白白生得花顏月貌，卻沒有上等的綢緞珠寶裝扮！」而後她曾借了這套釵環戴在身上，往菱花鏡中一照，果真將人襯得嫵媚多嬌，當時只聽梅蓮英在旁讚道：「思妹妹好相貌，戴起來比我還俏麗些。」她臉上賠笑，心裡頭卻揪得生疼。

而今日，這套金飾終落到她手上了！可這金閃閃的珠寶竟是用她肚中的骨肉換得。柯穎思朝肚子看了一眼，心裡頭又悲又疼，但終一咬牙，暗道這孩兒終是不能來到這世上，而這釵環又是自己夢寐以求，還不如依了情郎，日後好好調養身子，必能再得一子。

柯穎思忍著得意，面上雲淡風輕道：「這釵環是託人從京城帶來的，據說上頭鑲的翡翠都是老坑的珍稀貨。」說著便有意炫耀，將那金釵取下來遞給婉玉道：「妹妹妳看看。」

婉玉將那金釵接過來輕輕撫摸了一遍，翻過來一看，那燈籠裡嵌的翡翠小小刻了一個古篆的「梅」字，她緊緊在手中握了握，心裡發澀，口中卻讚：「這翡翠水頭又足又潤，果然不錯。」

珍哥兒膩在婉玉懷裡，聽此話便插嘴道：「這個有什麼稀罕，我娘也有好些首飾，個個比這個好看。婉姨姨，妳若是喜歡，我讓我娘送妳幾個。」婉玉似笑非笑的看了柯穎思一眼，柯穎思心中有鬼，提及梅蓮英，臉兒登時便白了一白。

柯瑞尋機會便與婉玉搭腔，一會兒逗弄珍哥兒，一會兒又讚婉玉繫的宮絛好看，婉玉只不冷不熱的應著。妍玉坐一旁氣悶不已，若不是為了在外須維持著官家小姐的氣度，此刻怕是早就摔杯子走了。

柯瑞見婉玉臉上淡淡的，便湊上前低聲道：「妹妹，妳這帕子瞧著精緻，不知這底下是個什麼花樣？」

婉玉低了頭用帕子給珍哥兒擦嘴，道：「是折枝梅花，原先我那丫鬟紅芍繡的。」

柯瑞又留心看了那帕子一眼，只見顏色不同，但花樣卻一模一樣，心裡頭肯定了三分，因笑道：「我也得了塊帕子，跟妹妹這個相像，趕明兒個我帶來給妹妹看看。」

婉玉「嗯」了一聲，頭都未抬，心中卻想：「堂堂男子漢，怎的專喜好這閨閣之物？什麼荷包、帕子、花兒啊粉兒啊的，聽著沒的討厭。這柯瑞不過生得有幾分白淨俊俏，真不知柳家的那兩個小姐被灌了什麼迷幻藥，為著他神魂顛倒的。要我說，柯二爺這輩子不該當男人，應該當個拈針拿線的大姑娘才是！」但隨即又覺自己過於冷淡了些，便敷衍一句道：

「瑞哥哥的帕子定比我的這個好。」

柯瑞道：「帕子還分什麼好不好，就是個小物……」話未說完，肩上便被人一拍，緊接著只聽妍玉道：「你們兩個背著人說什麼悄悄話，還未天黑，這便『夜半無人私語時』了？講的是什麼，說出來讓我也聽著樂樂。」

婉玉抬頭一看，只見妍玉滿面譏誚的站在他二人身後，不由啼笑皆非，懶懶道：「什麼兩個人說悄悄話，珍哥兒還在這兒呢。你們兩個聊，我去和萱姊姊說話。」說完站起身拉著珍哥兒的手走了，腹誹道：「妳當柯瑞是個寶，可在我眼裡他只不過是個大姑娘，我懶得與妳爭，躲開便是了。」

柯瑞正要就著這帕子的事細細追問，沒想到妍玉卻橫插進來，嘴上雖跟妍玉扯東扯西的閒聊，但心中卻記掛著婉玉，頭一次心裡頭開始埋怨妍玉沒眼色。過了一會兒，各屋的大丫鬟都紛紛尋過來喚主子回去用飯。楊母處也特地叫了喜鵲來請婉玉去楊母房中吃飯，婉玉便帶了珍哥兒往正房去了。

柯瑞看著婉玉的背影心頭鬱卒，暗道：「若是往日，不等我主動搭話，只怕那婉妹妹早就黏貼過來，圍我身旁聒噪不迭了。若是我這般殷勤與她相談，那婉妹妹還不受寵若驚、喜出望外？可今日卻對我冷冷淡淡的……是了，定是我上次那幾句狠話逼她上了絕路，她如今恨我也是理所當然。該死！該死！是我唐突了她，我定要找個時機向她好生賠罪才是！」緊接著又想到等他賠罪之後，二人言歸於好之景，眉頭便舒展開來。

當下用罷晚飯，婉玉便看見紫萱端著個托盤走了進來，只見托盤上擺了兩個青花瓷碗，碗中盛了滿滿的玫瑰花瓣，旁邊另有一個石臼，當中放著細紗。婉玉道：「萱姊姊，妳要自己做胭脂不成？」

紫萱輕拍一下手，笑道：「果然有內行的，吃了飯沒事做，想跟妳一起淘胭脂呢。老太太生日過後不到一個月便是菊姊姊的生辰，我一直想著送她什麼才好。妳也知道，楊家富庶，菊姊姊什麼都不缺，她又是個清俊上等的人兒，送她首飾衣裳我都覺得俗氣。想來想去，不若咱們倆一起做點胭脂水粉送她，又乾淨又實用，最重要還是咱們這一片心意難得。」

婉玉腦中一轉便想通其中緣由，知道紫萱明白她在柳家的處境，萬拿不出體面的禮給楊蕙菊慶生，故而與她一起做胭脂水粉算作二人一同所贈之禮。她心中感激，拉著紫萱的手道：「萱姊姊，也謝謝妳這一片心。」

紫萱客氣兩句，又道：「我只知小紅春、嫩吳香、猩猩暈、聖檀心四種胭脂的做法。妳看，這個是我前段時間試著擰出來的嫩吳香。」說著掏出一個成窯五彩小方盒，打開一瞧，只見當中盛了半盒胭脂，色澤鮮豔，又純又厚，清香撲鼻。婉玉對著鏡子在唇上點了一點，看上去果真嬌豔豐潤，非是尋常貨色能比。

紫萱見婉玉愛不釋手，便笑道：「妳若喜歡，這盒子胭脂就送妳了。不過，妳要早起三天，到園子裡給我掐帶露水的玫瑰花來。」

婉玉伸手去擰紫萱的嘴，笑道：「我就知道妳這丫頭斷不會做賠本的生意！」這兩人在一處說笑了幾句，婉玉見珍哥兒因天熱食慾不振，又倦倦的想睡，恐他積了食火，便別了紫萱，帶著珍哥兒到園中遊玩。走到園子深處，只見山坳中隱一石洞，洞口佳木蔥蘢，有一汪清溪，怪石環抱，溪水碧綠清幽，漣漪粼粼，甚有意趣。洞中設有石桌石凳，往內一走，只覺涼風徐徐，分外清爽。

怡人見婉玉面帶愜意之色，便立即命下人收拾打掃。這幾日跟隨珍哥兒的丫鬟、婆子見婉玉甚得老太太歡心，此刻自是不敢怠慢，不待怡人吩咐，一個婆子在石凳上墊了坐蓐，又有丫鬟忙去端茶點。怡人見身邊之人個個對她畢恭畢敬，又殷勤伺候，頓感揚眉吐氣。婉玉因自幼便被服侍慣了，原先被丫鬟、婆子前呼後擁，那陣仗比如今大了一倍不止，故而只覺得理所當然，此刻反倒嫌人多擁擠，只將怡人留在身邊，命其他人各自散了，半個時辰後再回來當差。

婉玉逗弄珍哥兒說了一回，又欣賞四周風光，目光不經意一瞥，卻見柳樹叢中隱約有兩個人影，定睛一望，只見楊昊之和柯穎思身邊的大丫鬟墜兒湊在一處竊竊私語。婉玉微微一震，再凝神望去，只見楊昊之對墜兒擺了擺手，而後面色凝重，步履匆匆的朝婉玉這方向走來。

婉玉見了忙站起身招手道：「昊哥哥，昊哥哥！」

楊昊之心事重重，冷不防被人一喚不由一驚，抬頭四下張望，瞧見是婉玉，少不得走過來，強笑著施禮道：「原來是婉妹妹。」見珍哥兒在旁邊，又道：「我這不成器的小兒又來麻煩婉妹妹照看了。」

婉玉低頭摸了摸珍哥兒的頭道：「不礙得。昊哥哥忙忙碌碌的往哪裡去？大中午的太陽毒，不如跟我在這裡喝杯茶吧。」

楊昊之剛要開口拒絕，婉玉已親自將茶杯端到他面前，笑吟吟道：「請用這一杯。」楊昊之見她粉面嬌豔欲滴，鳳眼隱含情意，登時便愣住了。忽地婉玉的聲音在耳邊響起，嗔道：「昊哥哥，我手都舉疼了。」楊昊之這才回魂，臉有些燙，忙將杯子接了，手指一滑，又觸碰到玉手，唯覺指腹滑膩，心中一蕩，身子也軟了幾分。

楊昊之喝了一口，道：「好茶，喝著清香又甘冽。」婉玉微微一笑，又提起茶壺斟了一杯。楊昊之匆匆欲走，忙推辭道：「妹妹好意，可我……」話還未說完，便聽婉玉笑道：「昊哥哥的架子就是大，我都親自給你斟茶了，還不坐下來喝幾杯再走。茶仙盧仝有首詩叫〈七碗茶〉，詩中說喝七碗好茶便可通靈飛天。我煮的茶即便沒此功效，但好歹也能祛暑解熱，昊哥哥喝個三、四杯也算給我和珍哥兒一點臉面。」

婉玉本就聲音糯軟，這幾聲「昊哥哥」聽入耳朵，竟好似在叫「好哥哥」一般，愈透著幾分嬌憨。楊昊之自詡憐香惜玉，又見婉玉芳菲嫵媚之態，腿便拔不動了，略一猶豫便坐下來道：「妹妹請我喝茶是給我臉呢，哪有推辭之理？」說著端起茶杯聞了聞，又品一口，右手將扇子「啪啪」打開，一邊朝懷裡扇著，一邊悠然道：「這茶是烏龍茶吧？齒頰留芳，水亦應是觀音泉的舊水了。記得去年我去虎丘，專門裝了三大甕觀音泉水帶回來，孝敬老太太和太太一人一甕，自己還留了一甕，總也捨不得喝。」

婉玉面露歡喜道：「昊哥哥果然是個喝茶的行家，這水正是虎丘的觀音泉。你這般會品茶，我可不敢班門弄斧了。」話雖如此，卻執起茶壺，以三龍護鼎之態穩穩將茶倒入杯中，笑道：「茶是明前嬌，一過了清明，再採下來的就不叫『明前』，改叫『雀舌』了。我聽過些酸腐的文人說，這茶也像女子年齡，碧玉、花信之年正好比清明春色，過了四十歲便已徐娘半老，是『穀雨』了，再往後說，五十歲應是秋茶，再後來就是冬片。」

楊昊之笑道：「如此看來，這茶也跟女孩子一樣，實在矯情不得，須趁著『雨前』趕緊出嫁才是。」話一出口才發覺自己唐突了，再偷眼一瞧婉玉，見她紅了臉兒低著頭擺弄茶具，神色嬌羞，更添了三分豔麗。楊昊之不由怔了，暗暗想道：「這可人天姿國色，又舉止高雅，嫵媚風流，真真兒是神仙似的人物了，若能擁此嬌娥也不枉活這一世。」

他神思飄飄，胸中的焦躁煩悶也沖淡了幾分。原來適才墜兒急匆匆來尋他，說中午柯穎思便將墮胎藥吃了，一劑下去便肚痛小產，胎雖打下來，但下身鮮血淋漓，劇痛不止，柯穎思呻吟幾聲便暈了過去。雖秘密請了大夫來看，又吃了藥，但情形卻不見好轉。墜兒情急之下來尋楊昊之拿主意，楊昊之打發墜兒先走，原想趕緊過去瞧瞧思妹妹，卻未想到半途碰見婉玉，被攔了下來。

婉玉見墜兒神色驚慌的來尋楊昊之，料定其中有事，當下便拿定主意使出全身解數也要將楊昊之留下，故而刻意挑揀著楊昊之喜愛之事講，說了一會兒丹青水墨，又評了一番音律箏琴、詩詞歌賦。楊昊之見婉玉所喜所愛均和自己相同，登時大喜，搖著扇子侃侃而談，見婉玉眨著一雙明眸笑吟吟的盯在他身上，還不住點頭微笑，讚他見多識廣，學問淵博，心下越發得意，更有意賣弄起來。

怡人見楊昊之舉止倜儻，心中不由暗讚道：「莫怪旁人皆說楊家大公子是金陵紈袴當中的第一美男子，又俊朗又風雅，懂得也多。柯家的二少爺雖容貌上可跟他相提並論，但風度卻萬萬及不上了。」

婉玉面上雖莞爾，心裡頭卻一陣悲涼道：「我曾將一顆心都託與你身上，你所愛所喜之物我焉能不知？但每每我和你提及時，你總是敷衍幾句罷了。我是你的結髮妻子，你對我冷冷淡淡，如今我換了個好皮囊，與你未見幾面，你竟這般大獻殷勤！」一想著心中暗恨，又見珍哥兒玩得滿頭是汗，跑到她身邊嚷著要喝茶。婉玉忙給珍哥兒倒了一杯遞過去道：「就在洞裡頭玩，不許去溪邊，萬一滑下去就糟了。」看他小臉通紅，便拿了帕子給他拭汗，又剝荔枝給他吃。珍哥兒一邊喝茶一邊笑嘻嘻應著，又磨著婉玉抱他。

楊昊之見狀心中奇道：「怪哉！這婉姑娘一舉一動、一笑一顰怎的跟那瘸子一模一樣！若不是因著這張臉，我竟以為是蓮英坐在這兒照顧珍哥兒了！難道……難道是借屍還魂？」他越看越覺得後背發涼，心裡頭怦怦直跳，死死盯住婉玉，欲看出幾分端倪。

婉玉覺出楊昊之異樣，忙抬起頭粲然一笑道：「昊哥哥愣著做什麼，多喝些茶。」楊昊之被那笑容晃花了眼，忙道：「好，好。」又偷偷瞧了瞧婉玉，心中暗笑道：「該死，我適才瞎想些什麼呢。這面前的佳人有沈魚落雁之容，是柳家的五姑娘，怎麼可能跟梅家的瘸子有關係？雖說舉止神態像了些，但凡是大家閨秀都是這般舉止雍容的，說起來這婉姑娘比那瘸子更知情知趣些，才華高出了幾倍。再者，那些借屍還魂都是話本子裡寫出來的故事，又怎能當真？」想到此處再看婉玉，反倒覺得怎麼看怎麼不像。

婉玉見楊昊之神色恢復如常，方暗暗鬆了口氣，正想著從荷包裡取冰梅降火丸給珍哥兒吃，手一碰卻摸到個小方盒子，正是紫萱送她的嫩吳香。她心中一動，暗暗把盒蓋子扭開，將胭脂在指上抹了一把。

這二人一邊喝茶一邊絮絮交談，不知不覺已過了將近半個時辰，直到楊昊之見貼身小廝掃墨在不遠處探頭探腦，才猛想起柯穎思之事，慌忙站起身道：「妹妹，我忽想起有件事要辦，等明兒個我請妳喝茶。」

婉玉笑道：「昊哥哥去忙吧，我定會好好照顧珍哥兒。」楊昊之擺擺手轉身便走，婉玉在後相送，趁楊昊之不備，一把將胭脂抹到他背後衣領處，口中則殷勤道別。見楊昊之漸漸走得遠了，她招手將怡人喚來，低聲道：「妳去遠遠跟著他，看看他究竟去了什麼地方，萬莫叫人發覺了，我自有我的意思。」怡人雖滿腹疑惑，但深知不該多言，轉身走了出去。

楊昊之走出一段路程，掃墨便跟了出來，急急道：「我的爺，您剛才做什麼去了？那邊兒小姑奶奶早已醒了，見您不來，躺床上哭天抹淚兒，我恐她鬧大了，讓墜兒和我姨媽在那處哄著，您快點過去才是。」

楊昊之道：「知道了，我記你一大功。」說著加緊腳步，出了二門，直奔他與柯穎思平日裡幽會之所，推開門便走了進去。往裡一看，只見柯穎思歪躺在炕頭，頭上包了翠色的頭巾，黃著臉兒，滿面淚珠兒，病容憔悴。墜兒和王婆都守在跟前，見楊昊之來了，都悄悄退了下去。

楊昊之見柯穎思雖不及往日裡豐容靚飾，但卻有幾分病西子的不勝之態，心裡漾出幾絲柔情，坐在床邊握著柯穎思的手道：「思妹，是我不該，讓妳受苦了。」

柯穎思聽聞此話，淚兒便啪嗒啪嗒滾了下來，一下將手抽回，狠狠道：「我可當不起！」

楊昊之笑道：「妳若當不起，天下便沒人當得起了。妳安心在這裡養著，我讓人備上好的藥材來，每日裡想吃什麼儘管跟我說，我給王婆幾斤人參，讓她日日用人參吊著味道給妳煲湯，保准妳吃了不幾日便好了。」又道：「老太太那裡妳也莫要擔心，已經回她說妳婆家有點事，妳回去住幾天，這個謊是扯不破的。此處又隱秘又清幽，妳就放心住著，我亦會常常過來探望妳。」

柯穎思流著淚道：「我可不是為了你給我花多少銀兩，楊昊之，我為的是你的那顆心！

我在此處含著悲苦打掉你我的骨肉，疼得死去活來時，你又在何處？你莫拿不相干的藉口搪塞我，今兒個老爺不在，太太去寺裡祈福一直未歸，我倒要聽聽你這富貴閒人去幹了何事！」

楊昊之聽了面上一臊，但口中卻強辯道：「是珍哥兒，珍哥兒剛讓毒日頭曬了，有些不大爽利，哭鬧了一陣，我又請大夫又哄著他，再趕到妳這裡，自然費了些工夫。」

柯穎思聽到此話險些氣死過去，伸出指頭顫巍巍的指著楊昊之道：「好哇，好哇！你強逼我打掉你我的孩兒，又把我丟在這裡不聞不問，自個兒卻跑前忙後的去照顧那瘸子的孽種！你這死漢子……我，我是認錯了你了！」說著便大哭起來。

楊昊之原本心中有幾分愧疚，但聽柯穎思說楊林珍是孽種，心裡頭頓時不痛快起來，沈著臉道：「妳說什麼渾話！珍哥兒是我楊家的長房長重孫！也是我楊昊之的長子！我心疼他、愛惜他也是理所當然，天底下哪有父親不疼惜自己骨肉的。妳原本還跟我說，日後嫁入我家定會待珍哥兒視若己出，莫非剛才那句『孽種』才是妳的真心話兒？」

柯穎思氣得渾身亂顫，身子又虛弱，頭一陣暈眩，滿眼金星亂迸，下身更遺了一灘血，咬著牙冷笑道：「好，好，那瘸子生的是龍胎鳳卵，我的孩兒才是孽種！你可滿意了？」說完頓覺心中委屈，將被子往頭上一蒙，嚎啕大哭起來，口中道：「我的命怎的這麼苦，遇到薄情郎君，毀了一生一世。」又哭：「我苦命的孩兒哇，娘親對不起你，你且等等，等我下去陪你罷了！」哭完起身便要撞牆。

楊昊之嚇了一跳，大叫：「這可使不得！」急忙上前將柯穎思抱住，卻見柯穎思掙扎了幾下，雙目一翻便暈了過去。楊昊之嚇壞了，將柯穎思放在床上又抹胸又拍臉，口中喊道：「來人！快來人！」話音未落，掃墨、墜兒和王婆便從門外衝了進來，墜兒一見登時便淒慘叫道：「奶奶！奶奶妳怎麼了?!」一下便撲倒在床前。

楊昊之氣急敗壞道：「哭什麼？哭喪嗎？還嫌不夠亂？非把旁人引過來才稱心不成？趕緊想辦法救人！」眾人七手八腳，又是捶後背又是掐人中，忙了半天，柯穎思才呻吟一聲，幽幽睜開了雙眼。

第八回　柳姝玉暗藏一段意　楊晟之悄懷兩椿情

楊昊之見柯穎思醒轉過來，方長長嘆一口氣，癱坐在床頭道：「阿彌陀佛，嚇煞我也！」此時他才發覺渾身已被汗水浸透，心有餘悸的抬起袖子拭著額頭汗珠。

柯穎思唇兒慘白，面色焦黃，抽噎道：「我死了，不是正好稱了你的心願?!」

楊昊之不敢再招惹她，只賠笑道：「妹妹，剛是我錯了，妳饒過我這一回吧！」說完欺身上前拉起柯穎思的手腕往自己身上捶打道：「妳若不解氣，就狠狠打我、狠狠罵我。」一說完扭頭對著墜兒大聲呵斥道：「杵著跟木頭一樣，沒眼色的東西，還不快些把湯藥端過來！」又一迭聲命王婆去燉滋補之物。

柯穎思氣促神虛，喘息不住，一時墜兒端了一碗藥來，強給她灌下去。柯穎思呻吟一聲，靠在床頭，眼淚簌簌滑落，想到楊昊之適才一心袒護那瘸子的孩兒，心不覺灰了大半。楊昊之見她憔悴不似人形，哪還有往日的嬌豔媚態，心裡也傷感起來，兩人相對而坐，默默無言。

楊昊之對柯穎思確有真情，這二人從小一起長大，常常一處玩耍，在年齡相當的女孩兒中，除卻入宮的柳婧玉，唯有柯穎思的容貌最為標緻，且她為人伶俐，會說話又會看眼色，更有一番風流妖嬌之態，楊昊之自然便上了心。兩人正是情竇初開的年紀，那楊昊之又生得英俊倜儻，柯穎思不免動了春心。這一來二去，兩人不免有了瓜田李下，更是許下海誓山盟，這一生非卿不可。楊昊之曾在其父楊崢面前稍微透露出點意思，可楊崢卻以柯穎思是庶女兒，柯家也不復當年聲勢而未表同意，更命楊昊之娶梅蓮英為妻。楊昊之不敢違抗父命，心裡實嫌棄梅蓮英是個瘸子且容貌不美，又怨嘆跟柯穎思有緣無分，成親後仍不能忘記舊情，二人時常幽會，直至柯穎思嫁人。

可誰想到後來，柯穎思竟成了寡婦。楊昊之本想著將柯穎思納為二房，但梅蓮英卻是極有手段的厲害角色，連他原先幾個通房丫頭都被梅蓮英藉了各種名目打發出去了，而納二房之事，他每每提及，亦被梅蓮英三言兩語打發掉。因楊家如今事事要仰仗梅家，他也只好將話忍了下來，可柯穎思卻等不得，跑去哀求梅蓮英，又跪了半日，梅蓮英只坐著不語，以致後來柯穎思惡念一起，竟將梅蓮英推入荷塘溺死，楊昊之當場撞見卻私心包庇了情人，也因有了這件事，兩人的情義又深厚了幾分。

墜兒紅著眼睛給柯穎思擦洗了面龐，將要退出去時，猶豫再三，終一跺腳，湊到楊昊之耳旁道：「大爺，您容我說兩句。聽大夫說，奶奶小產見紅，情形不大好，需靜養滋補，心情愉悅方可慢慢恢復，若是將身子虧下來，往後能否有孩兒還是其次，最怕是生出別的病症，那可就大大凶險了。您和我們奶奶是從小的情分，奶奶對您也是知疼著熱的，平素裡滿心掛念的都是大爺，如今箱子裡還有一件給您未做完的衣裳呢。她今日墮了胎，心裡頭難受，未免失了常態，大爺還要多多體恤些才是。」

這一番話說得楊昊之長吁短嘆，揮了揮手道：「我知曉了，妳下去吧。」再低頭看柯穎思，見她面色鉛灰，神色頹喪，心裡不由一揪，俯下身道：「思妹，妳莫要惱我。我待妳的心妳會不知道嗎？這麼多年，妳都是我心尖兒上的第一人，為了妳就算千刀萬剮我也受得！眼下不過這個孩兒沒了，待妳我成親，妳定會給我生個大胖兒子，到時候我比寵珍哥兒還寵他。」

柯穎思只閉了雙目不語，楊昊之在她耳畔又款款說了好些個衷腸的話兒，柯穎思臉色方回轉過來，道：「我不圖別的，只願生與你在一張床上睡著，死與你同一個墓穴裡躺著。這麼多年了，你又何嘗不是我心尖兒上的第一人？為了你，莫說是千刀萬剮，就算是殺人放火我也做了……」她見楊昊之滿頭大汗，又心疼起來，道：「桌上有茶，你喝些解暑。」

楊昊之道：「妹妹不惱我了才好，就算把汗都流光了也值得。」說著便轉過身去桌邊倒水。偏巧柯穎思眼睛一瞟，瞧見了衣領背後的那一痕胭脂，雙目瞬間瞪得溜圓，掙扎著強坐起來，仔細一看，見那胭脂色澤鮮紅，顯是新染上去的。

此時楊昊之倒完水回轉過身道：「明兒個我讓掃墨帶人參茶過來……」話還未說完，迎面就飛來一個枕頭，楊昊之「哎喲」一聲，手一歪，茶水灑了一身，驚道：「妳這又是怎麼了？」

柯穎思面色灰白，連喘幾口大氣，只覺天旋地轉，靠在床欄上抓著衣裳對楊昊之尖叫道：「浪驢公，說什麼照顧那瘸子的孩兒，我看分明就是你風流成性，跟哪個狐媚子廝混！」

楊昊之聽了此話自是有些心虛，梗著脖子道：「妳渾說什麼！莫不是妳病糊塗了吧？」

柯穎思怒道：「你自己瞧瞧你背後染了什麼好東西！在外頭發浪偷人，淫野了性子，在這兒盡拿好話兒哄我！你唬得住梅蓮英，卻休想騙過我！」說完渾身癱軟，「啊」一聲倒在床上，只覺腹中疼痛不止，額上冷汗也涔涔流下。

楊昊之被柯穎思這般痛罵，心中自是不悅，此刻只強壓著心頭火氣，將外衣脫下來一看，果瞧見背後衣領處染著一痕胭脂，鮮豔輕抹，彷彿是女子香唇在衣領上撫過留下來的，登時叫屈道：「我怎知道這胭脂是哪兒來的，興許是珍哥兒淘氣給我畫上的呢。」

柯穎思本就對楊昊之提心弔膽，平日裡毫無跡象尚且草木皆兵，如今看見了衣上紅脂，更是將往日裡心頭揣測的念頭盡數勾了起來，種種猜忌呼啦啦湧入腦中，不由冷笑道：「珍哥兒給你畫上的？我倒看著這八成是老太太屋裡的彩蝶，要麼就是太太身邊的春芹。這兩人原就跟你不清不楚，這會兒趁你死了婆娘，還不趕緊削尖了腦袋往上爬？」

楊昊之皺眉道：「妳怎麼連老太太和太太屋子裡的人都編排上了？我確是跟珍哥兒在一處來著，不信妳去問婉妹妹。」

柯穎思一聽是婉玉，越發不得了了，披頭散髮的坐起來哭道：「原來是那個騷狐狸精！我瞧著你們倆眉來眼去，覺得其中必定是有些事故，果不出我所料！她娘就是個淫賤的戲子，她也隨了她娘親的賤樣兒！我呸，為個男人又投河又自盡，這會兒又發浪勾引漢子，小小年紀就看得出是個淫婦！」

楊昊之生在富貴家中，自然有少爺脾氣，聽柯穎思越說越不像話，心裡頭憋著的一團火「騰」一下燒了起來，猛一拍桌子恨聲道：「夠了！妳看看妳現在的模樣，滿口的糙話，哪裡像是個大家小姐出身的！我確是對妳有情才會跟在這兒忍氣吞聲，否則我憑什麼來受這個氣？莫說我未和丫鬟們胡來，即便是我寵了哪個，收了房擺在跟前也不犯著王法，更輪不到妳在這兒撒潑！妳若是我妻子，我也定會因七出之條把妳休了回家！」

柯穎思聽罷氣得面色青紫，渾身哆嗦，哭道：「讓我死了吧……」說著又要起身撞牆，但因身子太弱，還未起身便覺眼前發黑，金星直冒，只得又躺回去。

楊昊之見柯穎思又要尋死，心裡頭不由發急，但見她又躺下來，便定了定神，哼一聲道：「妳若想鬧大了便鬧吧，大不了我與妳死在一處，也算落個乾淨！」說罷一甩門便走了。

掃墨見楊昊之氣呼呼的從屋裡出來，便料定屋裡起了風波，忙湊上前，一邊幫楊昊之整理衣裳，一邊低聲道：「大爺，你這麼走了，屋裡那位……」

楊昊之冷著臉道：「若不將威風拿出來，一味縱著她，她便不知天高地厚，恐要爬到我頭上去了！」說完拔腿就走，掃墨扭頭對王婆和墜兒使了個眼色，而後跟在楊昊之身後急匆匆的去了。

話說婉玉和珍哥兒在園子裡玩了一陣，便抱他回去命丫鬟、婆子給珍哥兒洗澡，自己坐在廊下繡墩子上喝茶。不久怡人便回來，靠在婉玉耳邊低聲說了幾句，婉玉揮了揮手，眉頭卻悄悄擰了起來。怡人又道：「姑娘，剛我回來的時候經過抱竹館，正碰見翠蕊，翠蕊喚我進去，讓我告訴姑娘一聲，三爺中午用完了飯便出去了，剛才回來，跟她說姑娘的事情已經辦妥了，要姑娘放心。」

婉玉心中一鬆，道：「辦妥了就好，這事多虧了晟哥兒。咱們回去合計合計，要送點什麼表示謝意才不虧了禮數。送的東西不必太貴重，只要心思精巧些就成了。」說著想到自己身邊無一精巧的玩意兒，手頭也無多少體己錢，不由犯了愁。

怡人顯是看出婉玉的心思，心中一動，道：「我看翠蕊正給三爺做鞋呢，那鞋的大小跟咱們老爺差不多，姑娘這幾日不是正給老爺做鞋嗎？如今還有一隻只差一點就做成了，咱們不如就送這個去，親手做的，更顯出心意來。」

婉玉笑道：「那就這麼辦。」說完差怡人回含蘭軒把鞋取來，自己又坐在屋裡把未做完的鞋面縫好，找了塊布將鞋子包起來，命怡人好生看護珍哥兒，而後起身往抱竹館去。

婉玉特地擇了條僻靜少人的小路走，只見靜園清幽，景物姸森，沿途只零星瞧見一、兩個婆子和丫鬟。婉玉經過假山後的翠微亭時，忽望見楊蕙菊和姝玉二人坐在美人靠（注）上說話，姝玉說幾句便抽噎幾聲，楊蕙菊坐旁邊低聲安慰。她素知楊蕙菊和姝玉交好，想到姝玉在此僻靜處哭，必然有一定緣由，想著多一事不如少一事，便隱在一叢海棠花後頭悄悄往前走。

姝玉的哭聲卻斷斷續續傳到耳朵裡，邊哭邊道：「原先對我還一團和氣，但這些日子卻突然間生分了……說男女大防，又說要用功讀書，要我日後別常去，今兒個連門都未讓我進，直接讓個小廝就將我回了……」

楊蕙菊道：「興許是他真的在用功呢，他的情形妳又不是不知，鄉試眼見就要到了，此時正是閉門讀書的時候，別說不見妳，估計連我都不見呢！」

姝玉冷笑道：「我聽翠蕊那丫鬟說，他今兒個吃了午飯就跑出府去了。有工夫出去閒逛，卻沒時間見我一見？莫不是他覺著自己現如今能當舉人老爺，又或者能金榜題名了，便開始拿腔作勢起來了？」婉玉一聽此話，立刻止住了腳。

楊蕙菊嘆一口氣道：「我三哥倒是個勤奮守慎的，跟我那兩個哥哥不同。我原想著他忠厚可靠，雖笨嘴拙舌，又是個庶出，但如果肯用功，將來必有一番前程。難得妳眼界高，卻常常背地裡讚他。我從中撮合撮合，讓老太太點頭，也是一樁美事，唉，誰想到……是我三哥沒福。」

婉玉心中恍然，原來這柳姝玉竟對楊晟之那悶嘴的葫蘆存了幾分意思。想到姝玉性子孤高，楊晟之也是個疏離冷淡之人，不由暗笑，覺得這兩人相配倒是一個天聾一個地啞。

注：美人靠，是一種下設條凳、上連靠欄的木製建築，因向外探出的靠背彎曲似鵝頸，故又名『鵝頸椅』。通常建於迴廊或亭閣圍欄的臨水一側。

姝玉道：「我是看他有幾分才學，不是粗俗的人罷了。若他輕看了我，我又何必自己找沒臉？我可不是姸玉，自個兒巴巴的貼上去讓人家沒的看笑話！」說著又咬牙，淚珠滾瓜似的掉下來，又道：「枉我看他穿的鞋舊了，還給他做了一雙，他竟然收都沒收，反倒教訓我私贈男子物件給傳揚出去於我閨名不利。早知如此，我原就該把這雙鞋剪了、扯了、撕了，總好比讓人當了驢肝肺！」說完賭氣將手中的鞋一遝丟了出去，好巧不巧就落在婉玉腳邊，婉玉嚇了一跳，低頭看去，只見姝玉所做的正是一雙千層底的石青緙絲雲頭履，用了好多綾羅綢緞，比自己做的那雙精巧細緻了數倍不止，顯是費了好多功夫。

楊蕙菊急道：「辛辛苦苦熬夜做出的東西怎能就這樣丟了？」說著便急著要出去撿。

姝玉一扯楊蕙菊的衣袖道：「別去，那羞臊惱人的物件丟了也罷。」說著又掉下淚來。楊蕙菊知她極要強，正所謂「情深不壽，強極則辱」，今日之事雖楊晟之所作有稍微欠妥之處，但在姝玉心裡頭已經是好大的沒臉。楊蕙菊想了想又坐下來，一邊絮絮安慰，一邊暗自嘆氣。

婉玉適才見楊蕙菊要下來撿鞋，不由駭了一跳，見她又坐回去，方暗自鬆了口氣，忙悄悄的開溜出去。

婉玉走出一段路，抬頭一望，見抱竹館就在眼前了，不由停下腳步躊躇起來，正此時只聽身旁有人道：「姑娘是過來找三爺的吧？」婉玉偏頭一看，見是楊晟之身邊的小廝竹風，手裡拎著兩摞書，滿面殷勤。

婉玉道：「正是，可又怕這時候過去了耽誤他唸書，還是晚些再來吧。」

竹風笑道：「即便姑娘不來，三爺也要過去尋的。」說著便引著婉玉往前走。婉玉無奈，只得跟著竹風進了院子，直入了楊晟之的書房。

楊晟之此時正提了筆寫字，聽見腳步聲響，抬頭一看，見婉玉挑開簾子進屋，忙站起身來讓座，又命小丫頭去沏茶，竹風將書本放在桌上，靜靜退了出去。婉玉見楊晟之嘴角有青紫痕，似是被人打了，不由一怔，心想著此事八成與孫志浩有關，忙笑道：「不用麻煩，我是來謝謝晟哥哥的。」

楊晟之道：「多大點兒的事，已經辦妥了，姓孫的小子日後再不敢找來，妳放心就是了。只不過妳日後還是多避著他些，這檔子事也休要再提了。」

婉玉見他雲淡風輕的一筆帶過，心裡頭越發感激，站起身恭恭敬敬斂裙一禮，道：「晟哥哥仗義相幫，婉玉感激不盡。」

楊晟之忙起身虛扶了一把道：「妹妹太客氣，愧不敢當。」

婉玉見楊晟之腳上的鞋果真舊了，暗道：「不過就是雙鞋，若他不收，我再備別的謝禮便是。」想到此處，便把布包遞上去道：「晟哥哥幫我這麼大忙，也沒什麼東西好感謝的，閒暇時做點活計，我手笨，針線又糙，晟哥哥萬萬不要嫌棄才好。」

楊晟急忙推辭，婉玉執意要送，楊晟之便將布包接過來打開一看，見是一雙靛藍的虎頭盤雲鞋，雖非用名貴綢緞製成，鞋面上卻各繡了祥雲，隱有「平步青雲」之意，顯是迎合學子和做官之人的心思，針腳也極細密。他低著頭，嘴角微微彎起，心裡的喜悅再也掩不住。這世間小兒女情長的事本就如此，同是一雙鞋，有人送只覺得是麻煩，恨不得眼不見心為淨，推得遠遠的才好；另一人送卻覺得歡喜萬分，恨不得拿在手裡一時一刻都不放開了。

婉玉心裡還在琢磨著如若楊晟之說不要時，自己該如何應答。卻見楊晟之將鞋上下看了幾遍，抬頭對她笑道：「妹妹有心了，我腳上這雙也確實舊了。等秋闈那天，我就穿這雙鞋去，必能討個好彩頭。」

婉玉沒想到楊晟之竟說出這番話就將鞋子收了，登時就一愣，又見楊晟之正朝她望過來，忙道：「晟哥哥不嫌棄就好。」

楊晟之微微一笑，忽而想起什麼，站起來道：「妳隨我來。」說著引著婉玉走進臥室，翠蕊正坐在床上做鞋，另有個小丫頭子在一旁繡花，翠蕊見他二人進屋忙站起來道：「原來婉姑娘來了，我竟不知道。」

婉玉四下一打量，見那臥房亦不算大，進門便能看見一張木床，床上掛秋香色幔帳，被褥俱是半新，枕邊放了兩部書，牆角有一樟木衣櫃，櫃上掛鎖。臨窗設一張長條案，只擺一套茗碗並一個美人觚，觚內插幾支紫薇花，粉嫩如若雲霞一般。

婉玉笑道：「晟哥哥這兒一張素案伴紫薇，兩部古書做角枕，一盞清茶如碧玉，是個滿室生香的讀書佳處。」

楊晟之笑道：「什麼讀書佳處，我這抱竹館狹小，東西放多了就眼花繚亂的，所以簡單些罷了。」說完對翠蕊道：「我今兒個中午出門帶著的那個錦囊呢？」

翠蕊一聽便取了一個錦囊來，楊晟之坐在床上對婉玉招了招手道：「妹妹過來。」說完將錦囊裡的東西嘩啦啦的倒在床上，指著笑道：「今兒個我在街上閒逛時買了些小玩意兒，府裡的姊妹們都有，還沒來得及給她們送去，妳趕得巧，得了第一宗，快來挑一個。」

婉玉看了楊晟之一眼，暗道：「剛妹玉不才來過，還給氣跑了，這會兒怎又說我得了第一宗？」湊過去坐在床邊一看，只見褥子上攤著的全是扇墜子，均是用各色的彩線打成絡子再墜一塊玉。婉玉一直念叨著要給柳壽峰送她的古扇配個墜子，而今見了這樣精巧的小東西不免驚喜，一眼便看上其中一個，那扇墜兒用桃紅色的線打成梅花形絡子，當中鑲一塊翡翠平安扣，那翡翠又潤又剔透，在一堆墜子裡最最顯眼。

翠蕊走過去拿起一個看了看道：「這樣的絡子我也會打呢。」又低頭一瞧，也相中了那梅花絡子，暗想自己喚作翠蕊，這花兒形的絡子中間一點配個綠色的翠玉，正暗合了名字，更喜愛幾分。她知楊晟之平素待自己與旁人不同，若是開了口，楊晟之必會任她隨便挑一個，但此時有客不方便索討，便向楊晟之使了個眼色，想要他將那扇墜子給她留下來。楊晟之看了她一眼，臉上淡淡的，轉而對婉玉道：「妹妹喜歡哪一個？」

婉玉雖極喜歡那個梅花形的墜子，但想著那塊翡翠一看便知道是上等貨色，興許是楊晟之買來送給老太太或太太的，故而別開眼光，看著別的扇墜兒道：「我是挑花眼了，覺得哪個都好看。」

楊晟之笑道：「那我幫妳挑一個。」說著便把梅花翠玉的墜子拎起來，在婉玉面前晃道：「就這個吧，看著就嬌豔。」翠蕊登時一急，暗想：「三爺莫非是會錯了意了？我不是要他把那扇墜子送給柳家的姑娘呀！」

婉玉略一猶豫，楊晟之已拿過她的扇子，將梅花絡子綁在團扇底下，左右端詳道：「果然不錯。」婉玉越看越喜愛，點頭含笑道：「那就謝謝晟哥哥了。」翠蕊心裡不悅，但臉上強帶了笑意道：「我去端茶點。」說罷掀開簾子便出去了。

婉玉將扇墜兒在手裡把玩了一回，始終覺得上頭嵌的翡翠太過貴重了些。若是她原先的身分，對這點兒小事自是不在意的，而今做了庶女，知道當中艱辛，且楊晟之也是個不受待見的，比自己好不到哪兒去，這樣一想，手裡的扇墜子倒有點燙手了。

婉玉低頭想了一回，方抬頭道：「這扇墜兒……」這猛一抬頭卻恰恰看見楊晟之正凝神望著她，目光又沈又靜，似含了隱隱約約的情愫，幽幽深深，竟將婉玉看得有些慌了起來，原先想好的說辭也忘了大半，忙將眼瞼垂了，知楊晟之眼睛還盯在她身上，耳根不由燒燙了起來。

婉玉目光一瞥看見枕頭邊放的書，忙扯了個話頭道：「《經義彙講》這書好像是專門押題的，想來晟哥哥已選了幾題押寶，志在必得了。」

楊晟之見婉玉竟連《經義彙講》是何書都知道，眼中掠過絲詫色道：「今年卻比往年難考，原先的命題官盡數換掉，新任命的主考官叫何思白，是皇上新提拔的，沒人知道他喜好什麼、政見如何，故而只能漫天撒開大網的寫，哪敢亂押題。」

婉玉聽到「何思白」這名字不由怔了怔，原來此人跟她父親梅海泉是同科進士出身，學問淵博卻有個倔脾氣，因性情吃虧曾抑鬱不得志了一段時日，後入梅府給她大哥梅書遠做了幾年的夫子，因她父親保薦才又得以入了仕途。

婉玉想了想，忽而笑道：「那我給你押幾題吧，你無事的時候便寫寫看，興許還能中了呢！」說罷要來筆墨紙硯，在紙上寫了幾題。

楊晟之看罷心裡又是一震，原來能擬出這幾題的，必是將四書、五經熟讀於心的人，且選題又巧又精，頗有學識的大儒也不過如此。這一次望向婉玉，素來淡然的臉上也掛了驚異之色，道：「〈百姓足，君孰與不足〉，能擬出這道題，想來妹妹熟讀四書、五經，若是個男兒，此次考試便能奪魁了。」

婉玉笑道：「我這也是從別處看來的呢，在這裡賣弄賣弄罷了，科舉奪魁，做官做宰，我哪裡有這個本事。」原來這幾題均是何思白做夫子時給梅書遠做過的題目，婉玉想著自己給他出了幾道何思白喜擬之題，亦算是還了那扇墜子的人情了，心裡稍安。

一時間翠蕊端了點心進來，婉玉也不多坐，說了幾句話便告辭了。楊晟之見婉玉走了，這才將她送的鞋拿在手裡，先細細看了一番，又穿在腳上試了試，只覺大小分毫不差，而後把鞋脫下來捏在手裡，坐著竟出了神。

忽聽門外有響動，有小丫頭道：「二姑娘來了。」楊晟之七手八腳的將鞋用布包好塞到褥子下頭，走了出去。楊蕙菊正坐在小廳裡的木椅子上，見楊晟之來了，便揮退左右下人，掏出一雙鞋塞到楊晟之手裡道：「這是人家姝玉的一番心意，你怎能不給面子把人家氣跑了？我知道你是因為秋闈快要到了，所以心裡頭著急，說話難免失了分寸，可姝玉原本就跟你有交情的，柳家跟咱們是親戚，你這麼做未免傷了和氣，也讓姝玉冷了心。你快將鞋收了，再去給人家賠個不是，我從中再打個圓場，姝姑娘是個通情達理的人兒，必不會怪你。」

楊晟之微微皺了眉，將鞋又重新塞到楊蕙菊手中道：「這鞋不能收，無功不受祿，我又未幫她什麼事情，憑什麼收她的東西？」

楊蕙菊道：「說你迂腐你還真是個榆木疙瘩，她送你雙鞋，你也送她個玩意兒不就得了？」說完抿嘴一笑。「你若不知道送什麼，我便幫你拿個主意。」

楊晟之一瞪眼道：「這更萬萬不可！妹妹怎的這麼糊塗！私相授受，互送物件，這若傳揚出去要姝姑娘怎麼做人？原先年紀小在一處玩耍還沒什麼，可如今都慢慢大了，哪能再跟幾年前一樣沒個輕重？」說完揮了揮手道：「妹妹若無他事就請回吧，我要去唸書了。」

楊蕙菊見楊晟之轉身要走，急得跺了跺腳，一把拉住他胳膊，壓低聲音道：「三哥哥，你是真的不懂還是裝糊塗呢……姝姑娘人品、相貌都是一流的，上上等的人物兒，如今這般知根知底的女孩兒上哪兒找去？我原就說過……」

楊晟之淡淡道：「妹妹此事休要再提了。女孩子家，也莫把這種事常掛在嘴上。」說完想起什麼，召喚道：「翠蕊，把我今兒個上街買回來的扇墜子拿出來，讓妹妹挑一個！」說完逕自去了書房。

楊蕙菊狠狠揉了揉帕子，口中低罵道：「呆頭鵝，不懂好歹，不知變通！」說完見翠蕊用布兜了扇墜兒進來，楊蕙菊看也不看，擺手道：「不要了！賞了妳玩吧！」說完扭頭掀簾子走了。

楊晟之坐在書案前頭長長嘆了口氣。如今他過了年便十七歲，到了娶妻的年紀，早先他在其父楊崢面前說過男子漢大丈夫先立業後成家，楊崢也覺得若是庶子博得功名亦能說一門好親，故而也便拖了下來。楊晟之對周遭的女孩子不是沒留意過，早兩年他與姝玉交好，一則見姝玉是個小姐出身的，跟他算門當戶對。且又通文墨，雖孤高了些但本性率真，又兼之是個清冷的性子，兩人在一處就算默默無言，亦不覺得尷尬。可後來楊晟之卻覺不妥，姝玉有個愛使小性兒的毛病，初時鬧鬧彆扭倒也覺得可愛，但次數一多，楊晟之便覺厭煩了；後又發覺姝玉最喜風花雪月，每每傷春悲秋，自有一腔小兒女情懷，但對經濟事務、人情世故卻多有不諳。楊晟之想娶一房賢慧之妻，並非想娶個嬌嬌小姐回家供起來，因而慢慢疏遠了姝玉。一次，楊蕙菊與他說話，玩笑間打趣他，說要向老太太說一說他和姝玉的婚事，要楊晟之好好求她一求，待她一去便馬到成功。這番話驚出楊晟之一身冷汗，他知老太太極寵楊蕙菊，而且兩家原就是姻親，這一提說不準真就定下來了。但他心中已認定姝玉絕非良配，於是便下了決心，對姝玉越發冷淡了下來。

此時翠蕊走了進來，將兜著扇墜兒的布「啪」一聲放在書案上道：「二姑娘沒要。」

楊晟之點點頭，一邊品茶一邊隨口道：「妳讓小丫頭們給府裡別的姊姊妹妹送去。」

翠蕊「嗯」了一聲，臉色仍是沈沈的。楊晟之聽她聲音不對，抬起頭，淡淡看了她一眼，道：「橫豎我買得多，妳喜歡哪個就先挑了去吧。」

翠蕊聽此話臉色稍好了些，將扇墜兒拿到臥室，對小丫頭梨花道：「幫我挑挑哪個好看？」

梨花道：「三爺不是說把這些扇墜子送去給各房姑娘們嗎？」

翠蕊忍著得意，低頭撥弄著扇墜兒道：「三爺說了，要我先挑，然後再給小姐們送過去。」

梨花一聽登時羨慕不已，道：「翠蕊姊姊就是跟旁人不同，這不，哪怕一個墜子三爺也是讓姊姊先挑，不在乎這個物件，關鍵是這份心！等三爺考得了功名，姊姊也算熬出頭了。」

這幾句正說進翠蕊心窩，讓她渾身又舒坦幾分，臉上帶著笑意，但口中道：「亂嚼舌頭，別說這些有的沒的。快幫我看看哪個好。」可看了幾遍下來，那墜子上的玉不是微瑕，就是水頭不足；有的雕琢圖案雖精美，卻是不值錢的東陵玉。翠蕊心中暗惱，只得隨便挑了一個，其他的命梨花送到各房去了。

婉玉自去正房照看珍哥兒，怡人見她回來時扇子底下多了個墜子，不由拿起來端詳，道：「這翡翠真綠，水潤剔透的，拿來貼身配戴都好呢，做扇墜子有些可惜了。姑娘從哪兒得的？」

婉玉道：「晟哥兒送的，說是今兒個中午逛街買的小玩意兒，每個姑娘都有。」

怡人聽了不由一愣，呆呆站了半晌，婉玉見了一捅她肩膀道：「呆愣著做什麼？」

怡人看了看正習字的珍哥兒，將婉玉拉到一旁，低聲道：「今兒早晨姑娘跟珍哥兒去園子裡了，老太太命人給姑娘送來兩碟子點心。我想著晟哥兒送過咱們菱粉糕，所以就給抱竹館送了一碟子過去。」

婉玉道：「這件事妳不是跟我回過了嗎？」

怡人道：「我去抱竹館送完點心就跟翠蕊閒話了兩句，看她打的絡子好看就說姑娘前些日子一直念叨著要給老爺送的扇子配個扇墜兒，回頭我跟她學學打絡子的手藝，給姑娘打個配玉的扇墜子。不過一句玩笑話……」怡人說著眼睛去瞟婉玉。

婉玉心裡一下子亂起來，點了點頭道：「我知道了，這事兒別說出去。」

怡人道：「哪兒能說呢。」怡人百般伶俐，腦子一轉便隱隱猜到些內情。想著楊晟之雖不及楊家大公子倜儻，但論穩重圓融卻高出楊昊之許多，若是對自家小姐有意，也難保不是良緣，但人品如何還要考量，且楊晟之在家也是個不受寵的，若是小姐嫁到楊家來，日子也難免艱辛。想到此處抬起頭，偷偷看了看婉玉的臉色，把話又嚥了下去。

第九回　處處為難貴女受屈　種種不肖孽子遭打

這天清晨，婉玉躺在床上似醒非醒，耳邊隱約傳來幾聲訓斥，聽著似是怡人的聲音，她翻了個身坐起來，揉著眼撩開幔帳道：「怎麼回事？」

怡人見婉玉醒了，忙迎上來，面色鐵青，強壓著怒意道：「我該死，把姑娘吵醒了，只是這也實在是欺人太甚……我剛尋思姑娘一會兒就該起床了，所以到後頭要小丫頭們打熱水來，誰知紅芍說四姑娘今兒個早晨妝沒化好，所以多用了熱水洗臉，竟把姑娘的熱水也用了！」

婉玉聽罷眉頭向上一揚，只見個小丫頭站在屋角，看婉玉瞧她，便臉上賠笑道：「姑娘莫急，後頭正在燒水呢，一會兒就得了。」

怡人怒道：「蠢材！剛剛燒上的水，怎可能這麼快就得了！難不成妳讓我們姑娘待會兒用冷水洗面，又或蓬頭垢面的去門口接自己姑姑不成！」

這楊家的太太柳氏是柳壽峰的妹妹，因前些時日死了大兒媳，孫兒楊林珍又得了場病，故而上山打醮守八關齋戒，在尼姑庵裡住了些時日。昨兒個晚上傳信回來說今早回家，府裡上上下下的小輩都準備一早在門口迎柳氏回府。

那小丫頭喚作喜兒，是個四等丫頭，從柳氏處撥來服侍妍、婉姊妹，聽見怡人斥責，嘴上雖連連認錯，但暗中腹誹道：「誰不知道妳們姊妹之間不和呢，這柳婉玉不過是個庶出的，又怎敢跟妍姑娘爭持？平日裡都小心翼翼的避著，這回的事怕是也只能作罷。也該我們做下人的倒楣，主子之間鬥氣兒相互使絆子，到頭來就只能拿我們出氣。」想著偷偷瞄了婉玉一眼，卻見婉玉正直直盯著她，臉上不怒自威，彷彿一下子將她心思看破。喜兒嚇了一跳，慌把眼瞼垂了。

婉玉道：「我且問妳，我四姊可知道她用了我的熱水？」

喜兒道：「這……這可能知道……也可能……也可能不知道……」

婉玉喝道：「說的這是什麼話！什麼叫做可能知道也可能不知道？妳在府上跟著哪個婆子、丫鬟學規矩，就這麼著回主子的話？」

喜兒聽婉玉口風漸厲，心中一緊，神色恭敬，垂著頭道：「回姑娘的話，今兒個早晨紅芍姊姊到後頭要熱水，說妍姑娘的妝化得花了，要水重新洗了重描。我說還有半壺，但是給婉姑娘用的，紅芍姊姊聽了便把壺拿走了，我們、我們又怎麼敢攔著……」

婉玉點了點頭道：「知道了，妳去把喝茶的水端過來給我洗臉。」

喜兒略一猶豫，楊府頗為講究，早上喝的清茶必是用附近山裡的清泉泡開，除了老太太、老爺和太太，各房每天早晨只能分得一小壺泉水，用完就再沒有了。偏巧含蘭軒慣是在姑娘們起床時便將泉水燒開了，故喜兒聽婉玉這麼一說，不由有些遲疑。

怡人滿面陰霾的斥道：「還不快去，難不成讓我們姑娘就這麼等著不成！」喜兒聽罷一溜煙便跑了出去。

怡人上前服侍婉玉穿衣，悄悄看了幾眼婉玉的臉色，開口道：「姑娘一直在上房直至晚上才回來，所以不知道。四姑娘這幾天不痛快，菊姑娘天天和三姑娘在一處，萱姑娘又不理她，她更跟瑞哥兒拌了嘴，她不爽利便來尋咱們楣頭，把老太太送來給姑娘的小玩意兒和衣裳都拿走大半，昨天三爺給姑娘和四姑娘各送來一碗糕餅，姑娘那份竟然讓紅芍給吃了。這些事咱們也都忍了，但這回卻是鬧得讓楊家的下人們都知道了，姑娘若是還一味躲著，自己受氣事小，若是讓旁人戳咱們脊梁骨說柳家的小姐不會管束下人，少了教養，這柳家的名聲怕就是不好聽了。」

婉玉道：「不礙事，隨它去。我還生怕這事情旁人不知道。」看怡人發愣，婉玉「噗哧」一笑，伸出指頭戳她腦門道：「妳呀，那麼機靈的一個人，怎麼想不透呢？她越欺負咱們，咱們就越不能吭聲，要讓所有人都知道，柳家的五姑娘是事事處處受人欺負的，原先那個盜蹠的氣性也是被逼出來的。如今五姑娘修身養性，處處忍讓，可四姑娘反倒變本加厲起來了，妳說旁人會怎麼看？再說了，若是跟她爭持起來了，得罪她事小，若是惹怒了太太，等回了府，妳我又怎能有好果子吃？不過是逞口舌之快，又何必爭在這一時呢?!」

怡人恍然大悟，再看婉玉，心裡多了層莫名的滋味。她本就心性高，一心想出頭，當初在無奈之下才攀上了婉玉，她對這柳五小姐原本並不十分看得上眼，但想到跟著這事事處處討人嫌的庶出小姐做大丫鬟，總好過在雜役房裡頭充當粗使的傭人，也就捏著鼻子認了。可她沒想到，婉玉竟與她想像的大不同，不僅行動坐臥皆十分講究，且對待身邊的人自有一套調教的手段，怡人輕視之心淡去，反倒生出一股敬畏來，適才聽婉玉一番話，心中暗想：「聽姑娘的意思似有『君子報仇十年不晚』之意，且更不把柳家的聲譽放在心上。我原來便知她不是怯懦之人，但想不到竟能這般隱忍。好個婉姑娘，不動聲色將名聲一點點挽回來，吃點小虧也值了。」

當下喜兒端了熱水進來，婉玉洗漱完畢，對鏡子照了照，嫌衣裳太豔，脫下來重換，上衣挑了一件葉青明綢繡蘭花八團褙子，下繫玉色水波腰裙，頭上綰堆雲髻，只插一支小鳳釵，臉上的脂粉也用得極少，觀之淡雅宜人。梳妝完畢，婉玉用了早點，也不招呼妍玉，自己帶著怡人直奔到二門接柳氏去了。

走至半途，婉玉忽想起什麼，問道：「那天楊大爺是沿著這個方向出了二門的？」

怡人道：「不是這條，這條路是往西南方去的，二爺去的是西邊的角門，他出了二門就進了一個小院子。」

婉玉道：「時候還早，妳帶我去那院子看一眼。」

怡人滿腹疑惑，但瞧著婉玉臉色凝重，也不好再問，兩人繞到西邊二門處，出了門往右一拐，便能看見一個頗為幽靜的小院，婉玉躲在牆後頭伸著脖子一望，見王婆坐在院子裡正殺雞宰鵝，忽屋門一開，走出個身量矮胖的丫鬟，跟王婆低語幾句便又回屋了。婉玉認出那人正是柯穎思身邊的墜兒，心裡頭不由突突一跳，明白了幾分，暗道：「怪不得那賤人在我眼皮子底下還能三番兩次的懷上孩兒，原來是在這府裡有偷情幽會的地方。今兒個被我拿捏住了反倒好辦了，若不將妳整治了，我便白白重活一遭！」她暗恨一陣，扭頭對怡人道：「回去吧。」

二人走到西南方垂花門前，見楊府的三個哥兒、柯穎鸞、楊蕙菊、柳家兩玉都已到了。過了片刻，便聽前頭一片喧譁，緊接著門口呼啦啦湧入十幾個婆子，後有個四十多歲的婦人被七、八個丫鬟、媳婦簇擁著走了進來。那婦人與楊昊之容貌酷似，保養極好，雖已美人遲暮，但猶存三分風韻，能看出年輕時容貌極美，身量高眺，穿玄色鑲領素藍底子上襦，下穿月白銷金裙，頭戴赤金含珠大鳳釵並珊瑚壓髮，脖子上掛瓔珞嵌寶項鍊，耳上、手上均是金光閃閃，珠光寶氣。此人正是楊家主母柳氏。

眾兄弟姊妹見柳氏回來都紛紛迎了上去，柳氏笑道：「不過是回府，怎讓大家都跑出來迎我了？勞師動眾的，雖是早晨，但太陽也毒，小姐們在深閨裡養著一個比一個嬌貴，若是讓日頭曬了可怎麼好？」說完對柳家姊妹道：「難為妳們有心來迎我了。」柳家三玉齊齊還禮。

柯穎鸞迎上前笑道：「母親一路上勞頓辛苦了，我們小輩迎一迎也理所應當的，老太太在正房裡等著消息呢，吩咐我伺候母親休息，想吃什麼讓廚房趕緊去做。」

柳氏看見柯穎鸞，淡淡「嗯」一聲，轉而看向楊昊之，面露心疼之色道：「我的兒，這幾日不見你怎的又清瘦了？想必這些時日憂思過重，快回屋歇著吧。」

楊昊之忙欺身向前，挽住柳氏的手臂道：「娘，妳也瘦了，是不是廟裡日子太清苦了？是兒子該死，讓娘去廟裡頭吃苦，我讓廚房煲了參湯，娘待會兒可要多喝幾盅。」

這幾句話說得柳氏心裡頭格外舒坦，手輕輕拍了拍楊昊之的手臂，心中感動道：「別人總怪我偏心昊兒。可昊兒又乖覺又孝順，實在挑不出半點不對之處，即便是死了媳婦、病了孩兒，還是先把我這老娘擺在前頭，又讓我怎麼能不心疼幾分？」

柯穎鸞臉色有些難看，心裡酸道：「這兩個人哪裡瘦了？我看分明還白胖了些。前兩天給廟裡送信兒去，我還特地提了夫君身子不爽利病了一場的事，這老太婆今兒回來竟也不問一聲！」想到此處向楊景之使了個眼色。楊景之素不愛湊趣搶鋒頭，但又懼內，見柯穎鸞對他眨眼，只得上前對柳氏道：「娘一路上風塵勞頓，辛苦了。」說完又攙了柳氏另一條手臂，扶著她上了小轎。

眾人跟在後面一起去了楊母正房，一進屋便看見楊母抱著珍哥兒坐在羅漢床上，柯瑞和紫萱分坐左右。待柳氏進屋，柯瑞和紫萱忙站了起來，將柳氏讓到楊母右下位，丫鬟進來端茶送水，又重新給柳氏奉上鮮果、糕餅等物。柳氏向楊母施禮，說了些在廟中的事物，楊母慰問了幾句，又引見了紫萱，柳氏送了一對金鐲子做見面禮。

閒話敘了幾句，柳氏便想抱抱珍哥兒，誰想珍哥兒早已鑽到婉玉懷裡去了。柳氏見孫兒親近名聲素來不好的柳家五姑娘，不由暗暗皺了皺眉頭，對珍哥兒招手道：「過來，讓我抱抱。」

珍哥兒膩在婉玉懷裡頭不出來，婉玉在珍哥兒耳邊說了兩句，珍哥兒這才忸怩著走到柳氏跟前，捂著小臉蛋道：「我給妳抱，但是不准掐臉。」

眾人都笑了起來，柳氏笑得甚開懷，一點他額頭道：「這段日子想我沒有？」

珍哥兒道：「想了。」說完走到几子邊上，踮起腳尖，揮著小胳膊奮力搆到茶碗，捧到柳氏跟前道：「祖母喝茶。」這一番作為引得眾人一陣大笑，紛紛誇珍哥兒懂事聰慧，溢美之詞源源不絕湧入楊母和柳氏耳中，這兩人樂得見牙不見眼，柳氏喚著「心肝肉兒」將珍哥兒抱起來狠狠親了兩口，心中感嘆自己沒白疼大兒子，即便是這小孫子也知道孝順她。

楊母也分外喜悅，指著珍哥兒笑道：「白眼狼，還沒給我敬過茶呢。」

珍哥兒烏溜溜的大眼朝婉玉看了一眼，然後挺著小胸脯道：「我沒給老祖宗端過茶，但是給老祖宗端過點心，點心比這碗茶重多啦！」

眾人爆發一陣大笑，紫萱笑得前仰後合，姝玉用帕子掩了嘴笑個不住，妍玉用扇子擋著臉，想笑又竭力忍著，楊蕙菊揉著肚子道：「原來這小東西覺得給誰端的東西重，就對誰的孝心更大些。」

珍哥兒一本正經道：「你們笑什麼？剛才婉姨跟我說，祖母到廟裡給我祈平安，要我知道孝順，好好謝她。」

這番話說出口，柳氏再看婉玉的眼光則又不同了。她原本極不喜歡婉玉的脾氣秉性，連楊家也很少讓她來，但此時再瞧婉玉便順眼了幾分，又瞧她今日穿得素雅，不像往常滿身穿紅戴綠，舉止比原先也穩重許多，心裡頭的疙瘩才稍稍平了些。

楊母對柳氏笑道：「這些日子珍哥兒沒少麻煩婉丫頭，妳可要好好謝她。」婉玉忙起身說不敢。

妍玉見婉玉又出了鋒頭，心中嫉妒，面上卻只能強顏歡笑。楊昊之因愛子博得長輩歡心，自是得意，對婉玉更多幾分親近之情。柯穎鸞與楊景之暗中對看一眼，柯穎鸞垂了頭，咬了咬唇兒，手蓋在肚子上，默默攥了拳頭。楊晟之低著頭，只捧了茶杯喝茶。

眾人閒話一陣便各自散了。婉玉便留在正房教珍哥兒習字，過了一陣子怡人走了進來，在婉玉耳邊低聲道：「剛柳氏給各方送禮物去了，給姑娘們的都是一部經書，一串小葉檀手釧，一個水晶刻六字大明咒的墜子和三支玉桿的毛筆。」說完頓了頓又道：「夫人又說姑娘這段日子照看珍哥兒辛苦了，額外多給了一領芙蓉簟和一串翡翠彌勒的珮環。」

婉玉點點頭道：「多賞出來的東西別讓旁人知道，特別是四姑娘。」

怡人道：「這個自然，我早就眼明手快收起來了。」說完見婉玉無其他吩咐，便靜靜退了下去。

且說柳氏回房之後楊家三子並楊蕙菊便紛紛進來請安。互相噓寒問暖了一陣，柳氏便覺得身上乏了，剛要打發這幾人散了，便聽門口的小丫頭打起簾子道：「老爺來了。」

楊昊之等一聽忙站了起來，只見從門口走進來個五十歲上下的高壯男子，生得方臉闊鼻，面色青潤，穿一身褐色嵌青紋緹花蟒綢直裰，同色腰帶，上鑲六顆珍珠，甚是華麗。楊家諸子恭敬垂首道：「父親。」

楊崢淡淡「嗯」一聲，在太師椅上坐了，楊蕙菊親自奉茶。楊崢對柳氏道：「妳此番辛苦了，一路勞頓，要好好歇息才是。」

柳氏道：「剛坐了會兒，也不覺得乏，回頭讓個小丫頭捶捶腿便好了。我在廟裡得了張方子，專治你那頭疼病症的，你吃個試試，據說百治百靈。尼姑庵的大士親自給你配的藥引子，還送了一甕大悲水，配著藥服下，這都是相當不容易得的。」

楊崢捧起茗碗，掃了端坐的子女一眼，哼一聲道：「但凡這幾個讓我有一絲半毫的省心，我還用得著吃什麼大士的藥！」

柳氏忙道：「老爺這說哪兒的話，這幾個孩兒都是聰慧省事的，還都有孝心。」

楊崢冷笑道：「孝心?!妳看看這幾個不成器的東西，現如今有哪個能做我的臂膀？老大！我先問問你這些天都忙了些什麼？曹莊河口的幾船貨我是交予你打理的吧？怎的碼頭那幾個管事的說這一個多月都未見你露一面？還有南街上那幾爿鋪子，這些時日你巡查了幾遍，嗯？聽說你還在西水街上的當鋪裡支了一百兩銀子，我且問問你，這銀兩花在何處？」

楊昊之心中連連叫苦，他支那銀子自是為了買藥材補品給柯穎思小產後滋補身體的，但這見不得人的事打死他也不敢說，心慌間，只聽柳氏道：「老爺，你說話那麼大聲做什麼，莫要唬著這幾個孩子。昊哥兒前些日剛死了媳婦，孩子又病了，真真兒是心力交瘁苦不堪言，怎還有心情去街上巡鋪子、查帳本？」

這幾句話正提醒了楊昊之，忙擠出幾滴淚，作出愁苦之態，哭喪著臉道：「父親息怒，是兒子不對。兒子是聽說岳母大人痛失愛女生了大病，所以特別支銀子買些補品送去，好歹也是個孝心。兒子想著這個錢應從自己的分例裡頭出，所以就沒動家裡的銀子，反在當鋪支了，待手頭寬裕了必定就還回去了。」

柳氏一聽立刻睜大眼睛對楊崢道：「聽聽，這是兒子的一片孝心。」說完拭著眼淚對楊昊之道：「我的兒，你忒命苦，年紀輕輕就死了媳婦……」楊昊之也止不住抽泣。

楊崢聽了心中越發煩悶，一拍桌子道：「夠了！都說是慈母多敗兒，昊兒就是妳寵的，整日裡遊手好閒，哪裡像是個能振興家業的！唯一拿得出手的只有這個皮相，靠它找了一房賢慧的媳婦，偏偏他還沒福消受！」

柳氏一聽此話便不樂意了，道：「老爺，當初這門親我就不同意。是你硬逼著昊哥兒娶了個瘸子的，難道還是昊兒撿了大便宜？那梅氏除卻娘家背景，哪一點配得上咱們的孩兒？若不是你一意孤行，憑昊哥兒的品貌，什麼樣的姑娘找不到？」楊昊之心中深以為然，但面上卻不敢表露出來。楊景之、楊蕙菊眼觀鼻、鼻觀心，端坐無言。楊晟之垂著頭微勾了勾嘴角，臉上仍是一副呆愣的模樣。

楊崢怒道：「閉嘴！婦人之見！若不是與梅家結親，咱們這幾年的生意怎能做得這般順風順水？妳以為我憑什麼還能在戶部頂個虛職？楊家這幾年又怎麼延續風光富貴?!」

柳氏見楊崢動了怒，氣勢自然弱了些許，但口中強道：「那為了楊家前程也不能就這般虧待昊哥兒，若是當初不答應，昊哥兒就不會娶個瘸子，也不會這麼年輕就成了鰥夫。」

楊崢不怒反笑，指著楊昊之道：「妳這大兒子除了這副皮囊還有什麼拿得出手？但凡他有本事打理家業，我又何必讓他娶個殘妻！」說完喘了幾口氣，喝了一大口茶，伸左手去揉壓太陽穴。楊蕙菊見狀忙向柳氏使了個眼色，柳氏便不再多言了，心中卻道：「我那昊兒琴棋書畫樣樣精通，在金陵城裡都算有名號的才子，怎麼就拿不出手了？」

楊崢穩了穩心神，看向楊景之道：「老二，最近這兩、三樁差事辦得也算中規中矩。不過發去京城的貨裡怎又入了柯家的股？且這一入就占了三成，硬生生吞了咱們兩成的利潤。你自己萬不敢作這個主的，你說，是不是你媳婦兒的主意？」

楊景之站起身動了動嘴沒出聲，柳氏想起柯穎鸞不自覺哼了一聲，她素不喜這二兒媳，事事處處的賣弄才幹，在老太太面前爭寵，看架勢都想蓋過自己一頭去。她憐惜自己二兒子成親幾年還沒生養一兒半女，還將自己身邊最滿意的一個大丫鬟賞過去做姨娘，連老大都沒沾這個光呢。誰想那丫鬟過去沒多久就不明不白死了，這其中的伎倆又怎逃得過她的法眼？她賞過去的人都敢使手段，那柯穎鸞哪裡還將她這個婆婆放在眼裡了？現如今又開始插手楊家的生意經濟，迫不及待給自己娘家撈好處，這樣下去還不將楊家搬空了？

柳氏剛欲開口，便見楊崢上前「啪」一聲給了楊景之狠狠一記巴掌，罵道：「沒出息的！怕老婆到如此田地，竟連自己的家業也不知維護了！回去好好振你的夫綱，隨便尋個由頭抽你媳婦幾個大耳刮子，把她趕回娘家住幾天去，出了事有為父頂著！」

楊景之聽完登時就呆了，結結巴巴道：「這……爹……這個……」眼睛不由自主朝柳氏望去，隱帶乞求之色。

柳氏雖不太疼寵楊景之，但也不忍親生兒子受此責難，開口道：「老爺息怒，頭疼症復發可就不好了。眼下再不到一個月便是老太太壽辰了，裡裡外外都要忙事兒，還暫時少不了二兒媳。今日之事既已如此，再追究也傷了跟柯家的和氣，不若我去提點提點二兒媳，這回作罷，下不為例。」說完看了楊景之一眼。

楊景之忙點頭道：「兒子記住父親教誨，再不敢犯了！」

楊崢長嘆一聲，又覺頭疼，重重坐了下來。楊蕙菊上前給他按壓頭上穴位，楊崢閉目坐了一會兒，對楊蕙菊道：「妳沒事的時候勤打發人去給梅家夫人送點精巧的物件，再附信說點兒貼心體己的話。妳素來是個伶俐的，我的意思妳應是明白的。」

楊蕙菊想起自己和梅家的親事，面上紅了一紅，道：「明白。」

楊崢睜開眼一揮手道：「好了，都散了吧！」又道：「昊兒別走，去我書房等著！」見楊晟之低著頭默默往外走，這才想起自己還有一子，便上前兩步問道：「秋闈隔些時日就要到了，這次可有把握？」

楊晟之垂著頭恭恭敬敬道：「日日夜夜做文章，不敢怠慢。」

楊崢想勉勵幾句，卻又不知從何說起。這幾個孩兒裡，唯有楊晟之與他長得最像，且有個穩重的性子，小時候頗聰慧討喜的，但越長大反而越癡呆，聰明靈氣全不見了，連秀才也是考了兩次才中。楊崢嘆了口氣，擺了擺手道：「你去吧，我讓帳房給你支五十兩銀子做考試的資費。你大哥不喜科舉，說那是沽名釣譽的行當，你二哥天資駑鈍些，這代楊家是否能重入官場，便看你的了。」

楊晟之忙拱手道：「不敢辜負爹爹殷勤期盼。」

楊崢見他說個話還一板一眼，暗道楊晟之果是讀書讀傻了腦子，日後需找點差事讓他歷練歷練，通些人情世故才是。擺擺手便讓他退下了。楊崢站起身對柳氏道：「妳好好歇著吧，這幾天去一趟梅家，多送些滋補的吃食和藥材。」

柳氏道：「我曉得，我還特地請了妙顯大法師加持了七七四十九天的玫瑰紫晶佛珠，上面還刻了心經和大悲咒，戴在身上最是靜心辟邪，全金陵就只有這一條呢，趕明兒個我就親自送去。」

楊崢點了點頭道：「親家母信佛，送這個最妙不過。」又見楊昊之垂著頭站在旁邊，瞪了他一眼道：「在這裡杵著幹什麼，還不快去書房！」說完便往外走。

楊昊之見其父面色不善，早就唬得一陣陣膽寒，一邊跟在楊崢身後往外走著一邊回過頭忙不迭給柳氏打眼色。柳氏使眼色安慰，見那父子出了門便急忙喚來兩個老嬤嬤，命好好在後頭跟著，守在書房門口，若是老爺動怒便趕緊回來通報。

待進了書房，在房中坐著的人均齊唰唰站了起來，彎腰恭敬道：「老爺。」

楊昊之微微抬眼一瞄，見那四人均是楊家有頭臉的管事，心中暗道不好。楊昊之本是個愛吟風弄月的性子，對科考仕途、生意經濟一概興趣全無，故而其父讓他管理家業，也不過三天打魚兩天曬網，自然不很用心，出了紕漏也是手下人幫著遮掩彌補。今日書房裡一連來了四個管事，顯是紕漏出得不小，已到了瞞不住的地步，楊昊之心知肚明，一時間心如擂鼓，冷汗都從額上滾了下來。

楊崢走到書案前拿了一本藍色的帳簿，「啪」一聲丟在楊昊之腳下，厲聲道：「你自己翻翻看！」

楊昊之撿起來一瞧，知那帳簿是碼頭往來出貨的支出，他翻看了兩頁，實在瞧不出什麼端倪，偷看了一眼楊崢，只見爹爹正黑著臉瞪著他，只得硬著頭皮道：「兒子……兒子請父親指教。」

楊崢道：「前兩天那批絲綢從曹莊河口出的貨，往來錢銀也均由你經手。到底賺了多少你可知道？」

楊昊之道：「帳簿上寫得清清楚楚，曹莊河口五船貨，共一萬兩千兩銀子，除去一路吃喝花銷和船隻損耗，以及上京打點等，最後應有八千兩銀子的純利。」

楊崢怒道：「放屁！那批絲綢均是上等的雪緞，除卻孝敬宮裡頭各位主子的，剩下的貨至少有兩萬兩的進項，怕是今年咱們做的最大一筆買賣了！你個敗家子，轉眼便將錢抹了一半！說！是不是你又在外頭闖了什麼禍，貪了公中的銀子去打點？」

管事們忙道：「老爺息怒，大爺怕是有隱情稟報。」

楊昊之登時一呆，連連叫屈道：「這是陳管事向我稟報的，兒子才記錄在案，若是貪了一分一釐，我便撞死在爹爹面前！爹要不信便拿陳三德前來對質！」

楊崢氣得差點喘不過氣來，前幾日他害了頭疼病，故而沒有親力親為，也想著讓楊昊之歷練歷練，便放了手，可誰知這樣一筆買賣，楊昊之竟沒有親手打理，反而讓個管事的回稟幾句完事。楊崢本就是個火爆的性子，此刻更是怒髮衝冠，上前便狠狠抽了楊昊之一記大耳刮子，咆哮道：「畜生！還等我拿他對質，陳三德早已跑得沒影了！我問了幾個人，聽聞這人是你找來抬舉做了河口大管事的。說！你是不是跟他裡應外合貪了那一萬兩銀子去花天酒地了？待銀子花完你便找他做了替罪羊，自己脫了干係？你個不孝的孽障！」楊崢說著身子止不住亂顫，一腳將楊昊之踹倒在地，舉著手又要打下來。

管事們急忙上前攔住道：「老爺息怒，老爺息怒！老爺病才剛好，萬萬不得動氣！」

楊昊之腿一軟，跪在地上哭道：「父親若這麼說，兒子再無立足之地！若是兒子貪了一分一釐，便叫我手上生個大爛瘡，讓天雷打了不得好死！還望父親明鑒！還兒子清白！」說完腦袋「砰砰」磕在地上，彷彿小雞啄米一般。

楊崢聽楊昊之這麼一說，「唉」的長嘆一聲，身子晃了兩晃，任管事們扶著癱坐在椅上，自己的兒子怎麼樣他心中有數，想楊昊之只不過風流自賞、遊手好閒，並無膽子貪這麼一大筆錢銀，但此番出了這等事，若不將其嚴加管教，一來不能讓楊昊之長了教訓，二來亦不能服眾，三來想起飛了的銀子又是肉疼，遂疲憊道：「不管是不是你貪了銀兩，這總是你的過失，不動用家法嚴加管教，讓我怎對得起列祖列宗？」

楊昊之聽聞要動用家法，嚇得魂魄飛了一半，跪著蹭到跟前，抱住楊崢的大腿，痛哭流涕道：「父親饒了我吧！我真沒貪公中的銀子！是那陳三德，定是他將錢銀捲包逃了，他才是吃裡扒外的卑鄙小人！」

楊崢踢了楊昊之一腳道：「沒出息的孽障！」說完高喝道：「搭春凳，請鞭子來！」

管事們勸道：「老爺，前些時日大爺才死了媳婦兒，公事上未免不能盡全心，您消消氣，網開一面吧！」

楊崢冷笑一聲，暗道媳婦兒死了，這畜生高興還來不及，怎可能心酸神傷。口中道：「今日誰都甭想攔著！再多說一句就叉出去吧！」

管事們自是知道楊崢的脾性，你瞧我、我瞧你，均不敢開口了。此時外頭的小廝已將春凳搭好抬了進來，又有個年輕力壯的長隨進屋，手裡捧著鞭子。楊崢緩了口氣，指著楊昊之道：「把這個孽子給我按在凳上，狠狠的打！」

五、六個小廝上前將楊昊之壓在凳上，那長隨將鞭子掄起來，「啪」一聲便抽在楊昊之臀部。這抽鞭子是極有學問的，若有心治人，抽兩、三下便能傷筋動骨；若只是做樣子，抽在身上雖啪啪直響，但所受痛楚極小。那長隨怎敢打傷楊家的大爺，故只將鞭子揮得虎虎生風，但落在楊昊之身上卻無什麼力道。饒是如此，楊昊之仍「哎喲」一聲大叫，渾身不住扭動，疼得俊臉泛白。

正此時，只聽有人在門口道：「住手，莫要再打他了！」說著柳氏已衝進來，直撲到楊昊之跟前，楊昊之一見，不由淚如雨下，道：「娘……」再說不出話。

柳氏心中大慟，流著淚對楊崢道：「老爺，您莫要氣壞了自己。昊兒犯了天大的錯，您也不能賠上自己的身子。」說著暗地裡擰了擰楊昊之的胳膊。

楊昊之嗚咽道：「父親，您打我吧……是兒子錯了，是兒子對不起爹爹，對不起列祖列宗……」說著不由嚎啕大哭。

楊崢見楊昊之有悔過之意，怒氣也歇了兩分，但面上仍冷笑道：「給我狠狠打，打了這孽子方能出我心頭惡氣，若不打他，反倒讓我憋悶！」

此時管事中有一叫劉坤的，湊上前道：「老爺，這般一鬧，驚動了老太太便不好了。我看不如這樣，就叫大爺立功贖罪，親自辦事，將那陳三德抓回來。即便抓不回來，也讓大爺這些時日出去多歷練，將虧了的銀子盡力賺回來便是。」

柳氏忙道：「正是這個理兒。老爺，如今昊哥兒已知道錯了，你打壞了他可怎麼好，不若讓他出去辦差，將功贖罪。」

眾人紛紛勸說，楊崢斜眼一瞧楊昊之，看他臉色蠟黃，唇色發白，心裡頭暗嘆一聲：「若是這不長進的東西真得了教訓便好了。」想到自己的三個兒子裡，唯有這老大還是有幾分聽慧可以造就的，心裡軟了幾分，揮手道：「罷了，沒打的鞭子便暫時寄存在這兒，讓他將功贖罪，或將陳三德抓回來，或在三個月內將虧了的銀子賺回，否則家法照舊！」

楊昊之一聽此話，臉上又是一白，但不敢辯解，任人搭著出了書房。

第十回　愚姨娘存心爭臉面　敏婉玉設計阻情思

楊晟之從柳氏處請安出來，剛走了幾步便瞧見姝玉和一個丫鬟站在柳蔭底下說話。姝玉目光與他一撞，面上立時帶了幾分賭氣之色，更將身子一扭，眼睛不去瞧他。楊晟之面色無波，腳步頓了頓，轉身便進了自己生母鄭姨娘住的西跨院。

院中靜悄悄的，有個喚作桂圓的小丫頭蹲在房檐底下搧著扇子煎藥，聽見腳步聲抬頭一瞧，忙站起身道：「三爺來了。」楊晟之道：「姨娘的病好些沒有？」桂圓道：「吃了藥好多了，今兒個早晨還多吃了一碗粥。」說著打起門簾，楊晟之略一點頭便進了屋。

鄭姨娘正盤腿坐在床頭繡花，她今年不過三十五、六歲年紀，生得濃眉杏目，身量高䠷，穿著米色繡金鑲菊紋緞面圓領對襟褂子，頭上只綰一個髮髻，插一支赤金梅花簪子。她見楊晟之來了，忙起身上前笑道：「不是說今兒個太太回家就不來看我了嗎？」

楊晟之道：「昨晚聽說姨娘病了，實在放心不下，就過來看看。如今身子可好些了？府裡頭伺候的人也難免有不精心的地方，姨娘想吃什麼、用什麼便跟我說吧。」

說話間桂圓將湯藥端了進來，鄭姨娘將桂圓揮退了，方哼一聲道：「我哪裡是生什麼病，橫豎不愛看那個老虔婆罷了！好不容易過兩天清淨日子，她怎的這麼快又回來了？我要不裝病這會兒還在她跟前聽教訓呢。」

楊晟之在床邊的繡墩子上坐下來道：「姨娘是個剔透人兒，早就應該想通了才是。身分擺在那裡，再爭那份閒氣也沒用，還不如就隨它去。妳只管把身子調養好了，以後的日子還長。」

鄭姨娘在床上坐下來道：「你當我不想安安生生過日子？可我一看她那張臉便嚥不下胸中那口氣！原先我也是家境殷實的，若不是老爺看上了我，千求萬求的，我怎麼甘心給人家做小？自從進了這家的門，我哪一天不是兢兢業業、恪守本分，可那老虔婆還是橫挑鼻子豎挑眼，連帶著老爺臉上也是淡淡的……」鄭姨娘說著眼圈泛紅，想到實在不該在兒子面前抱怨這些，方住了口。

鄭姨娘的爹爹原先是楊崢手下一員極能幹的管事，楊崢為籠絡鄭家，才將鄭姨娘納了做妾。但正妻柳氏貌美，又是官宦人家出身，連生了兩個兒子，楊崢寵愛不迭，對鄭氏就難免差了些，五年前鄭氏父親病亡，她與楊晟之更加不受待見，日子也越發難過起來。

楊晟之暗嘆一口氣，撫上鄭姨娘的手，鄭姨娘抬起頭來強笑道：「幸好我還得了一個哥兒，那老虔婆的種加一起也比不上我們晟哥兒的一條腿兒。」又壓低聲音道：「我看昊哥兒、景哥兒沒有一個中用的，這正是你的機會，你在老爺面前多表現幾回，等你得了老爺的青眼，在府裡頭做了主，我也就熬出頭了！」

楊晟之右眉一挑，伸手便掩住了鄭姨娘的口道：「這種話莫要再說了！若是傳出去哪還有咱們的好日子！」

鄭姨娘不以為然道：「這是咱們娘兒倆在屋裡合計呢，又怎會傳出去？」

楊晟之道：「姨娘妳便寬心些吧。過些時日就是秋闈了，等我中了舉便跟爹提分家的事，咱們出去另過日子，到時妳也不必再受委屈了。」

鄭姨娘聽罷吃了一驚，瞪圓雙目道：「乖乖，我原先只當你說笑呢，你……你真想分出去？跟在老爺身邊到底還是不同，出了府，情分難免就淡了。若真在外頭過得不好了，有那個老虔婆在，老爺怕也不會多照料幾分。留在府裡，一切吃喝花銷不用破費，用度總算還不錯。況且楊家家大業大，你若不分家，等老爺倒頭那天還能多得些田產……晟兒，你爭上一爭，興許老爺就把家業交給你了呢，若分家出去可就沒機會了。眼下受委屈不算什麼，我等你爭氣，在老虔婆跟前處處壓她兒子一頭，把我的臉面爭回來！」

楊晟之道：「姨娘，我不過是個庶子，留在府裡頭怎麼能有出頭之日？不到萬不得已的地步，爹爹萬不會把家業交予我手上的。還不如分家出去，即便我立不成一番事業，但也活得舒坦些。」

鄭姨娘又想開口勸阻，楊晟之一握鄭姨娘的手道：「姨娘，我如今的心沒那麼大，我只想有個殷實些、踏實些的日子便夠了。日後咱們單獨過了，我堂堂正正的叫妳『娘親』。」

鄭姨娘縱有千言萬語，一聽到這最後一句也都堵在胸口裡化了，紅著眼眶道：「只要你有這份心，我也就不白活了。」

兩人又絮絮說了些話。正此時，只見門簾子一掀，桂圓跑進屋喊道：「三少爺，姨奶奶，大少爺在書房讓老爺打了！」

屋中兩人俱是一怔，鄭姨娘道：「怎麼好端端的打起來了？」

桂圓道：「聽前頭小廝們匆匆說了幾句，好像是昊大爺辦事出了岔子，生生折損了好些銀兩，老爺氣得半死，直接請了家法出來，抽了大爺幾鞭。」

鄭姨娘道：「原是這樣。唉，老爺一向最疼昊哥兒，怎的說打就打了，不過是銀子罷了，咱們楊家還缺銀子不成？」語氣裡頗帶了幾絲幸災樂禍之意，嘴角上掛了笑，又問：「打得重不重？我前些日子扭了腳，還剩了點兒藥酒，回頭給昊哥兒送過去，讓丫鬟們沒事兒幫他揉揉。」

桂圓揣摩著鄭姨娘的心思，添油加醋道：「是幾個小廝搭著凳子給大爺抬回飛鳳院的，大爺臉色煞白，看著像是給打得死去活來的。」

鄭姨娘自是稱願道：「阿彌陀佛，老爺也真是的，打壞了昊哥兒可怎麼好？桂圓，妳去跟海棠說一聲，讓她把我原先那個裝活血化瘀丸的瓷瓶子找出來，親自給送去。就說我身子不大爽利，不能親自去探望了。」說完又拿出十個銅板塞到桂圓手心裡道：「桂圓，妳這幾日給我煎藥熬粥的也是用了心的，這錢賞給妳。」

桂圓福了一福道：「謝姨奶奶。」然後歡歡喜喜的出了門去。

鄭姨娘對楊晟之道：「晟兒，昊哥兒挨打自然是不受老爺待見了，你從小便是個死腦子，這次聽姨娘的話吧，自立門戶的事兒休要再提了。你可是楊家堂堂正正的少爺，大家公子出身，這般委曲求全的做什麼。」

楊晟之看了鄭姨娘一眼，並未作聲。鄭姨娘催道：「昊哥兒被打了，你還不過去看看？省得那老虔婆又嚼舌根子挑剔。」

楊晟之站起身道：「那我走了，姨娘好生保重。」說完站起身出了門。到院子外頭一看，姝玉早已走了，方輕輕吁一口氣，想著飛鳳院定是人仰馬翻，自己過去難免有幸災樂禍之嫌，便先回了抱竹館。

話說楊昊之被人七手八腳抬回了飛鳳院，柳氏緊隨其後跟了進去。楊昊之只覺得臀上火辣辣的，他只不過挨了三、四鞭，且打得又不很重，可他哪裡受過這個苦，趴在床上直嚷著「哎喲」，渾身早被汗濕透了。

柳氏坐在床邊上噙著淚道：「乖兒，你忍忍吧。」說著伸手將兒子的褲頭褪了下來，只見臀上紅彤彤一片，不由垂淚道：「我的兒，你受苦了！」一迭聲命人拿上好的藥膏來抹。隨後柳氏一時嫌上藥的丫鬟笨手笨腳，親自給楊昊之上藥；一時嫌屋裡太悶，命人拿冰塊來給楊昊之消暑；一時又嫌盆裡的水太涼，待加了熱水，自己褪下鐲子擰了毛巾給楊昊之擦汗。

楊昊之頭腦昏昏沈沈，忽聞到一股若有似無的香氣，睜開眼一瞧，只見柳氏身邊的大丫鬟春芹手上塗了清涼油正給他按壓太陽穴。春芹見楊昊之睜了眼，便軟聲道：「手勁重些還輕些？大爺可舒坦了？」這春芹生得眉眼嫵媚，雖無十分顏色也有七分相貌，楊昊之原就存了一段心，但礙於梅蓮英，只敢心中想想罷了，今日一見春芹，眼睛在嬌軀上打了幾個轉，又見春芹對他微微一笑，立時覺得身上的難過輕了幾分。

柳氏看在眼裡，便道：「春芹，妳去給大爺斟杯安神茶來。」見她出去便伏在楊昊之耳邊道：「昊兒，我看你身邊的丫鬟如今沒幾個中用的，不如把我身邊的春芹給了你吧。如今你媳婦兒沒了，身邊哪能沒個照顧的人兒？春芹的樣貌性情都是出挑的，有她伺候你我也就放心了。」

楊昊之心中一動，想起春芹青蔥般的身段，渾身熱了一熱，但略一沈吟終搖了搖頭道：「爹正憋著我的火氣，這會兒弄個丫鬟進來，他若是知道了又沒我好果子吃。況且那個瘸子還沒死幾天呢，這麼做怕是不大好。」

柳氏道：「不過是個丫鬟，老爺哪管得這麼許多？」

楊昊之道：「知道娘親疼我，這丫鬟我也早留意了，妳給我留著，等我守義完結了就抬舉她當姨娘。娘親調教出來的人兒我還能不放心嗎？」

柳氏連連點頭，又囑咐了幾句便回去了。楊昊之趴在床上，恨了一陣又愁了一陣。此時各房探病的都來了，或送傷藥或問病情，待人都走後，楊昊之渾身無力，昏昏欲睡時卻聽耳邊有人喚他道：「大爺，大爺。」

楊昊之一睜眼，只見王婆子立在他跟前，登時嚇得大驚，失聲道：「妳怎麼到這兒來了？誰准妳進的二門兒？還不快滾回去！」

王婆滿面堆笑道：「大爺莫急，我是從後門偷溜進來的，掃墨給我守著，旁人俱不知道。是柯奶奶聽說您被打了，急得跟什麼似的，打發人過來看看，我不來她便哭得跟淚人兒一般。大爺，您前一陣子是跟奶奶鬧了點彆扭，但您要看她那份心不是嗎？」心中卻想：「這幾日大爺都沒過去探望，趁這機會湊到大爺跟前說幾句貼心的話，大爺心裡頭必然受用呢。待奶奶跟大爺冰釋前嫌了，也記我一大功。」

誰知楊昊之連連擺手道：「是了是了，我知道了，妳快走吧。萬一讓人瞧見了，我可不只打這幾鞭子了。」心頭又氣柯穎思不知好歹，瞪了王婆一眼道：「還不快滾！爺正病著，妳還想討賞錢不成？」

王婆嚇了一跳，結巴了幾句便忙不迭的走了。楊昊之嘆口氣趴在床上，口中喃喃道：「思妹淨知道添亂，蓮英在的時候好歹還能幫我拿個主意。」想到自己原先的大事小情梅蓮英均能處理妥當，心裡這才對亡妻升起一絲懷念。

一時無事。待吃過了晚飯，婉玉又牽著珍哥兒前來探望，進屋便道：「珍哥兒聽說你病了，便吵著要見爹爹呢。」說完便在床邊的繡墩子上坐了下來。

楊昊之道：「麻煩妹妹了。」見珍哥兒虎頭虎腦的，便摸了摸他的頭。

婉玉道：「昊哥哥好些沒有？你這一挨打，也讓我們跟著牽腸掛肚……」楊昊之一聽婉玉這麼說，猛將頭抬起來，只見婉玉粉面含嬌，笑吟吟的望著他，又好似有點羞澀，垂下頭低聲道：「昊哥哥可要好生調養身子才是。」

楊昊之見婉玉眉目間隱有情意，秋波流轉亦有數不盡的嫵媚風情，登時心旌搖曳，臀上的傷都不覺得疼了，暗道：「婉妹定是對我有幾分情了，如此絕色便是十個春芹也抵不過。能看她為我焦急，這頓打也沒白捱！」一時之間又得意又欣喜，目光也癡癡的。

只聽婉玉又道：「唉，昊哥哥是個大才子，讓你去做生意經濟，天天跟那些個粗人打交道，不是平白的沾染了銅臭氣?!」

這一句話正說中楊昊之心懷，他嘆了一口氣道：「難得妹妹懂我……」

婉玉道：「昊哥哥莫要煩惱，我聽下人嚼舌頭根子，說是你折損了好些個銀兩，姑父氣急了才打你。要我說，做生意有賺有賠，即便虧了錢也沒什麼好稀奇的。」

楊昊之叫冤道：「哪裡是我虧了錢。」而後支吾道：「是……是我手底下的人捲了錢跑了，爹這才遷怒於我。」

婉玉道：「那這便是姑父的不該了。人心隔肚皮，忠的、奸的又不是一眼就能看分明的，是背主的人髒心爛肺，怎是昊哥哥的錯。」

這話說得楊昊之心裡越發舒坦，將婉玉視作知心人，將事情的來龍去脈，心裡頭的委屈煩惱盡數說了出來。婉玉不斷安慰，心裡卻連連冷笑，口中道：「問問陳三德周遭的親戚朋友，興許有人知道他的去處。」

楊昊之嘆口氣道：「他是個異鄉人，我跟柯家老大在外頭喝酒認識的，因聊天投機我才將他請來做了管事。」

婉玉一聽是柯家的長子柯琿，腦中一轉道：「俗話說『不怕賊偷就怕賊惦心』，這怕是早就有人盯上你了，有意跟大爺靠攏。能辦成這事八成還有同夥，我看保不齊就是大爺身邊信賴的人，或是旁的管事、或是什麼親戚朋友，摸準了大爺的脾氣秉性，裡應外合盜走了銀子，昊哥哥要好生小心才是，平時越信任的人怕是越藏奸的人呢。」

楊昊之渾身一震，暗道：「這話卻是有幾分道理。」將平素常交往的幾個朋友都想了一遍，想到柯琿也對陳三德頗為賞識，在他面前經常說陳三德的好話，心裡便存了幾分不快。又念及適才楊崢訓斥楊景之時說柯穎鸞擅自添了娘家的股份，侵了楊家的兩成利潤，心中的疑雲就更大了些。暗道：「柯家確實不比原先富貴了，難不成就藏了禍心想侵吞我們楊家的家產？」緊接著他又想到柯穎思，眉頭皺得越發緊了些。

婉玉見楊昊之神色陰晴不定，知他已起了戒心，也不再挑唆，心裡頭逐漸捏定了主意，又勸慰了楊昊之一會兒，便抱著珍哥兒走了。

自此後，婉玉每日都和紫萱、珍哥兒一起去探望楊昊之。每次只是略坐，楊昊之只覺婉玉所說的話句句對心，又每每在佳人秋波中難以自拔，與她日益親厚起來。過了兩、三日，楊昊之已能下床稍微走動，柳氏欣喜不已，命廚房變著花樣給楊昊之做菜，對楊昊之所需自是有求必應。

這一日，楊昊之用完早飯，便拄著枴杖慢慢溜達到外間書房，提鼻子一聞屋中薰的香氣，不由連連皺眉道：「怎麼還用蘇合香？我不是特別吩咐過了嗎，這幾日房裡只准薰杜蘅香，還不趕緊把香料換了，再開窗戶散散味道。」

掃墨心中暗道：「昨兒個婉姑娘來只說了一句『我最喜歡杜蘅的味兒，尤其用這個製成的香餅子來薰屋子，一脈清芬若有若無的讓人舒坦』，今兒個早晨大爺就巴巴的給換上了，大爺這幾日淨跟這個婉妹妹廝混，早忘了還有個思妹妹躺在病榻上了。」想到自己今天早晨剛拿了墜兒給的半兩銀子，心中便拿捏了一番，湊上前道：「大爺，您今日身上可感覺好些了？」

楊昊之走到書架前抽出一本書，漫不經心的翻看道：「好多了。」

掃墨瞄著楊昊之的臉色道：「大爺身上爽利了，我們當下人的也就放心了。只是……只是墜兒那邊傳過來消息，說是思姑娘身上不大好。自從大爺負氣走了，思姑娘就日日痛哭一場，雖有湯藥調理已不見紅，可大夫說憂思過重鬱結於胸，反倒添了別的症候，現如今只能吃些湯水，身上瘦得跟什麼似的。墜兒心急火燎的偷偷求我，讓我告訴大爺，心病還需心藥醫，讓大爺身上好了便去看看思姑娘，哪怕您不能去，讓人捎個信箋過去問候問候也是好的……」

楊昊之本就憋了柯穎思一肚子火氣，這幾日又經由婉玉有意無意的挑唆慫恿，對柯穎思更添了一分厭惡、兩分疏離，可畢竟與柯穎思有十幾年的情分，又想到柯穎思幾次三番墮胎皆是因自己而起，心中一軟，嘆了口氣。

掃墨見狀乘機道：「大爺，您想想這些年思姑娘對您如何，那天跟您使性子鬧彆扭也皆是出於一片真情，您若這般冷待了她，豈不是冷了她的心？思姑娘人生得俊俏，又聰慧可人，正是大爺的良配，您跟她是從小的情分，現如今再要尋一個這般對您情深義重的人可就難上加難了。」

楊昊之斥道：「胡說，再尋一個對我情深義重的人怎就難上加難了？」

掃墨自悔失言，心道：「這小祖宗正跟婉姑娘打得火熱，我那句話說得真該打嘴。」忙補救道：「自然不難。大爺英俊倜儻，又滿腹的才華，哪個姑娘不愛？咱們自己關起門來說，我瞅著婉姑娘對您就大有情意。」

楊昊之喜道：「當真？你如何看出來的？」

掃墨見楊昊之喜上眉梢，便知自己正搔到楊昊之心中癢處，連忙道：「婉姑娘看大爺的眼神就是不一般。」

楊昊之笑著點頭道：「婉妹妹是不錯，品貌是萬裡挑一的，還有學識，難得對珍哥兒也好。」

掃墨眉頭一跳，心想：「乖乖，難道大爺真要來真格的了？要把婉姑娘娶過來當填房不成？」遂出言試探道：「大爺既然喜歡，不如就娶過來，只可惜她名聲不好……但太太到底是她姑母，也保不齊太太就樂意，婉姑娘是個庶出的，進來就做楊家的大奶奶也不至於委屈了她。」

這句話又撞在楊昊之心頭上，他笑著對掃墨道：「你這猴兒，倒是越來越伶俐了。」

掃墨忙堆笑道：「多虧了大爺的提點栽培。」暗自盤算今後要多巴結巴結婉玉才是，又想起自己兜裡那半兩銀子，忙把話頭轉過來道：「那思姑娘那邊……」

楊昊之不耐煩皺眉道：「她？她是個寡婦，難不成還想做楊家的大奶奶？待日後我娶她進來做個二房，算是圓了她的心願，也對得起這些年來的情分了。」

掃墨道：「我說大爺是不是寫個字條，讓小的給思姑娘帶過去。」

楊昊之點頭道：「也好。」掃墨一聽忙研墨鋪紙，楊昊之提筆剛寫了一句，便對掃墨道：「剛才說的話莫要傳出去，否則打斷你的腿！」

掃墨笑道：「哪兒會呢，就是……」

楊昊之道：「就是什麼？」

掃墨道：「就是大爺桃花運大旺，不知是不是該打賞小的幾個銅板，讓咱也跟著沾沾喜氣？」楊昊之大笑，隨手掏了一把銅錢便塞在掃墨手中。

正此時只聽門口有人道：「昊哥哥今兒個怎麼這麼高興？」緊接著婉玉和紫萱牽著珍哥兒的手走了進來。楊昊之見了忙招呼道：「婉妹妹、萱妹妹來了！」一迭聲的吩咐道：「去沏楓露茶，去端新鮮的果子糕餅，去拿我昨天晚上畫的畫兒。」

珍哥兒見著楊昊之，恭恭敬敬行禮道：「爹爹早，昨兒個睡得可好？」

楊昊之對婉玉笑道：「不錯，越發懂規矩了，都是婉妹教得好。」

婉玉笑道：「是珍哥兒聰慧，我有什麼功勞？」說著走到書案跟前，道：「讓我看看，昊哥哥又在寫什麼好詩好句。」楊昊之忙用書擋住信箋，笑道：「沒，沒什麼，就是給個遠方的朋友寫一封問候的信罷了。」他動作雖快，婉玉還是看見信開頭寫著「思妹親示」，微微一愣，抱著珍哥兒不動聲色的在椅子上坐了下來。

紫萱迫不及待去看楊昊之的畫兒，又將昨天自己畫的也拿給楊昊之點評，三人說了一回，又互相講笑話取樂，輪到婉玉時，婉玉道：「我沒有什麼笑話，倒是想起我奶娘夏婆子家親戚的一樁事。」

紫萱道：「妳只管講講看，越是真的越有趣呢！」

婉玉道：「夏婆子有個遠房的侄兒，前些年成了親。新娘子原是他的青梅竹馬，原先也百依百順的。可誰想到成親之後就換了個人，越發潑辣起來，成天裡疑神疑鬼跟她夫君撒潑。夏婆子的侄兒因念著往昔的情分，故而一再忍讓，誰想他娘子越發囂張，更將氣焰漲到了十分。夏婆子侄兒治了他媳婦兒幾次，但最後都因心軟罷了手。可後來，他媳婦兒鎮日裡打罵不說，還跟娘家合計謀了夫家的財產，搖身一抖反拿喬起來。可憐夏婆子那侄兒如今沒了錢財田產，要指望岳家度日，事事看他媳婦兒的臉色，小妾也遠遠的賣了去。回頭找夏婆子哭訴，哭完了就問『不知這天下有沒有賣後悔藥的，若要有，我萬不會娶這個婆娘，或一開始就將她治住了，怎能讓她爬到我頭上』，夏婆子就說『沒有什麼後悔藥，如今要是有「丈夫再造散」、「夫綱重振丹」，你倒可以吃上幾丸』。」

紫萱「噗哧」一笑道：「夏婆子那侄兒真真兒是個無用的廢物。『丈夫再造散』、『夫綱重振丹』？天下真有這樣的藥不成？夏婆子的話兒也夠諷刺的了。」

婉玉笑道：「若是真有這樣的藥，不知天底下多少男人都需得吃上幾帖呢。」說著端起茶杯漫不經心的瞥了楊昊之一眼，道：「昊哥哥，你說是也不是？」心裡冷笑一聲道：「楊昊之、柯穎思，你們倆的脾氣秉性我焉能不知？我如今雖只是個不招人待見的庶女，可你們也休想算計得過我！」

楊昊之強笑道：「正是，正是，這般無用也真枉稱了丈夫了！」心中卻道：「婉妹的話倒給我提了個醒兒，如今思妹越發妒悍了，柯家更藏了齷齪的心思，我日後還是要娶妻納妾的，不早些把她治住了，將來豈不是遺害無窮?!」

婉玉又道：「唉，夏婆子的侄兒也就念著跟他媳婦兒有昔日的情分罷了。可要我說，情分是情分，過日子是過日子，怎能混為一談？要知道人心是活的，總會變的。」

楊昊之聽完心頭又是一震，吶吶不語。紫萱卻笑道：「妳最近可是參了什麼禪、修了什麼佛？說起話來老氣橫秋的，當心待會兒生了皺紋。」

三人又說笑了一回，婉玉等便告辭離去了。楊昊之卻想著婉玉說的那句「要知道人心是活的，總會變的」，想起柯穎思近來所作所為，也覺柯穎思變了，暗道：「原先思妹只不過愛使小性子，看著也可愛，所求的只不過是做我的二房罷了。可現如今，我身邊的女子她一併妒忌了去……她可是對那瘸子下過狠手的，若說這般善妒，那日後……」他想著，默默走到書案跟前，將寫了字的信箋揉成一團，丟在了廢紙簍子中。

且說婉玉等人從飛鳳院出來，紫萱要畫畫便回了住處，婉玉帶著珍哥兒在園裡閒逛。二人餵了一會兒魚，又賞了一陣子花，珍哥兒又興沖沖的撲蝴蝶，唬得跟在旁邊的丫鬟、婆子驚心不已，生怕珍哥兒跌了、摔了。婉玉在樹蔭底下坐著，看著兒子上躥下跳，心裡一陣欣慰又一陣難受，幽幽嘆了口氣。此時背後有人道：「婉妹妹早。」

婉玉扭頭一看，只見楊晟之正站在自己身後，忙站起來道：「晟哥哥。」自從楊晟之送她翠玉絡子之後，婉玉便有意的遠著楊晟之，故此刻相見不免有幾分尷尬。

楊晟之擺了擺手，在婉玉旁邊的石凳上坐下來道：「看妳剛才一直擰著眉頭，莫非有什麼心事？」

婉玉道：「不過是些小煩惱。」又道：「秋闈就快近了，你這會兒不閉門苦讀，怎地倒跑出來了？」

楊晟之笑道：「我出來正是為了找妳的。前些天妳給我押幾道題目，我都做了文章出來了，還請妹妹指點一二。」說著從袖中掏出一疊紙攤在石桌上。

婉玉忙擺手道：「晟哥哥高抬我了，我女孩兒家的，哪懂什麼科考文章？晟哥哥不如拿到書院，請大儒們看看才是正經。」

楊晟之道：「聽人說近日來妹妹跟萱妹妹一直跟大哥縱論古今，暢談書畫，大哥連連讚妹妹有學識、有眼界，所以妹妹也不必謙虛，幫我看看吧。」話雖如此說，卻不知怎的透出一股酸溜溜的意味。

婉玉心中突的一跳，暗道：「這幾日我與楊昊之走得近了，難不成府裡已有了風言風語？」想著抬眼看了看楊晟之，見他正殷切的看著自己，面上微微一燙，想到自己剛嫁入楊家的時候，楊晟之不過還是個沈默木訥的男孩，短短幾年過去，竟已長成挺拔高壯的少年了，又想到如今他在楊家生活也不算順心，若此次能高中，在府中必然能過得舒坦些，自己若有心力，何不幫他一幫？

婉玉輕輕一嘆，把紙張捧起來道：「我可是胸無點墨，矇矇人尚可，哪有什麼真才實學呢。我若是說得不對，你可不准笑我。」

楊晟之微微一笑道：「妹妹只管說吧。」

婉玉看了片刻，笑道：「晟哥哥這文章做得好，層次分明，由淺入深。只是起頭這一句不好。你寫的是『下有餘則上何患不足，下不足則上何可以有餘』，我依稀記得此句是出自《聖學心法序》，可不是四書五經先賢所言了，這正正犯了忌諱……」她凝神想了一會兒道：「依我看不如改成『田野之內，如茨如粱，而所謂養生送死者，無憾矣』，正好跟你寫的上一句『閭閻之內，乃積乃倉，而所謂仰事俯育者，無憂矣』相照應，讀著也通順些……」

楊晟之聽罷登時便驚住了，半晌啞然失笑道：「妹妹有此般才華還說自己胸無點墨，則我哪還有顏面去參加秋闈！」心中卻納罕道：「婉妹妹原先只不過粗識幾個字罷了，最不喜唸書，可適才那一句改得比我整篇文章都高明幾分，反倒像是久在書香裡浸淫的！莫非……莫非她同我一樣喜歡裝傻，先前的刁蠻驕橫之態也是裝出來的？」

婉玉真心實意道：「湊巧罷了。晟哥哥文章做得精妙，此次科考必能奪魁了。」說罷卻見楊晟之微笑不語，雙目直直朝她望來，眼神又沈又靜，卻暗藏一股火熱熱的深意。婉玉一驚，只覺心底有什麼地方動了動，自己又分辨不清，慌把頭偏了過去，輕咳一聲道：「晟哥哥快些回去讀書吧，我們都等著你的好消息呢！」

楊晟之垂下眼瞼，靜了半晌道：「好，如此我便回去了。」說完頓了頓，又低聲道：「婉妹妹，有句話怕是不當講，可又不得不說。我知道妹妹一向是端莊守禮的大家閨秀，可我大哥那裡……妳雖與萱妹妹、珍哥兒一同去，但府裡人多嘴雜，免不了還是會有些閒話傳出來……」

楊晟之話音未落，婉玉便道：「我行得端、坐得正，隨便別人嚼舌根子去吧。」

楊晟之脫口道：「不是怕旁人，我是怕大哥……」說到此處猛然發覺自己造次了，立刻住了口。

婉玉也訕訕的，低了頭道：「晟哥哥胡說什麼呢？你怕是讀書讀暈了頭了，快些回去吧。橫豎我早已擔了名譽不好的風評了，你幫了我大忙，我心中甚感激，但日後你……你也少同我在一處吧，免得敗壞了你的名譽。」

楊晟之後悔自己說錯了話，衝口而出道：「我不過是楊家不起眼的庶子，本來就沒有名譽，我願意同妹妹在一處，管他別人道什麼長短？我並非昏聵之人，妹妹什麼品格氣質，難道我不知道嗎？只是妹妹有所不知，妳容貌美麗，我那大哥……他……」

婉玉道：「倘若我並非美貌，或是同你過世的大嫂一般瘸了腿腳，你便不會理我了，是不是？」

楊晟之一愣，笑道：「我大嫂是個可敬的女子，唯有性情有些霸道。我心中甚佩服她，倘若女子聰慧練達、氣質高貴，容貌是美是醜又有什麼可計較的？如果我能娶到像大嫂那樣聰敏練達的女子為妻，也算是我的福氣。只可惜大哥……唉，大嫂也算明珠暗投了。」

婉玉聽她說自己「性情有些霸道」本來有些不悅，但聽他說完，心中頓生知己之感，又摻雜了些說不清、道不明的情緒，悲喜莫名，直想掉淚，她自幼殘腿，即便聰慧無雙、計謀百出，但內心深處到底自卑自憐，此番遭遇親夫背叛，內心早已失去自信，楊晟之一席話卻如同一股暖流，她暗想道：「萬萬想不到，楊三竟是個懂我的人。」再看他的眼神便溫柔了幾分。

楊晟之看見婉玉的眼神登時怔住，只覺胸口怦怦直跳，兩人這般無言相望了片刻，楊晟之鼓足勇氣，剛要開口說些衷腸的話，誰想珍哥兒卻從不遠處跑了過來，小胖手捏著一隻蝴蝶對婉玉歡呼道：「婉姨，我捉了隻蝴蝶，喏，送給妳。」

婉玉眉開眼笑道：「咱們的珍哥兒就是棒。」一邊說一邊愛憐的用帕子給珍哥兒擦汗。楊晟之見了，面色一沈，登時感覺些許氣悶，心道：「婉妹和珍哥兒相處得這樣好，莫非真想給大哥做填房嗎？」心裡驀然一痛，但見她只顧著珍哥兒，起身道了別便轉身走了。

怡人將眼前情形盡收眼中，她看了看婉玉，暗道需尋個機會好好問一問自己的姑娘才是。

珍哥兒在園子裡玩了一陣也累了，婉玉便帶他回含蘭軒，教他認了一會兒字。二人用過午飯，珍哥兒便去睡中覺，怡人見珍哥兒睡熟了，把繡墩子搬到婉玉身旁，坐下來低聲道：「珍哥兒跟姑娘甚投緣，我在旁邊看著竟覺得你們像是親母子似的。」

婉玉淺笑著摸了摸珍哥兒的額頭，並未搭腔。怡人又道：「如今昊大爺也高看姑娘一眼，常常讚姑娘好處呢……我多說一句姑娘萬萬別掛心，如今旁人都道姑娘親近楊家大爺，將來怕是要嫁進來做填房了。」

婉玉聽了身子一僵，扭過頭來看著怡人，怡人忙道：「我對姑娘一片真心，總想幫姑娘謀劃謀劃……如今姑娘也慢慢大了，婚事遲早要定下來。若是姑娘對昊大爺有意，又喜歡珍哥兒，即便是做填房也算一門好親了。昊大爺長情，待亡妻的情意有目共睹，又不像別的大家公子三妻四妾的，倒像是個可託付的人。」

婉玉看了珍哥兒一眼，心中暗道：「原先為了珍哥兒日後有人疼，我也想著做楊昊之的填房，大不了隨他日後三妻四妾的胡鬧去，我只守著兒子便夠了。可一想到還要跟這樣狼心狗肺的混帳做夫妻，我真恨不得再死一回罷了！」又想：「如今親近他只不過是為了攪散他跟柯穎思的好事，既然他已經動心，想來那賤人也快要知道了，我不如見好就收，再作打算。柯穎思暫不能動，我雖知道她的去處，但貿貿然將她跟楊昊之的姦情揭露出來，公爹好面子又愛護短，搞不好反倒讓楊昊之把那賤人娶進門了。最好想個法子讓柯穎思再無顏面嫁進楊家！」她默默想了一回道：「我知道了，想來前一陣子我做事有欠妥之處，今後飛鳳院我便不再去了。」

怡人聽了一愣，一邊接過婉玉遞過來的茶杯一邊道：「姑娘自個兒有分寸就好。其實晟哥兒對姑娘也是有心的……姑娘，咱們府裡的情況妳心中有數，太太不待見咱們，日後還不知給姑娘安排一樁什麼樣的親事，我勸姑娘趁早自己挑一個可心的，讓人家去柳府提親，再央求老爺答應了，也算了結一樁大事。」

婉玉緩緩點頭笑道：「多虧妳提醒我了。」怡人微微一笑，低頭接著做起針線來。婉玉倚在床欄上，心裡沈思道：「我原想著等楊家老太太做壽時，小弟書達定會過來道賀的，我想個法子見他一見，千方百計也要再回梅府去。可若是梅家不認我，我該如何？我的孩兒又該如何？頂著柳家庶女的身分，又兼有個虎視眈眈的嫡母，前景倒是堪憂了。」她想著心煩，拿起扇子往懷裡搧了搧，低頭便瞧見楊晟之送給自己的翠玉絡子，心中一動：「若是嫁給楊家的老三，便能日日見到兒子了。」隨即又啐了自己一口，暗自道：「呸呸！淨知道胡思亂想，姝玉跟楊晟之還不清不楚的，妳又去蹚什麼渾水。」

第十一回　綃帕子惹來姻親禍　冰蓮粥引出雲雨情

這些時日因秋闈近了，柯瑞便從飛鳳院裡搬出來，住在其姊柯穎鸞處，一來方便照料，二來讀書也清幽。他前幾天跟妍玉鬧了彆扭，已賭氣了好幾日，又有心親近婉玉，但瞧著婉玉對他淡淡的，心裡也是無趣，今日在屋裡憋不住了，便跑出來散心，不知不覺便走進了含蘭軒。

他剛一進門，偏巧紅芍從臥房裡頭出來，紅芍一見柯瑞，立時眉開眼笑，忙迎上前道：「瑞哥兒來了。真不巧，姑娘跟菊姑娘、姝姑娘一處說話去了，你且等等，我這就差人找她去。」一心中卻暗自後悔，早知柯瑞要來，她今早便應該穿妍玉賞她的那件米白繡金牡丹紋樣對襟褂裙，再配上那套金點翠的頭面，但好在今兒個早晨她對鏡細細畫了眉毛，還用了脂粉，想來也是容色照人的。

柯瑞道：「不必麻煩了，我在這裡坐坐便好。」說著不自覺的往婉玉住的屋裡瞥了一眼。紅芍卻將妍玉屋子的門簾挑開了，笑道：「瑞哥兒請進，我們姑娘一會兒便回來了。」

柯瑞只得邁步走了進來，紅芍殷勤奉茶，趁柯瑞不備還偷偷照了照鏡子，又拈起一朵宮花插在髮後，走上前滿面含笑道：「聽說瑞哥兒這幾日都閉門苦讀，這次定能金榜題名了。」

柯瑞道：「不過是盡心力罷了，妍妹妹這兩天在忙些什麼？」

紅芍道：「不過是跟幾個姐兒們一處說笑取樂，再不就做做針線。」又起身道：「我去使人叫姑娘一聲吧。」

柯瑞道：「不必、不必，她若跟幾個姊妹說得高興，叫她回來豈不是掃了她的興致。」

紅芍巴不得妍玉不回來，自己便可和柯家的二公子多獨處一陣子了，故而柯瑞這麼一說正好成全她的心思，她便笑咪咪的應了，在柯瑞面前坐下來道：「瑞哥兒瘦了，想必是這些天太過用功。我聽人家說瑞哥兒是神童，小小年紀就博覽群書的，學問連老夫子都比不過，還會作詩文，這次考試定能高中個狀元、探花，衣錦還鄉。」

柯瑞聽紅芍這般讚他，難免有些羞澀，但心裡又透著幾分得意，道：「我不過是個秀才，這次是考舉人。狀元、探花要待殿試的時候，由皇上欽點的。況且我也未有這麼高的文才，若是在殿試上能考到第三甲，有個進士出身我便知足了。」

紅芍自然不很清楚「殿試」、「三甲」是何物，柯瑞的話聽得她雲山霧罩，唯有點頭「嗯嗯」應了。一時間二人無話，屋中難免尷尬起來，柯瑞輕咳一聲，轉頭看見紅芍繡了一半的衣裳，便拿起來端詳，讚道：「真真兒是雙巧手，連繡娘都比不過妳了。」

紅芍聽了不由神采煥發，笑道：「唯有這個手藝還能見人，瑞哥兒要是有什麼花樣要繡的，或是要荷包、錦囊什麼的，只管告訴我，保准做得妥妥帖帖的。」說話的時候一雙水汪汪的大眼帶著三分嫵媚之色往柯瑞身上瞟來，看得柯瑞面上一紅，將頭低了下來。

紅芍心中暗喜道：「太太是有心將妍姑娘嫁給瑞哥兒的，我看這婚事十有八九就這麼定了。我必然也要陪嫁過去，憑我的容貌、手藝，輕輕巧巧便能做個姨娘，到時候再生個兒子，何愁沒有好日子過？再說妍姑娘那個性情，哪個男子能喜歡了？我對瑞哥兒多些溫柔體貼，還怕抓不住他的心？」她一邊想一邊又偷偷打量柯瑞，只覺面前的少年唇紅齒白、風姿清雅，真是天下難尋的俊俏兒郎，心裡的愛慕頃刻漲到了十分，恨不得此刻就跟隨到柯瑞身邊去，眼神越發欲說還羞。

柯瑞亦覺得紅芍的目光有些火辣辣的，身上有些不太自在，暗想：「妍妹妹的丫鬟忒不知禮，哪有這般盯著男子看的？況打扮得妖妖俏俏，倒像是園子裡的小姐，有些不合規矩了。」他也不抬頭，一逕盯著紅芍繡的衣裳，忽而心中一動，抬起頭問道：「紅芍，妳是不是繡過一塊帕子，松花色的，底下有朵梅花？」

紅芍道：「瑞哥兒想要帕子？我這裡有幾條，原是給妍姑娘繡的，瑞哥兒喜歡便挑了去。」說著便起身去開櫃子。

柯瑞忙道：「不是，我是想起來依稀見過一塊帕子，跟妳衣服上的花樣有些像，不知是不是妳的手藝。」

紅芍道：「我跟著婉姑娘的時候確實繡過那麼一塊，原本我是打算繡桃花的，可婉姑娘非要我繡胭脂梅。」說著拿出一塊帕子比劃道：「我就繡在底下這個地方。」

柯瑞長長出了一口氣道：「原來如此。」站起身道：「我想起來還有篇文章要寫，就不多耽擱了，等妍妹妹回來，妳告訴她我來探望過她，前幾日的事確是我不對，讓她莫要放在心上。」

紅芍失望道：「瑞哥兒還沒把凳子坐熱呢，怎的就走了？」

柯瑞一邊往外走一邊道：「我回頭再過來吧。」說著掀開門簾子逕自走遠了。

紅芍站在門口望著柯瑞的背影，胸中情思起伏久久不能自抑，忽聽旁邊屋門一開，怡人從屋中走了出來，紅芍向來看不起怡人，哼了一聲便搖著扇子進了房間。

過了半個時辰，妍玉方神色慵懶的回了含蘭軒，進了屋便倚在床頭道：「紅芍，去給我倒杯茶來，放點從家裡帶來的珍珠粉，一指甲蓋大小就成了。外面太陽曬得我頭疼，要用點珍珠粉壓一壓。」

紅芍聽罷從櫃中取出一只宣窯瓷瓶，打開來用小銀勺挖了一點，倒在茶水中輕輕攪了幾下，端到妍玉面前。妍玉接過來問道：「我出去時，這裡沒出什麼事情吧？」

紅芍道：「沒什麼事兒，就是瑞哥兒來了一趟。」

妍玉剛好一口茶喝進嘴，聽此言重重嗆了一下，咳得面頰通紅，紅芍忙把茶杯接過放在一旁，輕輕拍著妍玉後背道：「姑娘慢著點兒。」妍玉一把撥開紅芍的胳膊，急道：「他來了妳怎麼不讓人告訴我一聲！」

紅芍委屈道：「瑞哥兒就來了一小會兒，看姑娘不在，凳子還沒坐熱就走了。他讓我告訴姑娘，前幾日的事是他不對，還說過兩日再過來看姑娘。」

妍玉心中一喜，忙問道：「他真說的這個？還說什麼了？」

紅芍心裡頭得意，面上卻恭敬道：「瑞哥兒說我刺繡的手藝好，還問我是不是繡過一條松花色胭脂梅的帕子，想來他原是見過我的手藝的，一直都記著呢。」

妍玉聽了渾身一震，目光登時凌厲起來道：「那帕子是妳繡的？什麼時候繡的？妳又怎麼給了瑞哥哥？」

紅芍嚇了一跳，忙道：「是我原先跟著婉姑娘時繡的帕子，婉姑娘一直用著，我怎知道後來那帕子去了哪兒了。」

妍玉只覺心猛地向下一沈，墜得她連氣都喘不勻，呆呆的愣了片刻，冷笑道：「好，好，果是妳這小貨在當中做了手腳，怪不得瑞哥哥這些時日都不愛跟我在一處了！狐媚子，小賤人！跟她那個淫婦親娘一個德行！」說著猶不解恨，將床上的角枕、靠枕一逕丟到地上，狠狠踩了幾腳，怒得粉臉煞白，淚流滿面。

紅芍早已嚇呆了，待緩過神來，忙幾步上前扯住妍玉道：「姑娘息怒，快些坐下來吧。」

妍玉一把揮開紅芍，一屁股坐在八仙桌前的圓凳上，雙手攥緊拳頭不斷喘氣，紅芍站在一旁不敢吭聲。妍玉坐了片刻，沈著聲音道：「紅芍，把文房四寶拿來。」

紅芍將筆墨紙硯攤開，妍玉想了片刻，提起筆唰唰點點，不一會兒便寫了幾頁信箋，吹乾了裝在一個信封裡，交給紅芍道：「妳現在就出楊府回家去，讓兩個老嬤嬤陪著，就說妳回去幫我取東西。把這信交給我娘，要親手交給她，知道了嗎？」

紅芍見妍玉面若冰霜，忙低下頭將信封接了，道：「知道了，一定親手交給太太。」說完連衣裳都不敢換，低著頭匆匆走了。楊府聽說妍玉的丫鬟要回去取東西，便命兩個婆子好生跟著，又派了個四等的小丫頭跟在紅芍身邊伺候，駕了一輛大車將紅芍送回了柳家。

妍玉之母孫氏此時正坐在正院宴席裡會客，來人是她娘家的嫂子劉氏及五位表嫂、表弟妹。幾人將孫氏圍在正中不斷奉承，屋中自是一派其樂融融。正說笑的當兒，白蘋走進來，在孫氏耳邊低聲說了幾句，孫氏眉頭微皺，點點頭讓白蘋退下，對眾親戚笑道：「我有點事兒走開一下，你們先吃些瓜果糕餅，今兒晚上誰都不能走，廚房炒幾個家常菜，吃完再回家。」

屋中人一迭聲道謝，孫氏從屋中走出，轉身進了臥房，見紅芍垂著手站在房中，便坐到檀木椅上道：「什麼急事兒？巴巴的把妳支出來了。」

紅芍把信遞上前道：「姑娘命我送信來了，讓我親手交給太太。」

孫氏把信接過來，抽出信封閱了一番，眉頭越擰越緊，將信紙放下愣了半晌，對紅芍笑道：「這是小事呢，妍兒也太沈不住氣了，妳回去告訴她，讓她別掛心，就在楊府裡安穩住著，那件事我早有打算了。」

紅芍連連點頭稱是，孫氏又掏出一把銅錢道：「錢賞給妳，這件事不准到外面說嘴！」

紅芍接了錢道：「謝太太恩典。」見孫氏沒有別的吩咐，便靜靜退了出去。

待紅芍出去，孫氏方將臉沈了下來，又將信上下看了兩遍，冷笑道：「真是沒的煩人討厭！我這兩日便給那小貨說一門親事，早些定下來打發她出門，省得擺在眼前鬧心！」想起外頭坐著的親戚裡興許能有說和的，便捏定主意要打探套問一番，起身走了出去。

話說婉玉自那日經怡人提醒後，行事越發謹慎小心，每天不過帶著珍哥兒一處玩耍，又或跟紫萱說笑、做做針線而已。婉玉這一疏離卻將楊昊之急得心癢難耐，他每日裡都盼著婉玉來跟他說話，可這幾日都是奶娘抱珍哥兒來請安，竟是沒再見到婉玉的面了。楊昊之便命人打著珍哥兒的名義給婉玉送了各色吃食、玩意兒等物，婉玉一律不予取用，將東西交給珍哥兒的奶娘和丫鬟收了起來。楊昊之待臂上的傷剛好了八成，便巴巴跑來跟婉玉說話，見婉玉對他淡淡的，不由失魂落魄，更加挖空心思討好起來。

這一日婉玉和珍哥兒在楊母正房裡說笑玩耍，忽聽前頭有些亂亂的，正巧一個丫鬟端了茶點進門，婉玉便問道：「前頭誰來了？」丫鬟道：「是柯家的二小姐從婆家回來了，聽說是病了一場，老太太正和她去廳裡說話呢。」

婉玉聽罷心中一沈，暗道：「她怎麼突然間回來了？」想著便對珍哥兒道：「你在這裡跟丫鬟們一起好好坐著，我到前頭看一看。」說罷掀開簾子繞過屏風走進廳堂裡，抬頭一見柯穎思不由吃了一驚。柯穎思本生得豔美，體態也婀娜豐潤，是個嫵媚佳人，但如今臉兒瘦黃，兩頰帶病態之色，雙目隱含憔悴之情，肩膀尖削單薄，越發顯得可憐，與往日相比，姿色竟減了四、五分不止。婉玉心中稱快，暗道：「看來楊昊之這些時日裡一直沒見她，這還不到半個月的工夫，她就等不得了？原先我便猜她是躲出去墮胎，看來我所料不假。她這副樣子，顯是還沒養好就出來了。」

楊母見婉玉和紫萱來了，便道：「來得正好，我正說思丫頭呢，年紀輕輕的就氣滯血虧，添了婦人家的症候。如今病才剛好就跑過來了，要我說便讓她回去再將養幾日，待身子好了再回來。」

柯穎思忙道：「我身上已經好了，在家裡待著也是無聊，怕再悶出病來，想跟姊妹們在一處，多說笑幾回，再大的不爽利也沒了。」

楊母心中略微不快，她是快要做壽的老壽星，原本把幾家的孩子接來同住就是為了圖個熱鬧，可這會兒家裡住進個病人未免不吉利。柯穎思雖說自己已經好了，但楊母左看右看都覺得不像，萬一病在楊家鬧大了，楊府豈不要承擔干係？想到此處，楊母便道：「秋闈快到了，瑞哥兒為了讀書清幽就搬到二媳婦那兒住了，剛好佔了妳原先住的屋。如今府裡也沒有多餘的主宅給妳住，要不妳就搬去西邊那個念佛堂，先暫且將就些時日吧。那裡清靜，也適合妳靜養靜養。」

柯穎思登時一愣，縮在袖子裡的手緊緊攥住帕子，她知曉楊母說出此話便是要趕自己回家去了，但此時此刻她又怎能回家去？即便是厚顏乞求，她亦要留在楊府裡頭！柯穎思咬了咬嘴唇剛要答應，便聽婉玉在旁邊道：「老祖宗，就讓思姊姊與我住一起吧，含蘭軒還算寬敞。」

婉玉見楊母面色有些沈，又道：「唸佛堂雖然清靜，但到底離得遠了些。我跟思姊姊住一起，平日裡還能多說說話，思姊姊的身子也便好得快了。要是姊姊的病又犯了，也好及時告訴老祖宗一聲。這女孩兒家的病調養調養便好了，也不怕過了病氣給別人。」

楊母雖心中不喜，但想到柯穎思是自己從小看著長大的，這女孩兒會說話，也討人喜歡，生得一副俊俏模樣，百裡挑一的。若不是出身不好，興許就進了楊府做了自己孫媳婦；只可惜她命苦福薄，年紀輕輕就守了寡，如今好端端的還病了一場，這樣子也讓人心酸。便嘆口氣道：「既如此便住下來吧，濟安堂的羅神醫每日都來給我診平安脈，瞧完了我讓他也順帶給妳看看，婦人的病可不是鬧著玩的，留下病根子可就不好了。」

柯穎思忙道：「謝謝老祖宗。」又朝婉玉道：「謝謝婉妹妹，如今可要跟妳擠一擠了。」

婉玉笑著搖了搖頭，垂下眼簾端起杯子來喝了一口茶，心裡頭冷笑道：「謝我做什麼？不把妳放到我眼皮子底下，我又怎麼能收拾了妳？」

幾人又說了一會兒，柯穎思身上不爽利，便扶著個小丫頭搖搖晃晃的去了含蘭軒。

一進臥房柯穎思便再撐不住，「哎」一聲靠在床上，渾身乏力，汗珠子也滾了下來。墜兒忙上前，一面給柯穎思拭汗，一面掏出一丸藥塞到柯穎思口中道：「奶奶妳怎樣了？快躺下歇一歇，我這就讓後頭小丫頭煎藥來。」

柯穎思緩了口氣，擺了擺手道：「不忙，就是剛才走的路長了些，躺躺就沒事了。」說著任墜兒將她的鞋脫了，扶她躺了下來。

墜兒低聲道：「奶奶，要我說又何必呢？大爺定會娶妳進門，有往昔的情義在，日後也不會虧待了咱們，奶奶還不如在外頭安心把身體養好了，如今巴巴跑進來，萬一再被人知曉奶奶是剛墮了胎的，那……那……」

柯穎思狠瞪了墜兒一眼，咬牙道：「妳懂什麼？我若再不來，那個死漢子便不知道要惹多少風流禍事出來了！王婆子跟我說，楊府裡下人們偷偷在傳，說大爺看上柳家的五姑娘了，以後怕是要娶進來做填房，連珍哥兒和老太太也對那個五姑娘青眼有加！」說著一把攥住墜兒的手道：「墜兒，妳直心說，昊哥兒待我是不是不如往常了？原先我得個風寒，他還鎮日裡噓寒問暖，恨不得一天到晚膩在跟前，如今我躺在床上每日裡疼得要死要活，他卻不聞不問……」說到此處，柯穎思神色越發怨毒道：「如今住在這含蘭軒裡剛剛好，若是讓我知道，他真跟柳家的小賤人勾搭上了，我決計饒不了他！」

墜兒一驚，忙道：「奶奶，妳一向是個通透的人兒，怎說起這等糊塗話了？大爺定不能娶妳做正室，所以他看上哪家的姑娘、想娶回來做填房都是天經地義的……原先那個瘸子活著時奶奶就說過，只要一輩子能跟著大爺便心滿意足了，如今眼看就要如願了，奶奶又何必去挑什麼事端？」

柯穎思眼淚流下來道：「我原先那麼說，是知道昊哥兒的心在我身上，任那個瘸子怎麼風光，到底比不過夫君的寵愛體貼。昊哥兒說過，今生今世只愛我一個人，弱水三千他只取一瓢飲。我便一心一意的跟著他，再沒動過別的念想。可如今他竟歡喜旁人了，妳要我……怎麼……怎麼忍得下這口氣？」說著便抽泣起來。

墜兒心頭沈重，又恐柯穎思哭傷身子，忙道：「我看府裡頭下人的話是信不得的，不是說前些日子大爺挨了老爺的打嗎？他又有傷，又添了許多差事，定是忙得沒空去見妳呢。」又絮絮說了一會兒，柯穎思方止住了淚。

此時門簾一掀，婉玉帶著怡人走了進來，墜兒忙起身迎接，婉玉道：「我過來將東西收一收，給思姊姊騰出地方來。」說完命怡人去收拾東西。

柯穎思要坐起來，婉玉忙幾步上前將她按住，笑道：「姊姊快躺下，身子弱的人不能折騰。」

柯穎思便躺了下來，扯出一抹笑道：「給妹妹添麻煩了。」眼睛不動聲色的細細打量婉玉，見婉玉生得絕色無雙、端麗綽約，遠比自己貌美，心中又酸又苦，深深的喘了一口大氣，道：「妹妹最近在府裡做什麼呢？」

婉玉道：「不過是天天跟珍哥兒一起玩，再做做針線。」

柯穎思一聽「珍哥兒」，心裡頭又是一刺，強笑道：「妹妹和珍哥兒倒是投緣，珍哥兒見誰也沒那麼親。」

婉玉道：「珍哥兒那孩子雪團一般伶俐，我歡喜得緊。」而後又長長一嘆道：「我也是瞧著他可憐，小小年紀就沒了娘親。看見他，就想起我也是小時候就死了親娘，所以才想多疼他一些罷了。」

柯穎思點頭應著，見怡人和墜兒都去了外頭，便故意打趣婉玉道：「妹妹既然這麼喜歡珍哥兒，那不如就做了楊家的媳婦兒，妹妹這般品貌，楊家定是樂得很呢！」

婉玉脹紅了臉，捶了柯穎思一拳道：「姊姊說什麼渾話，我可從來沒這個念想！我早就立了誓的，絕不給人家當妾、當填房，定要堂堂正正的嫁出去，才能告慰我親娘的在天之靈。」

柯穎思見婉玉說得鄭重，便笑道：「我不過跟妳鬧著玩呢，妹妹急什麼？」心中卻想：「是了，柳婉玉從小就喜歡瑞哥兒，前段日子還為了他投湖了，她心裡早就有人，怕是想三媒六聘的嫁進柯家來，應不會對昊哥兒動什麼心思。可也保不齊她悄悄生出什麼其他的念想來。」一想到此處便放心了幾分，跟婉玉閒談起來。這兩人一個刻意討好試探，一個佯裝親熱迎合，話裡話外的越發知心。

這當下，楊昊之正在外院帳房裡沒精打采的聽管事的唸帳簿。若是往日，他怕是早就甩袖子一走了之，可如今楊崢正憋著他的火氣，故而楊昊之少不得忍著性子坐下來聽著，但神魂早就飛到婉玉身上去了。

原來昨日傍晚，楊昊之用過晚飯便提著鳥籠興沖沖的去找婉玉，走到朱欄橋，卻看見楊晟之跟婉玉坐在樹蔭底下拿著書本聊得投機。少頃，楊晟之提筆在紙上書寫，婉玉便站在楊晟之身邊低下頭看著，又伸手點指著紙張說了些什麼，楊晟之頻頻點頭，與她相視一笑後又低頭寫了起來。兩人旁邊雖還有紫萱、珍哥兒和幾個丫鬟、婆子，但楊昊之仍覺刺眼，走上前幾步道：「這在聊什麼呢？」

楊晟之一見兄長來了，立刻起身道：「今兒寫了篇文章，跟婉妹妹探討一二。」

紫萱道：「昊哥哥你來了，這兩個人剛才一直『子曰詩云』的，唸得我頭疼。」看見楊昊之手裡拎的鳥籠喜道：「這是虎皮鸚鵡吧？可會說話？」

珍哥兒早就撲上前叫嚷道：「爹爹、爹爹，快給我看看！」

楊昊之笑道：「會說話，聽賣鳥的人說，這隻鸚鵡會唸四、五首唐詩呢。我聽牠唸了一首〈靜夜思〉，瞧著有趣，就買來給珍哥兒解悶兒。」話雖如此說，但眼睛卻朝婉玉瞟過去。

楊晟之輕咳了一聲，紫萱一摸珍哥兒的腦袋道：「你這小東西是有福氣的，還不快謝謝你爹爹。」

珍哥兒圍著鸚鵡轉來轉去，抬頭對楊昊之笑道：「謝謝爹。」說著要伸手去摸鸚鵡，唬得婉玉一拍他的小胖手道：「當心牠啄了你的手。」楊昊之陪笑道：「這鸚鵡不啄人，妹妹只管放心讓珍哥兒玩吧。這鳥兒還會誦白居易的〈憶江南〉，我記得這首是妹妹頂喜歡的。」一說玩就逗鸚鵡吟誦出來。

婉玉含笑不答，只低了頭揉弄裙帶子，此時楊晟之又輕咳一聲道：「天色已經擦黑了，我便不打擾了，今日多謝婉妹妹了。」說罷回轉身將書本略略一收，又與楊昊之等道別，便回了抱竹館。

楊昊之剛想尋話題與婉玉說上幾句，便聽婉玉對紫萱道：「晟哥兒說得有理，天色已擦黑了，太陽馬上就要落山。再過會兒，巡夜的婆子也該清園子了，咱們也回去吧。」

紫萱點頭道：「是呢，蚊蟲也該多起來，再不回去便留在這兒挨叮咬了。」兩人便跟楊昊之道別，帶著珍哥兒回正房去。楊昊之滿心不願也無法挽留，心裡頭卻狠狠憋了一口氣。

這會兒楊昊之坐在帳房裡，難免胡思亂想，暗道：「婉妹待我最近冷淡，莫非是老三在當中挑撥？楊晟之那小崽子，品貌、氣度、才學都比我差了不止一層，況還是個庶出的呆子，婉妹怎會看得上他？」思索間，掃墨從門外頭偷偷走進來，在楊昊之耳邊低聲說了兩句，楊昊之登時失聲道：「什麼？」

管事的一愣，看了楊昊之一眼便低頭不語，楊昊之對他揮了揮手道：「你先去歇歇，我待會兒叫你。」見人退下了，楊昊之馬上問道：「思妹回府了？還跟婉妹住一處？」

掃墨道：「正是，我聽著消息便馬上過來告訴大爺一聲。」又看了看楊昊之的臉色，揣測著他的心思道：「這一來可不太好，大爺日後想見婉姑娘便困難了。」

楊昊之有些惱怒，皺著眉頭道：「她要回府怎麼不告訴我一聲？前陣子不是掉了孩子，躺在床上鎮日裡要死要活的嗎？這才半個月的工夫便好起來了？難道先前是裝出來騙我的？」

掃墨小心翼翼道：「怕是……聽到了什麼閒話了吧……」見楊昊之面露煩惱之色，便不敢多嘴，悄悄站到邊上去了。

此時有個丫鬟提著食盒走進來道：「太太說大爺在帳房看帳簿辛苦了，給大爺送來冰鎮酸梅湯和時鮮的冰果子，還有一碗冰糖蓮子粥。」

楊昊之頗不耐煩，擺了擺手道：「就放桌上吧。」心中暗想：「不如我直接央求了娘親去，讓她到柳家說和說和，早些把婉妹定下，待我守義滿了便把她迎娶進來，免得夜長夢多。」一想到此處又憶起婉玉花顏月貌和婀娜的身段，心裡頭又是一熱。

恍惚間，聽耳邊有人道：「大爺請吃粥。」楊昊之這才回神，低頭一瞧，只見一雙纖纖素手捧著一只青花瓷碗送到他跟前，但見皓腕如雪，順著素手往上看，便見到一雙嫵媚的杏眼，正是柳氏身邊的大丫鬟春芹。

春芹又將碗向前遞了遞，抿嘴笑道：「大爺光盯著我看，難不成我臉上染了灰了？」說完又故意拿起勺子攪了攪粥，笑道：「還是大爺想讓我餵你？」

楊昊之往牆角瞥了一眼，掃墨早識趣的溜了，便笑道：「那就勞煩妹妹餵我吧。」

春芹便餵了楊昊之一口，楊昊之雙眼直直盯著春芹的臉兒將粥嚥了，看她臉兒微紅，心中一蕩道：「雖比不得大家閨秀，這小家碧玉也別有風情。」他亦有些時日未近女色，此刻性致一動，心頭火起，一把握住春芹的腕子拽到懷裡親嘴道：「這麼會伺候人，我回頭就跟太太討了妳，妳跟了我吧。」

春芹早就對楊昊之存了心思，知柳氏的意思也是要把自己給了大爺，此刻渾身發軟，媚眼如絲道：「大爺……待你回了太太……也不遲……」

楊昊之道：「小芹兒，太太早就知道了。」說著便把春芹按到牆邊軟榻之上欲行男女之事。

春芹半推半就，又恐外頭來人撞見，又喜與自己心上人親熱，不由又羞又怕。楊昊之卻只當自己再納一房小妾，或多出個通房丫鬟，哪裡管得了這許多，與春芹雲雨一番，又百般說了回頭跟太太討她，打發春芹回了內宅。

第十二回 呆渾人欲娶美嬌娘 花郎君想受齊人福

轉眼間楊母的壽辰便近了，楊崢本欲大操大辦，但因不久前才死了大媳婦兒，便減了幾桌賓客，可又覺不可過於簡單，需拿出富貴人家的排場令眾賓客讚嘆，便命重新整修園子，栽種花草。

楊昊之為討其父歡心便將差事攬了下來，他一向疲懶，但此次卻勤快起來，事必躬親，整日奔波，將園子裡幾處景致細細的修了，買了上好的花木栽種，另又購置了各色竹簾、花簾、椅搭等物。一時間府裡來了不少花匠和泥瓦工，內眷們便輕易不出屋子，連進出的丫鬟穿著也比往日更嚴密了些。

婉玉無事，在正房處跟珍哥兒、紫萱一起玩笑，時而紫萱會留婉玉在暖閣跟她同睡，婉玉自然也不願回去對著仇人，便三天兩頭在楊母的院裡歇了，日子倒也悠然。柯穎思這些天卻不好過，心裡頭胡亂揣想，一時覺得是楊昊之故意躲著她，這才成天不見人；一時又猜是楊昊之在外養了一房外室，所以每日都往府外頭去。忐忑之間，又聽婉玉在她旁邊閒話道：「適才我在老太太那裡，聽太太正跟她商議著該給昊哥哥再訂一門親，不拘什麼出身門第，但一定得是清白人家出身的正經姑娘，只要模樣好、性子好、待珍哥兒好便成了。當時老太太便提了幾家的姑娘，說是人品都不錯，可太太說也要找個有才學的美人才行，這才能跟昊哥哥琴瑟相和，結果兩人商議了半天也沒個結果。」

柯穎思心裡一揪，忙問道：「這事兒是太太提的還是老太太提的？」

婉玉道：「是太太提的。老太太原說這事兒急不得，梅氏才新死不久，這般快就尋親未免不合時宜。可太太卻說如今就該物色著好姑娘，早點定下來，等守義滿了再成親也不遲；又說昊哥哥如今在外頭奔波，回到屋裡連個知疼著熱的人兒都沒有，丫鬟到底比不上媳婦兒貼心，珍哥兒年幼可憐，也需有個妥當的人教養。」

柯穎思心頭又是一撞，狠狠擰著帕子，嘴唇將要咬出血來，暗道：「太太一向偏心，若不是昊哥兒跟她提起來，她怎會巴巴的湊到老太太跟前提娶親這檔子事？可恨！可恨！這王八漢子定是在外頭有了相好了！」

婉玉瞥了柯穎思一眼，佯裝未瞧見她面上神色，轉過身到桌子旁一邊斟茶一邊道：「要我說太太也忒心急了些，昊哥哥跟死去的妻子伉儷情深，這可是世人皆知的。這會兒即便是要給昊哥哥說親，恐怕他也『曾經滄海難為水』，沒這個心思。可笑是我聽外頭人在傳，說等老太太壽辰過了，昊哥哥便要把春芹收進房裡，呸！我看八成是渾說的！」

柯穎思渾身發軟，直瞪瞪的瞅著婉玉道：「妳說什麼？春芹？太太身邊的春芹？」

婉玉撇嘴道：「可不是，我看那丫鬟一副狐媚樣兒，是個心思刁鑽想往上頭爬的，興許是她揑造出來的呢！」說完又偷瞄了一眼柯穎思。

柯穎思面上早已血色盡褪，僵直坐著好似木頭人一般，雙眼中卻目光閃爍，似是翻滾著無限怒意與怨毒。婉玉心中冷笑一聲，面上卻裝驚惶之狀，「呀」了一聲捂住嘴道：「該死！是我多嘴，哪能在背後胡亂說這檔子事兒呢。」而後一把扯住柯穎思的袖子哀求道：「好姊姊，剛才是我胡說八道的，妳可切莫跟別人說，剛是我錯了。」

柯穎思哪還聽得進婉玉的話，將她的手拂開道：「我不說，我累了，要歇歇。」說完便走到床邊躺了下來。婉玉冷冷看著柯穎思，暗道：「如今妳可感受到了？當日我懷著珍哥兒，聽到你們有姦情時肝膽欲碎之痛楚？我所受之痛，妳還未嘗到萬分之一，妳好生受用便是！」心中嗤笑一聲，掀開簾子便走了出去。

柯穎思睜開眼，見婉玉已走，便從床上坐了起來，強忍的淚珠兒才嘩啦啦掉了下來，哭了一陣心頭恨意暴起，用帕子狠狠將臉抹了，口中喃喃道：「楊昊之！你若始亂終棄，咱們便同歸於盡！」說罷走到盆架子前把毛巾浸濕擦了把臉，又到梳妝檯前取了胭脂水粉撲在臉上、唇上，整整衣衫，對鏡前後照了兩遍，這才掀開簾子走了出去。

婉玉從窗前看見柯穎思出了門，方將竹簾放了下來，哂笑道：「還似原先這般沈不住氣，果真是個上不得檯面的。蠢材、蠢材！她越是這般橫鬧，越是冷了楊昊之的心，這般下去，僅有的情意也便磨沒了，何況那風流薄倖郎又有了新歡？」想罷又從碟子裡拈了一個麵果子吃。

正此時怡人從外頭走了進來，見婉玉坐在廳堂裡便迎上前道：「外頭有個小廝要送一盆素心蕙蘭給姑娘，那盆蘭花名貴稀有，是他主人特地交代要送給姑娘的，還請姑娘親自到外頭收一下。」

婉玉奇道：「特地送給我的？哪一房送的？」說罷便起身朝外走，走到院門口一瞧，果有個小廝在門口站著，手裡捧一盆蘭花，花枝高大，花朵繁多，茁壯亮麗，微一走近便能聞到一股沁徹肺腑的幽香。婉玉一瞧便知道是名種，走上前道：「這花是哪一房送來的？」

那小廝賠笑道：「這位可是柳家的五姑娘？」婉玉點了點頭。那小廝道：「這便是了，我們爺讓我把蘭花送給姑娘。」說完一把將蘭花交到怡人手上，一溜煙的跑了。

怡人喚了幾聲，見人跑遠了方對婉玉道：「姑娘，妳看這花兒……」

婉玉道：「先搬進去吧，然後咱們私底下偷偷的問問，看是誰送來的。」

怡人抿嘴一笑道：「興許是三爺送來的，不過也可能是大爺，大爺這幾日正在園子裡管著匠人們種花呢，估計是可巧得了一盆蘭花，便給姑娘送來了。」

婉玉道：「這話可別亂說，傳到別人的耳朵裡可不乾淨。」說完將院門關上，跟怡人走了進去。

離含蘭軒不遠的桃花樹後，孫志浩正踮著腳探頭探腦往含蘭軒門口張望。那送花的小廝跑了過來，對孫志浩笑道：「爺，花兒送到了。咱們奶奶長得可真是標緻，難怪爺成天茶不思、飯不想的。」

孫志浩樂得見牙不見眼，搓著手道：「她剛說什麼了？說什麼了？」

婉玉根本只是發問，其他一句話都沒說，那小廝眼珠一轉，卻編了一番話道：「奶奶一直看著花兒點頭，還笑呢。說這蘭花又貴氣又好看，還說『不知是哪位爺這般用心，送來的花兒讓人瞧著爽眼』。」

孫志浩聽罷更是哈哈笑起來，從袖裡掏出一塊碎銀，扔過去道：「小福，這差事辦得好，可見我平日沒白調教你。」

小福道：「爺，您既然送了這花兒，可怎的不說姓名，奶奶豈不是不知道您的用心？」

孫志浩一瞪眼道：「你懂個屁！鮮花送佳人，告訴她姓名豈不是顯得俗氣了？就要這般朦朦朧朧的，風花雪月正是講這個調調。待她日後知道這花兒是我送的，定然更加心花怒放了。上回我派人送了『假紅樓』裡的小鶯兒一支金簪子，可沒說姓名；待下次再去，告訴她這番緣故，當晚便享了美人恩。小鶯兒可是頭牌的姐兒，不輕易接客的，不也是這般被爺哄下來了？」

小福道：「是是，小的哪懂得這風花雪月的事，大爺才是風流陣裡的急先鋒。」又湊趣道：「但不知爺什麼時候要把奶奶迎娶進來？」

孫志浩道：「姑母已經應了我娘了，還要待姑父點頭方可作準。待楊老太太壽宴過了，咱們便正式讓媒人過去提親。」說著心裡又癢起來，扭頭朝含蘭軒裡張望。

此時突聽得背後一個聲音道：「你怎麼在這裡？誰讓你進府的？」這一句嗓音渾厚，語氣凌厲，直將孫志浩嚇得一哆嗦，他扭頭一看，只見楊晟之正朝他走來，想起上次被暴打，心裡著慌，腿都軟了，眼睛向四處亂瞟欲尋機會逃遁。此時楊晟之已行至眼前，堵住他的去路冷笑道：「誰讓你進府的？上次我說過的話你還沒記住不成？」

孫志浩梗著脖子道：「我可是光明正大進來的。楊府要種花，買的是我家鋪子裡的花木，我進來送花，礙著誰了？」

楊晟之朝含蘭軒瞥了一眼，冷笑道：「送花？送花怎送到內眷住的地方來了？我看你分明是沒安好心！」說著一把拽起孫志浩的衣襟便往外走。楊晟之本就生得高大健壯，孫志浩掙扎不迭，只敢在心裡怒罵。

小福見主子受屈，跳上前罵道：「你是哪兒來的烏龜王八蛋？敢拽你孫爺爺的衣裳？我們爺是來這兒看我們奶奶的，關你鳥事！」

楊晟之一聽腳步便停了下來，低頭看著孫志浩道：「奶奶？什麼奶奶？」

孫志浩心裡叫苦，剛欲命小福休得再說下去，小福早已開口道：「我們奶奶當然是住在含蘭軒裡頭的柳家五姑娘了，柳家太太已應了這門親，不信去柳家問問，還不快點鬆手！」

楊晟之一愣，淡淡看了小福一眼，將孫志浩向後一推道：「我今兒個不打你，若是我再看見你在楊府裡晃蕩，你便小心自己的狗腿！還不快滾！」

孫志浩被楊晟之推得一個趔趄，他不敢還口，在心裡將楊晟之的祖宗十八代都罵了個遍，帶著小福匆匆逃跑了。

楊晟之卻將眉頭擰了起來，心事重重的走到含蘭軒門口，推開屋門往裡頭走。妍玉一早便帶著紅芍去了柯瑞處，柯穎思又出去了，屋裡只有婉玉和怡人。楊晟之一進廳中便聞到一股蘭花的幽香，放眼一瞧，看見婉玉正提著噴壺在澆花，花映粉面，人比花嬌，看得他不禁一呆。

婉玉聽見聲響，抬頭見是楊晟之，便笑道：「是晟哥哥來了，你昨兒個給的那兩篇文章我看過了，寫得頂頂好。」扭頭對怡人道：「去把文章拿過來。」說完見楊晟之仍是呆呆的盯著她，臉上不由一紅，暗道：「莫不是他的呆性兒又犯了。」藉扭身放噴壺迴避開來，但心裡竟隱隱的有些歡喜。

楊晟之微微回了神，輕咳了一聲道：「這花兒真好看。」心中卻添上一句道：「卻沒有妳好看。」

怡人從屋中取了文房四寶出來道：「說來也怪，剛才有個小廝送來這花，說是特地給我們姑娘的，但沒說姓名。不知是不是每房裡都有？」

楊晟之面色鄭重道：「我正是來給妹妹說這件事。剛才我看見孫志浩在含蘭軒門口鬼鬼祟祟的，這花兒八成是他送來的。我還聽他說，他去妳家提了親，妳家的太太已經應允了妳跟他的親事。」

婉玉一聽登時如五雷轟頂一般，怡人失聲道：「什麼？太太已經允了那個畜生?!」婉玉身子一軟在桌旁坐了下來，想了片刻道：「若只是太太允了，這事興許還有些轉機，待爹爹問起我，我死活不願意便是了。」

怡人急道：「只怕沒這麼簡單，若是老爺頭腦一昏，答應下來可便糟了！」

婉玉心中如亂撥的算盤，暗道：「可恨，我大仇未報，如今又添了這麼一檔事兒，莫不是非要把我逼到絕境不可？」她喝了一口冷茶，強把心神定下來，腦中飛快盤算起來。

楊晟之暗道：「遇到這般情境還能鎮定若素，我往日裡果沒看錯她，是個胸中有些經緯的人物。」但轉念一想到孫志浩到婉玉家中提親，心中不免煩躁沈重，道：「婉妹也不必太過煩惱，實在不成，我便去勸他打消這個念頭。」

婉玉聽了一愣，愕然道：「你如何勸他打消這個念頭？」

楊晟之微微一笑道：「那當然是好言相勸了。」心裡卻道：「我本想著待這次高中了舉人，便求爹爹去柳家提親，看來如今卻是等不得了。孫家那畜生怎可能放了到嘴的油糕？我只管悄悄的使人再將他打一頓，又或直接給他打成太監便是了，反正蒙上袋子一陣亂揍，查不出是誰打的。即便疑心我又如何？孫家不過是個小家族，借他幾個膽子也不敢和楊家槓上。待消息傳出，柳家自然不會再允這門親。」

婉玉未瞧見楊晟之眼中的狠意，只將頭低了輕輕搖了搖道：「這只怕不行。」屋裡一時默默無言。忽而婉玉問道：「老太太壽辰那天，孫志浩會不會來？」

楊晟之道：「孫家跟楊家也素有些生意上的往來，只怕是會來的。」

婉玉點頭道：「那便好，晟哥哥，到那日你一定要讓他來，這婚事便不能成了。」

楊晟之心中犯疑，想多問幾句，但此時聽門一響，似是有人回來了。楊晟之也不便多坐，便起身告辭，婉玉站起身殷殷道：「晟哥哥，那日一定要讓他來！」楊晟之看著婉玉的眼睛點了點頭，從含蘭軒的後門走了。

楊晟之剛走，墜兒便攙著柯穎思搖搖晃晃的走了進來，雙目腫得跟核桃兒一樣，似是剛剛哭過，她走進屋便一下躺到床上，只管默默流淚。

婉玉道：「思姊姊……妳這是怎麼了？」

墜兒道：「不過是剛剛犯了舊疾，躺一陣子便好了。」

怡人道：「病了可不是鬧著玩的，我去回老太太，請個大夫來看看。」

墜兒忙攔住道：「沒什麼大礙，不用勞煩了，我們奶奶需要靜靜躺上一會兒，我求婉姑娘和怡人妹妹去別處坐坐，過會兒再回來。奶奶犯舊病的事兒也萬萬別跟別人提起來，後天便是老太太的壽辰了，這如今說了怕人家聽了不高興。再者，奶奶真的睡一覺便好了。」

婉玉點頭道：「可巧我想去看珍哥兒呢。」說完一扯怡人的袖子帶著她往外走。墜兒見這主僕都出去了，方長長出了口氣。此時柯穎思才將臉埋在手裡痛哭起來。

原來柯穎思獨自出去尋楊昊之，可逛了好幾處都未見楊昊之的影子，只得蔫蔫的往回走，經過薔薇架時，柯穎思隱約瞧見一個人影進了庫房，看外型身量定是楊昊之無疑了。她悄悄跟上前去，藏身在一塊假山石後頭，待左右無人方才走到庫房跟前。她剛要推門又覺不妥，暗道：「若是庫房裡頭還有旁的小廝和管事，我這般進去便是大大不該了。」正猶豫間，卻看見春芹妖妖嬈嬈的從旁邊小路走過來。柯穎思忙閃身退到庫房後，探出半張臉偷眼一瞧，只見春芹穿紅戴綠，身著桃紅鑲領朱紅底子的對襟比甲，同色長裙，更襯得身段風騷；她本就生得貌美，因刻意用了脂粉，眼角眉梢又帶了幾分春意，越發蕩出幾絲風情來。

柯穎思見她推開庫房的門便走了進去，心裡不由一沈，從庫房後轉出來，將耳朵貼在牆上，便聽春芹撒嬌道：「大爺，你可別哄我，我且問你一句話，你是不是真要把我收在房裡？可我聽太太說，你如今打算娶填房了，若是再娶個像原先那般的霸道老婆，可怎有我立足之地？」

楊昊之道：「我怎會是哄妳呢，等老太太的壽辰過了，我就跟太太說，把妳討到我房裡來。」

春芹道：「不如大爺現下便把我要了去吧。大爺整天四處奔波，身邊哪能沒個照顧的人兒，我跟了大爺，只怕太太也能安心些。」

楊昊之道：「這些天妳得了空就往我這兒跑，當我不知道妳這小狐狸精打的什麼主意？我既已答應妳了，便決計不會錯。」

春芹嗔道：「大爺日後保不齊三妻四妾的，只要有那麼一、兩分的心思疼惜我，讓我終身有個依靠，我也知足了。」

楊昊之笑道：「我知妳是個有分寸的丫頭，怨不得我疼妳。小芹兒，今日妳嘴上搽的什麼胭脂？賞我吃了吧。」

柯穎思氣得渾身冰冷，若不是撐靠著牆，只怕此刻便要癱軟於地上，一把便推開了庫房的門，只見楊昊之和春芹正摟在一處親嘴，春芹襖釦半開，露出水綠色肚兜，隱隱可窺見胸前春光。柯穎思一見登時怒髮衝冠，只覺一道悶雷在胸中炸開，雙目幾乎要瞪出血來。那二人看見柯穎思，俱是駭了一跳，春芹慌忙將衣襟掩了，低著頭便要從庫房中逃出。

柯穎思堵在門口，劈頭便給了她一巴掌罵道：「呸！沒臉的娼婦！青天白日裡就勾引爺兒！」春芹又驚又羞，不敢分辯，一手揪著衣襟，一手捂著臉靠在牆角下，眨著一雙淚眼朝楊昊之望來。

楊昊之一見柯穎思，先是呆了，後又愧又臊，可眼見春芹挨打，心中不免怒起來，這些時日他與春芹如膠似漆，正是蜜裡調油的時候，見柯穎思動手，暗道：「婉妹果然說得不錯，像這般沒有容人之量，若不好生調教，我怎能讓她進門？」故而沈著臉走上前對春芹道：「妳快走吧，這事兒勿跟人提起。」

春芹淚眼汪汪的看了楊昊之一眼便垂著頭走了。柯穎思待春芹走遠了，便一把關上房門，回轉身拚命捶打楊昊之道：「你個浪驢公！沒良心的陳世美！這才、這才過了幾日，你便又勾搭上一個！說什麼白頭偕老，說什麼一心一意，是我瞎了眼，才信了你的鬼話！」說著眼淚撲簌簌掉落，就要嚎啕大哭。

楊昊之嚇了一跳，怕她在此處哭鬧將人引來，上前一把捂住柯穎思的嘴道：「妳省省吧！非要把人招來妳才甘心？」

柯穎思流著淚冷笑道：「我今日就是要把人招來，最好讓老太太、太太一起來評評理！索性我豁出去這條命，今日和你死在一處倒也乾淨！」又哭道：「即便是死我也要拽著春芹那個小娼婦！看她下賤、看她勾引爺兒！」

楊昊之怒道：「好！妳便哭吧！哭到旁人都來了，我也好告訴人家，是誰把梅蓮英推到荷塘裡淹死的！」

柯穎思聽了不敢再使潑，只癱坐在地上嚶嚶哭起來，道：「昊哥兒……你我能到今日實屬不易，早先本是青梅竹馬的情分……你畫了一幅我的畫像，又寫詩給我……說這一輩子便只願跟我相守……我……我這才與你私定終生……又把清清白白的身子給了你……你如今卻……卻負了我……早先說過的話兒，你全都忘了不成……」

楊昊之心中煩惱，但又少不得上前將柯穎思扶起來道：「我哪裡是忘了？春芹是太太非要給我，放在身邊伺候罷了，不過就是個丫頭，妳跟著撚什麼醋？」

柯穎思順勢撲進楊昊之懷中哭道：「你可是要把她收進房裡頭來？昊哥兒，我只當是那淫婦亂勾引爺兒，你莫要把她留在身邊！」

楊昊之聽了不悅道：「思妹，妳一向最通情達理、溫柔體貼，如今怎地跟那瘸子一樣霸道起來了？春芹是個家生子，收進來也就是個妾。我今後娶妳，妳便是正經的大房奶奶，須拿出點大家小姐的氣度出來，何苦跟個丫頭過不去。原先妳還說過，若是能與我長相廝守，別說是名分，便是我身邊有多少房妻妾也全然不放在心上，怎的妳如今也全都忘了？」

柯穎思只覺滿腹委屈，原先梅蓮英活著時，她只覺日後若是能與情郎長相廝守，便是做一房小妾也心甘情願。但如今情勢變化，眼見她便能體面的嫁到楊昊之身邊當個奶奶，於是心裡頭越發不甘起來，盼望著獨佔楊昊之左右；尤見楊昊之才幾日的工夫，便與一個俏丫鬟偷在一處，更覺心痛欲碎，幾欲暈死過去。

楊昊之因被柯穎思攪了好事，心中正覺沒趣，見她哭得上氣不接下氣的，雖有些愧意，但轉念又想到柯穎思善妒霸道，一時間心中五味摻雜，忍著性子道：「好了，妳快些整理整理回去吧，讓人撞見妳我在一處便不妙了。我這幾日忙，等老太太壽宴過了便去找妳。」

柯穎思一抹臉，又狠狠捶打了楊昊之幾拳，哭道：「你沒工夫找我，倒有時間和丫鬟一處鬼混？」

楊昊之臉上訕訕的，又怕柯穎思鬧大了，便賠不是道：「我不過是偶爾抬舉了個丫頭，妳又跟我哭鬧什麼？妳看哪個大家出身的公子房裡沒兩、三個人伺候的？以後妳若看她不高興，橫豎尋個由頭打發了便是，只不過她是太太身邊有頭臉的丫鬟，妳這般鬧了，豈不是犯了太太的不痛快？」而後又百般說日後定娶她過門。

柯穎思乘機拿捏住，又哭鬧了一回道：「你甭用這好話兒哄我，昊哥兒，我是一心一意待你的，你又怎能朝三暮四？這些天理我都不理，原來是跟這丫鬟勾搭上了，你老實告訴我，上回你衣領上那抹胭脂痕是不是那淫婦蹭上的？你若如此，還不如拿根繩子勒死我罷了！」

楊昊之指天誓地道：「我待妳自然也是一心一意，其餘的不過是逢場作戲，怎可能真把她們放在心上……妳還是快些回去吧，我過兩日定會來找妳，若是被人撞見咱們可就真的不好了。」

柯穎思素是個伶俐的，見楊昊之臉色越發難看便見好就收，獨自忍了氣，從庫房裡出來低著頭往回走。她適才一陣大鬧，早動了肝火，又因身子虛弱尚未痊癒，一時間將病症激了起來，故而沒走幾步便氣促神虛，腹中更一陣絞痛，只得坐在樹蔭底下的石頭上暫時歇一歇，想到剛才之景，心裡又悲苦，不由迎風灑淚。直等到墜兒前來尋她，方搖晃著回了含蘭軒。

話說墜兒擰了塊毛巾，一邊給柯穎思擦臉一邊道：「奶奶，妳可好些了？若是不舒坦，我叫後頭燙一燙黃酒，妳吃一丸烏雞補氣丹吧。」

柯穎思哭得花容慘澹，微微搖了搖頭道：「吃再好的藥也醫不了心病。墜兒，昊哥兒是變了，他本來不是這般待我的，原先哪一回不是溫情款款，連個手指甲都不曾彈我一下，只把我當寶貝兒一樣在手心裡捧著，可如今話裡話外的都透著一股子不耐煩，反倒對那個丫鬟憐香惜玉的，看這情勢，是定要把那小娼婦收進房了……」

墜兒嘆了一口氣道：「大爺本就是個風流種，原在成親之前，房裡就有三個通房丫鬟，還有個小妾，是那瘸子進了門方都打發走的。這幾年雖再未納妾，卻又跟奶奶……奶奶既打算跟了他，心中便應該有數，又何必計較這些呢？只要能嫁進楊家，做了大房奶奶，便算有了依靠了，日後再得個兒子，便是一番造化……唉，男人又有幾個不偷嘴吃的……」

柯穎思流著淚道：「我跟著昊哥兒可不是為了他家的什麼富貴，我是為的這份情！若是為了尋個好出路，孀居這幾年，給我提親的人家還少了不成？雖不像楊家金玉滿堂，卻也都是頂頂殷實的門戶，嫁進去就做正妻！」說著心裡委屈，又哭了起來。

墜兒給柯穎思倒了杯茶，放在床頭道：「奶奶莫要再哭了，我冷眼瞧著，那春芹論樣貌、論氣派，跟奶奶相比差了不止十萬八千里呢，不過是有個狐媚的騷樣兒。大爺就是圖個新鮮，待新鮮勁兒過了，也就看得淡了，到時候自然會想起奶奶的好處。」

柯穎思掙扎著從床上坐起身道：「是呀，春芹那個小娼婦哪一點強過我了？不過是昊哥兒圖個新鮮罷了！」想到此處心中略好過了些，命墜兒把茶端來喝了一口。

墜兒見柯穎思面上好了些，知道她將自己的話聽了進去，心裡輕輕呼一口氣，又把藥丸取過來道：「奶奶切莫跟大爺爭持了，若沒了大爺的寵愛，便再怎麼都不成了。下次見了大爺，奶奶便認個錯、服個軟，大爺是個多情的人兒，又一向心軟，奶奶如此做了，他心裡必定歡喜，也更疼惜奶奶了。」

柯穎思道：「我知曉了，下次便多說好話兒哄他幾句吧。」

屋內兩人絮絮說話兒，屋外怡人的臉色早就白了，聽了半晌方輕輕的退了出來，待出了含蘭軒，怡人長長出了一口氣，暗道：「想不到……想不到楊大爺跟……跟……若不是姑娘說有東西忘在房裡要我回去取，才讓我聽見了，否則打死我也不相信……」心潮翻滾間，卻聽婉玉在旁邊喚道：「怡人，我讓妳去取個扇子，怎的去了這麼久？」

怡人忙迎上前，將在門口偷聽的事由跟婉玉說了，道：「沒想到楊大爺跟柯家的二姑娘早有了姦情。姑娘，不如妳搬到正房跟萱姑娘一處住吧。否則這兩人的事兒若是真鬧出來，萬一牽連上咱們就不好了，咱們可還是要名譽的。」說完見婉玉擰著眉頭深思，不由又喚了幾聲道：「姑娘，姑娘？」

婉玉這才回神，對怡人笑道：「不妨事，後天便是老太太壽辰了，也不在乎這幾天。」

怡人咬著牙道：「虧我還以為楊大爺是個重情守義的癡情郎君，誰想竟一肚子男盜女娼！勾引正經人家小姐，拐帶有夫之婦，幸虧姑娘離他遠了！」

婉玉冷笑道：「那柯穎思又是好東西了？也忒不知自愛，不顧廉恥！」又道：「這件事咱們心裡有數，面上可萬萬別露出來。」怡人忙點頭應了，二人便朝楊母的正院去看珍哥兒了。

且說楊昊之將柯穎思打發了之後，心裡頭卻難以平靜，他雖對柯穎思生了戒心，也比往日疏離了幾分，但到底對柯穎思仍有情分；且柯穎思生得豔光照人，楊昊之自是捨不得佳人，心道：「春芹是太太身邊有頭臉的丫鬟，若是看出端倪，跟太太說了什麼，未免壞了我跟思妹的好事。」又想到春芹是他的新歡，此番被柯穎思打了，他也需憐香惜玉一番，方不至於冷了人家的心。便從箱中取出四塊銀子、兩對銀鐲子、四匹宮緞，將東西分成兩份，一份交給掃墨，讓他悄悄給柯穎思送去，另一份自己親自拿去送了春芹。

春芹臉頰還腫著，見了楊昊之自是眼淚汪汪的，又怕又怒，但看楊昊之和顏悅色的軟語安慰，便抱怨道：「柯家的二小姐，將咱們楊府當成什麼了？我是太太的人，還有些體面的，她又不是大爺娶進門的奶奶，憑什麼上來打我、罵我？」

楊昊之聽了臉上一僵，好言勸了兩句，又叮囑她萬不可將事情告人。春芹自有幾分聰明，心中一沈，暗道：「莫不是大爺跟那個潑婦有什麼私情吧？」但也不敢多問，忙收斂了適才的態度，低眉順眼的將楊昊之說的話一一應下。

第十三回　梅小弟賀壽見楊母　楊二姐恃怒訓婉玉

到了楊母的壽辰這一天，楊府中各色齊備，結綵飄飖，香氛馥郁，窗格門戶全掛了彩穗宮燈，煥然一新，自巳時起，來往賀壽之人便絡繹不絕。前方自是熱鬧，後院內眷們也早就準備停當，楊母清晨用了早飯便前往佛堂，帶眾人誦經禮拜佛祖，一時稱頌完畢，又有從慈航庵請來的尼姑接著做法事，為楊母誦唸《藥師經》、《大悲咒》和《阿彌陀佛經》。柳氏、柯穎鸞、楊蕙菊、紫萱、柳家三玉及柯穎思等均在旁相陪。

待做完法事，楊母一時乏了，回房暫歇。眾人有留在楊母身邊的，也有回房說話兒的，不一而足。柯穎思身子到底虛弱，折騰了一個早上已是精神萎靡，便扶著墜兒回了含蘭軒。墜兒命小丫頭子打來熱水給柯穎思洗臉，又幫忙著換衣裳。柯穎思道：「待會兒換穿那件玫瑰紫二色金緞繡的比甲，配白綾裙。」墜兒聽罷忙開箱找了出來。婉玉正掀開簾子走進來，一見便笑道：「思姊姊也回來了。」

柯穎思一邊換衣裳一邊道：「唸佛堂裡煙熏火燎的，染了一身的香火氣，回來換件衣裳。」

婉玉見柯穎思穿得華貴，心思一轉，走上前讚道：「姊姊穿上這衣裳真真兒好看，這一身氣派，便是姑姑也快讓妳比下去了。」

柯穎思暗自得意，心想：「妳哪兒懂得，這上等的料子怕只有宮裡才可得到，好幾十兩銀子才能買上一尺呢，昊哥哥在進貢的絲綢裡私下給我留了一塊，請彩繡坊手藝最好的裁縫製成，穿在身上當然不凡了。」

婉玉道：「思姊姊真像畫上的美人兒似的，可就是戴著的這套點翠頭面不夠稱頭，若是配上赤金的釵環或玉飾，才更襯這套衣裳呢！」

柯穎思對鏡一照，果覺婉玉說得有理，便命墜兒道：「把我的首飾匣子拿過來。」

墜兒將匣子捧來，柯穎思打開來挑挑揀揀，一時拿出一支小鳳釵在頭上比劃一下，一時又取一支赤金五彩蝴蝶簪子，問婉玉是否好看，婉玉樣樣都說不太妥，忽而好似想起什麼道：「思姊姊，我記得妳上次戴的那套金絞絲鑲翡翠燈籠釵環很是精巧，不如就戴那個，配這二色金的褂子剛剛合適。」

柯穎思略一猶豫，今日來往的女眷甚多，萬一被別人識出那釵環是梅蓮英的舊物不免糟糕。婉玉又道：「那樣好看的首飾就要等人多的時候戴出來，否則放在首飾盒裡也只是落灰，沒的白白糟蹋了。」

柯穎思暗道：「那首飾梅蓮英甚少戴，旁人未必知曉，我今日戴一戴也無妨。」想到此處便將金釵和耳環取來一一戴好，對鏡而照，婉玉又是一陣稱讚。柯穎思心情甚佳，站起身與婉玉攜手攬腕，說笑著往楊母院中去了。

女眷們這廂湊在一處聽戲說笑，前院裡楊崢並楊家三兄弟則忙著招待賓客。楊崢雖為一介商賈，但到底有皇商的身分，家財萬貫又在戶部頂著虛職，故而來賀壽之人均是當地有些頭臉的人物。楊府管家楊順守在府門口，一邊收賀禮一邊命小廝等引著賓客入內。

楊順正滿面堆笑送往迎來，忽見不遠處來了一騎馬的少年公子，身穿冷藍鑲緄綢衣，腰束同色蝴蝶嵌寶腰帶，頭戴青玉冠，騎一匹高頭大馬，面如冠玉，神采飛揚，身姿甚是飄逸。他身邊的小廝騎一小馬，亦是衣著光鮮，顯不是尋常富貴人家子弟。楊順一見登時一怔，臉上的笑更堆到了十分，忙不迭的跑下臺階，親自牽住轡繩，殷勤道：「梅二爺您來啦！快、快請裡頭歇著，我們老太太經常念叨您家太太，想您想得緊，知道您來了必然歡喜透了！」

此人正是梅家二公子梅書達，他身旁小廝先一步下馬，將手中的禮盒遞給楊府迎客的下人，又把禮單交給楊順，接過楊順手中的轡繩，神情倨傲，將楊順擠到一旁去了。梅書達瞪了那小廝一眼，楊順毫不在意，賠笑道：「梅二爺身邊帶的人兒個個辦事俐落，可見二爺素是個會調教栽培的。」

梅書達翻身下馬道：「楊管家，你的嘴倒是越發甜了。」說完逕自往裡頭走，左右忙簇擁上三、四個小廝，殷勤伺候，引路開道，又有機靈的跑去主人處回稟。梅書達並不去前院，反而往內院去，待進了二門，小廝們退下，立刻又擁上來七、八個婆子，請梅書達上轎，梅書達擺手道：「走路便可。」隨手把馬鞭遞給貼身小廝，輕車熟路的往楊母院中走去。待到了廳前，早有守著的丫鬟先一步進去稟報，梅書達還未進門，便聽楊母在裡頭道：「達哥兒來了，快些讓他進來！」

梅書達進屋一看，只見屋正中的羅漢床上設大紅彩繡雲龍捧壽的靠背引枕，上搭湘妃涼蓆，楊母正歪在床上，左右各坐著兩個來賀壽的妯娌親戚。旁邊各設七、八張戧金彩漆的椅子，一色的洋紅撒花椅搭，兩椅之間均有梅花几子，上置茶湯閒食、蒸酥蜜煎。椅上坐了柳氏一輩的年長女眷，地上又設一列小矮凳，坐著原先伺候楊母、有些頭臉的老嬤嬤們。鄭姨娘和柯穎鸞站在一旁伺候。

梅書達一入內，老嬤嬤們均站了起來，梅書達施禮道：「見過老壽星，祝老壽星福如東海，壽比南山。」

楊母早就起身招喚梅書達上前，讓他坐在羅漢床上，捏著他的手道：「好孩子，你來了便好，親家的身體可好？我前幾日讓媳婦兒去探望她，聽說好些了。」

梅書達道：「讓老太太惦記了。家母已好許多了，但大夫叮囑仍需靜養，故而今日不能來，還請見諒。」

楊母臉兒上早已笑開了花，忙說不妨事，又讚道：「達哥兒比先前又長高了不少，看著越發俊了。」說完扭頭對碧桃道：「前幾天倭國的貨船送來些稀奇玩意兒，其中有把武士刀，刀鞘上嵌著寶石的，我掛在房裡頭辟邪，取來給達哥兒吧。」

柳氏笑道：「我記得庫裡還有一棵高麗國來的人參，一會兒也讓達哥兒帶走，回去做藥引子，或是燉湯滋補都再好不過。」

梅書達連連稱謝。常言道「丈母娘看女婿，越看越歡喜」，柳氏眼見梅書達生得一表人才，又想到梅家的權勢，自覺女兒攀上了一門絕佳的親事，笑得越發得意，看梅書達更親近疼惜幾分，命人端了幾樣梅書達愛吃的糕點，又不住噓寒問暖。

鄭姨娘看在眼裡，暗中不平道：「這還只是個未來的女婿，老太太就這般千寵萬愛的，好像要當尊菩薩供起來。我們晟哥兒還是她的親孫子，平日裡冷了、熱了她可曾過問幾句？別說是倭國的寶刀、高麗的參，就是平日裡想給晟哥兒燉點寧神補氣的湯水，廚房裡也總是陰陽怪氣的。」想著又氣得臉兒通紅，藉故到茶房裡吃些丹藥順氣。

這梅書達一來便將鋒頭盡數搶去，柯瑞之母馮氏見此景，心中不免也酸溜溜的，便端起杯子喝了一口茶，暗道：「這梅書達不過托生得好，恰好生在梅家罷了！論學識、論人品、論長相哪一點強過我們瑞哥兒？原我就覺著楊家一家子都是山雞，唯有菊丫頭是個鳳凰，想給瑞哥兒說和，誰知道楊家倒是攀附上了權貴了，嘖，我們鸞姐兒嫁給楊家的窩囊廢也是受屈！」她心中雖這樣計較，但面上仍笑得滿面春風，與眾人一道誇讚奉承梅書達。

梅書達來楊府賀壽不過應個禮數，心裡頭則想著用了午飯便回家去。他是梅家的么子，出生之年梅海泉連升兩級，家運興旺，故而被其父母視為福星，甚得寵愛。梅海泉對長子、長女要求嚴格，但對小兒子卻有幾分溺愛，見梅書達課業色色做得周全，便也不願拘著他的性子。梅書達本性跳脫，鬥雞走狗，賞花閱柳一樣都未曾落下，亦有些紈袴習氣，卻又與楊昊之有所不同。楊昊之為富貴人家養出的紈袴公子哥兒，鎮日裡吟風弄月，精於玩樂；梅書達卻看似一團和氣，但內裡囂張跋扈，透著一股殺伐決斷之意，與權貴官員交好，凡出門在外，身邊必有一眾官宦子弟做跟班，吆五喝六，極有聲勢。

梅書達與楊母等寒暄一陣，一時間內院裡又來了旁人給楊母賀壽，梅書達便道：「老太太，珍哥兒在哪兒？我有些時日沒見他了，怪想念的。」

楊母道：「他在暖閣裡玩呢，你去吧。」梅書達聽罷便從廳堂回轉過來進了暖閣。入內一瞧，珍哥兒正坐在床上跟兩個小姐打扮的女孩兒玩在一處。這兩人他均看著眼生，再細一打量，那左邊坐著的少女秀色照人，容貌絕美，身穿荔枝紅纏枝葡萄紋比甲，下穿淺紅色裙子，頭綰桃花髻。右側少女英氣俏麗，穿海棠紅折枝梅刺繡比甲，釵環晶亮，襯得人更精神幾分。這二人正是婉玉和紫萱，一見有個男子進屋均是一愣，忙都站了起來。珍哥兒一見梅書達不由眉開眼笑，張著雙臂叫道：「舅舅抱我！舅舅抱我！」

婉玉乍見親人，心中如掀起驚濤駭浪，幾乎站立不穩，恍惚間感覺袖子被人一拽，偏過頭看去，原是紫萱要拉著她迴避到屏風後面。婉玉定了定心神，對紫萱道：「他是梅家的二爺，是家中的親戚，倒不用迴避的。」說完上前行禮，紫萱見狀也上前施禮，梅書達連忙還禮，互相報了姓名。

梅書達暗道：「原來是柳家的，素聞柳家幾個女兒都是美人，但只見過婧玉和妍玉，沒想到這庶出的小女兒倒比她姊姊長得更出挑。」他一邊想一邊將珍哥兒抱在懷裡，問他這幾日過得可好、可曾聽話，又認了什麼字。珍哥兒一一的答了，梅書達見小外甥天真可愛，又想起亡姊素與自己感情親厚，不由悲上心頭，紅了眼眶，把荷包裡的金銀錁子、玉珮、各樣小玩意兒全部倒出，塞到珍哥兒的小胖手中，道：「這些是舅舅給你的，拿去買自己喜歡的好吃、好玩的。」

婉玉見到梅書達手中的荷包不由一愣，而後上前把東西拾起來道：「珍哥兒才豆丁點大，哪能自己花錢，這些東西給他，他也不知道輕重，只平白糟蹋了；何況這金錁子小小一個，萬一他塞進嘴裡吃下去，那就出大事了。等會兒把這東西交給老嬤嬤們，讓她們幫珍哥兒收著便是了。」說著用帕子把東西裹了起來，喚來伺候珍哥兒的老嬤嬤收著，又摸了摸珍哥兒的頭道：「你還不快謝謝舅舅。」珍哥兒歪進婉玉懷中，軟著嗓子對梅書達道：「謝謝舅舅。」紫萱卻在旁笑道：「我看妳快成珍哥兒的老媽子了。」

梅書達不由目瞪口呆，只覺柳家的五姑娘舉手投足、一笑一顰均有說不出的熟悉之感，若非容貌不符，他幾乎便要錯認婉玉是他死去的姊姊了。過了半晌，他才吶吶道：「幸虧妳提醒我，是我考慮不周全了。」他看著婉玉與珍哥兒親厚，好似看到梅蓮英抱著珍哥兒一般，心中百般滋味，不由自主的又看了婉玉幾眼。

婉玉暗想道：「小弟就在眼前，若是錯過此時，恐怕便再無機會與家人相認。但借屍還魂之事未免太過匪夷所思，若是他不信，又或把我當成什麼鬼怪妖魔，這可就糟了。」隨即想起孫氏給她安排的婚事，又看看懷裡的珍哥兒，暗中一咬牙道：「無論成或不成，總是要搏一回。我須想個法子，讓他能與我單獨相處一回，將事情源源本本的告訴給他。」

此時一個丫鬟走進來道：「前頭戲班子已準備停當，菊姑娘、姝姑娘已經去了，老太太要我請梅二爺和兩位姑娘也過去。」

梅書達一把將珍哥兒舉起，笑道：「走，一起去看戲。」說著往外走去。

一行人到了楊母院外，只見楊晟之早已帶了一幫女戲子等在戲臺子底下。楊母先坐了，眾人才方落坐，梅書達原想與柯瑞等人同坐一桌，卻聽柳氏道：「達哥兒，咱們娘兒倆坐一處吧。」梅書達只得坐了下來。

楊晟之見楊母坐了，忙呈上戲目，楊母點了一齣【蟠桃會】，又讓同輩的妯娌親眷點，眾人推辭一番，點了一齣【大拜壽】。輪到柳氏，柳氏卻不點，讓與梅書達，梅書達知楊母素愛討口彩，點了一齣【富貴長春】，楊母果然歡喜。

臺上咿咿呀呀唱得熱鬧，梅書達卻是心不在焉，時而朝婉玉處瞥上一眼。婉玉抱著珍哥兒與紫萱、楊蕙菊、姝玉、妍玉、柯穎思等人坐在一處，妍玉見梅書達頻頻朝這邊望來，不由抿嘴一樂，偷偷拽楊蕙菊的袖子，用扇子遮著，指了指梅書達，附耳道：「妳的姑爺直往這裡瞧呢，是不是等會兒找個清幽的地方，你二人聚上一聚，好好兒的互訴衷腸？」

楊蕙菊微一抬頭，果看見梅書達往這邊看，心中一喜，臉兒卻紅了，捶了妍玉一下道：「呸！沒臉的小蹄子，淨會編排人，待會兒逕去找妳的瑞哥哥，別在我眼前晃蕩。」

婉玉見狀也朝梅書達看去，二人的目光一撞，婉玉立刻對他使了個眼色。梅書達微一怔，只見婉玉抱著珍哥兒站了起來，走到柳氏跟前道：「姑媽，珍哥兒年紀小，外頭又熱，不能多待，我把他送回老太太屋裡，讓丫鬟們看著他玩吧。」

柳氏見珍哥兒玩了半日果然有些乏了，遂和顏悅色道：「妳去吧。」婉玉點點頭，經過梅書達身畔，輕輕一拉他袖子，梅書達微一側面，又見婉玉跟他使了個眼色。梅書達心中奇道：「這柳婉玉要做什麼？」不免好奇，待婉玉走遠了，便輕咳一聲道：「我先出去一下，等一下便回來。」說完起身便走。柳氏忙吩咐旁邊丫鬟道：「過去伺候著。」梅書達擺手道：「不必了。」說完便一溜煙的跑了出來。

梅書達逕自進了楊母房，見婉玉安置了珍哥兒後往後門走，便悄悄的跟上前，直走到一處山坳當中的石洞，婉玉方停了下來，梅書達見左右無人也跟了進去。二人內，滿心的疑惑還未說出口，便看見婉玉含著淚道：「小弟，我是你的姊姊蓮英……爹爹好嗎？娘親的病好些了沒有……」說著，淚水如滾瓜似的掉落。

梅書達登時便呆住了，挑起眉頭，將婉玉從上到下打量幾遍，不可置信道：「妳是我姊姊蓮英？」婉玉含淚點了點頭，道：「你身上戴的荷包就是我給你繡的，因你今年要應試秋闈，為圖吉利，我還在荷包裡頭繡了『前程似錦』四個字。」看著梅書達驚愕的神色，頓了頓又道：「或許你不信我，但我說一件事，你保准就信了……我原先不是瘸子，小時候剛會走路的那陣子，爹的愛妾懷了身孕便想除掉哥哥，趁人不備把花架子推倒了，哥哥雖拽了我一把，可花架子倒下來還是砸到我的腿，從此便不良於行。爹查明真相，動了雷霆之怒，將小妾落了胎遠遠賣掉，更立下規矩，凡梅家男丁，除非妻子不能生養，且過三十歲方可納妾。因此事是家醜，對外人言便說是我天生腿殘罷了。這樁事情一直是個極大的隱秘，只有咱們家人並兩、三個梅府的老奴知道而已。」

梅書達聽罷只覺心神激盪，似有一腔熱血直衝上頭頂。婉玉所言分毫不差，正是梅府中一樁陳年秘事，他亦是去年與楊家說親之後，梅海泉將他叫入書房訓話方才得知此事。梅書達再想起自己與婉玉素不相識，而見第一面婉玉便曉得自己是梅家的二爺，甚至知曉荷包中所繡字樣，且一舉一動、神態語氣與梅蓮英別無二致，由此推斷，面前之人竟可能真的是梅蓮英了?!梅書達只覺驚駭荒謬，仍將信將疑道：「若妳真是我姊姊，怎麼成了這副模樣？莫非妳是鬼，附身到柳家五姑娘身上了？」

婉玉哽咽道：「說來話長，我……我其實是被奸夫淫婦所害，險些與你們陰陽兩隔……」便將自己如何被推下荷塘、而後借屍還魂的事情說了，又粗略講了這些時日的見聞，最後道：「你若不信，可去看柯穎思頭上戴的燈籠金釵，那釵環原本是我及笄時娘親送的首飾，我死後，楊昊之將釵環送了那淫婦。釵裡嵌的玉上有一古篆體的『梅』字，是爹爹親手所書，而後讓匠人們雕琢上去的，你一看便能分辨出來。」

梅書達聽得怒髮衝冠，額上青筋直冒，一拳搗在洞內石桌上，心中狠狠道：「我就說楊昊之那王八蛋不是什麼好東西！若這人真是我姊姊借屍還魂回來的，那對奸夫淫婦便是死一萬次也不足惜！」口中對婉玉道：「我這就回去跟爹講明實情，等他查明真相，若是妳所言不虛，那對賤人咱們慢慢收拾便是！」想想又不解恨，發狠道：「不光那對賤人，我看連柯家、楊家也要一併封了！竟敢欺負到咱們頭上，真真兒是吃了熊心豹子膽！」

婉玉道：「我已想好一個絕佳的計策，可證明我不曾騙你一字一句。」低聲將自己日思夜想謀劃出的計策娓娓道來。梅書達本就有些唯恐天下不亂的頑童性子，聽罷頓覺驚險有趣，道：「妙極了！有些事情妳不便做的，我幫妳便是。」而後又與婉玉商議了幾句，方才從洞中出來往前頭去了。

梅書達並未回內院看戲，略一沈吟，暗道：「借屍還魂這檔子事只在戲文中見過，未免太荒誕不經了，可她看著確實像我的姊姊……此事不可貿然，我還須親自驗明方可行動。」想著便在心中拿捏了一番，轉到招待男賓的外院，只見前頭亦搭了戲臺，絲竹鐃鈸之聲鏗鏘不絕，臺上群魔亂舞，熱鬧非常。梅書達先見過了楊崢，寒暄一番，放眼一看，只見楊昊之正跟幾個賓客喝茶，便走上前拱手笑道：「姊夫，我還在四處尋你，原來你在此處。」

楊昊之忙站起來道：「小舅子來了，快請坐。」說完命人給梅書達端茶。

梅書達連說不必，親熱的攬著楊昊之的肩膀，將他帶到一處角落，笑道：「此處清靜，咱們兄弟敘敘舊。不知姊夫這段時日過得如何？姊姊過去那陣子，姊夫大病了一場，家母一直惦記著。如今我瞧著，氣色可是好多了。」

楊昊之素來知曉梅書達平日裡的行徑，自是不敢開罪這小霸王，點頭道：「勞煩岳母大人掛心，確是好些了，也有勞你惦記。」又長嘆一聲，惆悵道：「唉，蓮英這一走，真叫人……」

梅書達亦跟著嘆了一聲道：「誰說不是？姊姊捨下咱們可真叫人難以接受了。」說完故作神秘，將手搭在楊昊之肩膀上，俯下頭低聲道：「姊夫，你說怪不怪，這段日子我跟我娘竟連番夢見姊姊，夢見她在水裡撲騰，還嗚嗚哭著說她是被你和一個淫婦推下河溺死的，要我們給她報仇雪恨！」說到最後一句，梅書達已是咬牙切齒，雙目如電，直向楊昊之瞪來。

楊昊之登時渾身一哆嗦，再聽梅書達語氣森然，目光駭人，唬得魂魄立時飛了一半。手一抖，拿在手裡的青花瓷碗竟「啪」一聲掉落在地，再覷臉面，已慘白無一絲血色，目光驚疑不定道：「這……這……」汗珠子順著額頭便滾了下來。

梅書達一見此景心中雪亮，對婉玉所說之言已信了八、九分，見眾人紛紛向他二人看來，便哈哈一笑，拍拍楊昊之的肩膀道：「我跟姊夫逗著玩呢，姊夫怎麼這般不禁嚇唬。」又看著地上的碎片道：「這叫歲歲平安，剛才那一聲響得甚脆，乃是吉兆也！」

楊府的下人忙上前收拾，梅書達連連拍著楊昊之的肩膀，面上笑嘻嘻的。楊昊之一邊用袖子擦著頭上的汗，口中一邊道：「這玩笑可開不得。蓮英……蓮英確是自己跌落水裡的，她身邊的丫鬟、婆子伺候不周也都盡數懲戒了……若說蓮英是我所害，被推入河裡溺死的，那我便是去找根繩子勒死自己，只怕也難得清白了！」說罷只覺後背發涼，又試探道：

「你……你當真作了這個夢？蓮英……蓮英她……」

梅書達手中捧著茶，臉上笑意盎然道：「我素知姊夫跟姊姊伉儷情深，剛才不過是跟姊夫逗一逗罷了，讓姊夫受驚了，你看我年紀小，便饒了我吧。」楊昊之驚得三魂出竅，心跳如擂鼓，手藏在袖子裡仍微有些抖，久久不能回神。但想起梅蓮英已死無對證，這事一了百了，似乎又無啥可怕之處；又想起梅書達素喜捉弄，跟他搗蛋也不足為奇，便將心神微微的穩了一穩，可心中仍七上八下，便將掃墨喚來，取了一百兩銀子交給他道：「你去附近的寺廟，找和尚給梅氏做法事超度她，務必請法力最精深的高僧誦經，不計較花錢。快去吧！」掃墨見錢銀豐厚，知自己又可昧下一筆橫財，心中暗暗高興，忙不迭的拿了銀子去了。

梅書達又跟旁人說笑了幾句，而後找了個清靜之處，要來文房四寶，唰唰點點寫了一封信，使人將自己的貼身小廝觀棋叫來，把信交給他道：「你回去將這信親手交給我爹，再從家裡把鄭祥帶來，若他不在，便挑個辦事牢靠的練家子，悄悄的前來。」觀棋見梅書達神色嚴肅，知此事緊要，應了一聲便立即領命去了。梅書達裝作無事狀，起身朝內院慢慢溜達回去。

且說婉玉見了梅書達之後，一邊低著頭拭淚一邊往前走，忽見假山後頭出現個人影，抬頭一瞧，卻是楊晟之站在那裡，婉玉一驚，忙用帕子將淚擦了，卻聽楊晟之道：「妹妹怎麼好端端的哭了？」

婉玉強笑道：「剛才有小蟲飛進眼睛揉的，不妨事。」又輕咳一聲道：「晟哥哥怎麼不去看戲，跑到這裡來做什麼？」

楊晟之垂下眼皮道：「我是過來尋妳的……我聽竹風回報，說孫志浩已到了，要在府裡頭用了午飯方才回去。」

婉玉道：「有勞你了……在他離府之前，能不能讓我私下與他見上一見？」

楊晟之想了片刻道：「今日府裡頭人多事雜，想來也不會有人注意。回頭我尋個地方悄悄引你們見一見便是了。」又皺起眉頭道：「妳見他一面管什麼用？那渾貨怎可能乖乖聽勸？」

婉玉道：「我自有法子讓他回心轉意。」暗想：「晟哥兒此番幫我亦是冒了險，原先我在楊家對他並未多有照顧，如今反倒他三番五次的幫我大忙，可見他心性敦厚了。」心中不由多添了三分感激，深深福了一福道：「晟哥哥，我欠你一個大人情，若是今後你有什麼事，用得上我相幫的，我定然義不容辭。」

楊晟之含笑道：「妹妹這麼說便是生分了。」而後忽又想起什麼，從袖中取出一塊帕子，遞上前道：「妹妹看看，這是不是妳的東西？」

婉玉接過來一瞧，正是自己先前在書堂裡掉了的那塊繡有胭脂梅的帕子，不禁奇道：「這帕子早就遺失，我原以為再找不到了，難道是晟哥哥撿去了？」

楊晟之道：「倒不是我，是瑞兄弟撿去了。那天我去找瑞兄弟借書，走到他屋門前便聽見他跟妍妹妹鬧彆扭，妍妹妹說他私揣了妳的帕子，定有不才之事。瑞兄弟分辯說是撿到的；我剛想走開的當兒，便看見有塊帕子從窗戶裡扔出來，瑞兄弟要出來撿，妍妹妹又不讓，我見了便悄悄的撿來物歸原主了。」

婉玉恍然大悟，笑道：「真是謝謝你了，看來我又欠你一次人情。這帕子確是我遺失的，但若傳揚出去，只怕是以訛傳訛，越發難聽起來了。我回去便將這帕子燒了，一了百了，也落得乾淨。」

楊晟之亦點了點頭，四目相對，二人均是一笑。正此時，忽聽背後有人道：「我說怎麼到處都找不到三哥哥的影兒，原來是在這裡躲清閒！老太太剛才還喚你，說你辛苦了，要好好賞你，你卻不在，跑到這麼幽靜的地方做什麼？」

婉玉和楊晟之齊齊側過頭去，只見楊蕙菊搖著扇子走上前來，背後還跟著姝玉和紫萱。姝玉瞧瞧婉玉，又看看楊晟之，頃刻間雙目中竟淚光點點，頗有幽怨之意。婉玉暗自頭疼，又見楊蕙菊挑了眉毛道：「原來婉妹妹也在，你們倆躲在這兒說什麼悄悄話呢？」

近些時日楊蕙菊和姝玉均發覺楊晟之跟婉玉走得近了，而楊晟之卻益發遠著姝玉，姝玉難過，難免日日都哭上一場。楊蕙菊原本心中便看不起婉玉，與她交往不過面子上往來而已。楊蕙菊從小便按名門閨秀方式教養，琴棋書畫暫且不論，更以紡績井臼為要，熟知《女四書》、《列女傳》、《賢媛集》，更親手抄寫《女誡》以做省身之用。她見婉玉霸道粗俗，心中便多有不喜，又聽聞她竟為了柯瑞投湖，這更犯了女子的大忌，對婉玉便更加瞧不上了。

楊蕙菊看姝玉哭得傷心便好言勸慰，又冷笑道：「我原看婉玉那小丫頭是個庶出又不受待見的，心裡頭才可憐她，每每都比待旁人多對她好上幾分，誰想到竟是個狐媚魘道的。怪道『龍生龍，鳳生鳳，老鼠的兒子會打洞』，她娘便是個靠臉蛋勾引爺兒們的下賤戲子，生出的閨女能有幾分品格？三哥哥也是個糊塗人，竟放著珍珠不要，反倒拿個魚眼珠子當寶！」故而菊、姝二人便在心中記恨上了婉玉，今日又偏巧看見這一樁事，楊蕙菊一心想為姝玉出頭，便走上前來。

楊晟之臉上斂了笑意，淡淡道：「我跟婉妹恰好碰見便說幾句話罷了。」又見姝玉美目含淚，朝他看了一眼，心下嘆了一口氣。

婉玉道：「我抱珍哥兒回去睡覺，回來時才碰見晟哥哥，哪兒是說什麼悄悄話。」

楊蕙菊用扇子掩著口笑道：「回老太太的院子直接走抄手遊廊便是了，妹妹好雅興，還特地繞圈子來了此處，竟還跟三哥哥偶遇上了。」

婉玉裝作聽不懂楊蕙菊話中有話，道：「剛才唱【蟠桃會】，雁雲班的小蘭雲身段真是絕了，咱們回去接著看戲吧。」

楊晟之點了點頭，抬腿便要走，只聽楊蕙菊道：「先等一等！」說完便走到婉玉跟前，這一次眉目間已帶了怒色，道：「我看姝姊姊是個嚴守禮制的大家閨秀，便知道柳家的家教也是極嚴的，倒是婉妹妹，私自跑出來在園子裡幽靜之所跟男子相見，若傳揚出去，連帶著我們楊家也跟著沒臉，柳府裡就是這麼教妳規矩的？」

婉玉還未開口，便聽楊晟之淡淡道：「柳家怎麼教規矩跟妳又有什麼干係？倒是妹妹於理不該，婉妹妹是咱們府上的客人，又是親戚，不過跟我偶然在園子裡碰見，說了兩、三句話，行得端、坐得正，妳怎麼質問起她來了？這話說出去，反倒顯得是咱們楊家沒有規矩了！」

楊蕙菊素沒想到平日裡悶葫蘆般的三哥竟會開口維護柳家的五丫頭，且句句得理，直接給她沒臉。姝玉聽了心裡越發難過，將身子半轉了過去。婉玉見狀忙打圓場道：「就這麼丁點兒小事，菊姊姊也是為我好，這事是我不該，咱們回去看戲吧，出來久了，老太太也要使人出來問了。」

楊蕙菊聽婉玉如此說，便看了楊晟之一眼，含著絲冷笑對婉玉道：「婉妹妹，莫怪我多說了幾句，妳既在我們楊家，便要顧及我們楊家的身分體面才是。最初瑞哥兒那檔子事就先不提了，可前幾日每每有流言蜚語說妳跟我大哥存了些曖昧，我大哥如今是個鰥夫，妳又是個雲英未嫁的姑娘，這傳揚出去兩邊都是沒臉；如今妳又跟我三哥孤男寡女的在這園子裡頭說話，這幸虧是讓我們看見，若是讓旁人瞧見了又不知要有多少流言。我們女孩兒家，還是要正正經經的，免得壞了規矩，也偏了性情，讓人家笑話了去！」

婉玉原就覺得楊蕙菊是個小孩子，自不肯跟她一般見識，唯有點著頭應了。楊晟之卻頗覺刺耳，剛欲開口，便聽紫萱道：「喲！怎麼鬧笑話的？婉妹妹跟昊哥哥見面，我每次都在旁邊呢，若要這麼說，豈不是連我也給你們楊家抹黑沒臉了？哼，你們楊家又有什麼了不起？不過是比尋常人家多幾個錢罷了，柳家可是正經的官宦人家，還是出了一位娘娘的！」紫萱素來心直口快，且這些日子與婉玉相處融洽，已有了幾分親近之情，聽楊蕙菊咄咄逼人，自然站出來替婉玉說話。

婉玉拽了紫萱一把，對眾人道：「我和萱姊姊先回去了。」

楊蕙菊聽了紫萱的話怒意更盛，道：「我們楊家再不濟事也知道什麼叫規矩，什麼叫禮制！素沒有過在閨閣裡的女孩兒不知廉恥，跟男人傳出不才之事來！」說著又對婉玉冷笑道：「婉玉，我勸妳也收斂幾分吧！姝姊姊和妍妹妹都還未嫁人呢，妳若壞了柳家的名聲，叫妳的姊姊們如何自處？」

楊晟之聽她說得越來越不像樣，緊鎖了眉頭道：「今兒個老太太的壽辰，妳在這兒對親戚無禮，是存心找不痛快嗎？婉妹好涵養，不跟妳計較，妳卻拿捏起來，還扯出什麼『廉恥』來了！如是讓人聽見妳適才說的那番話，這才丟楊家的臉面！還不快些給婉妹妹和萱妹妹陪個不是。」

楊蕙菊心高氣傲，又一心想給姝玉出頭，怎可能服軟，冷冷道：「三哥哥若是存心偏袒她便直說好了，何必拿老太太壓我？我看待老太太壽辰過了，也趁早都斷絕了避嫌，免得帶壞了楊家的門風！」

楊蕙菊話音剛落，便聽有人冷笑道：「什麼門風不門風？廉恥不廉恥？我素沒聽過有大家小姐是這般說話的，也素沒見過大家小姐有這樣高的氣焰的，真是好威風！我娘真是好糊塗，當日沒看清人，便給我說了這樣一門親事！」說著梅書達從假山後轉了出來。

楊蕙菊一見登時便呆住了，身上的氣勢立刻斂了一半。梅書達扭過頭對婉玉和顏悅色道：「太陽毒辣，別在外頭站太久了，回去看戲吧。」說完看了楊蕙菊一眼，便率先轉身背著手去了。

楊蕙菊心往下一沈，梅書達臨走看她那一眼，目光中竟然全是憎惡！她只覺滿腹委屈，心中叫道：「達哥兒！我這般做盡是為了楊家的體面和前途，你怎能不分青紅皂白，不問前因後果！」她看著梅書達的背影只覺得眼前都一片黑了。

第十四回　柳婉玉巧施連環計　楊晟之掩藏真情形

話說婉玉和紫萱回去看戲，轉回到楊母處一瞧，只見孫氏已經到了，跟妍玉一起坐在楊母身邊說話湊趣，見梅書達來了，忙對柳氏道：「剛才達哥兒走過來，我一時沒看清，還當是哪個官爺。果然是官宦人家出身的公子，站出來就帶著三分官氣呢。」妍玉道：「我看達哥哥這通身的氣派，怕是尋常的官老爺都及不上。」母女倆一唱一和，一番話說得楊母和柳氏均是渾身舒坦，柳氏又對梅書達殷勤問候，梅書達不過垂著眼皮淡淡應著，妍玉心中不悅道：「梅家的兒子也太過無禮囂張了吧！我跟他小時候也常一起玩的，說起來也有些姻親情分，多跟他客氣幾句，他反倒端起架子來了，真真兒惹人厭！」剛欲開口說上幾句，卻見孫氏一捏她胳膊，瞪了她一眼，妍玉方才不情不願的把嘴閉上了。

孫氏暗嘆一聲，妍玉雖有個八面玲瓏的性子，但心胸和眼皮子還是淺了些。梅家早已今非昔比了，今早她要出門時，柳壽峰還特別的叮囑她，見到梅書達萬萬要多說幾句好話，又惋惜梅家早已跟楊家訂了親了。孫氏原不以為然，但適才見梅書達神采奕奕，雖不及柯瑞容貌俊秀，但一派威風卻遠非柯瑞渾身脂粉氣可比，心中也不免惋嘆起來，再瞧柳氏心裡也添了幾分嫉妒之情。

待到午時，楊母便率眾人回正院用飯，入了廳堂，方看見楊蕙菊和姝玉姍姍的來了，兩個人均紅腫著雙目，但臉上的脂粉還是敷得好好的，一見便知是梳洗過了。孫氏招手讓楊蕙菊過來，握著她的手上下打量了幾眼，又對楊母笑道：「菊丫頭這般品格可把我們家的幾個姑娘都比下去了，真真兒的討人喜歡。」

楊母笑道：「妳別誇她。你們柳家那三個玉，我看著個個都好，都是帶福氣的，將來準錯不了的，比菊丫頭還強些。」

孫氏道：「菊丫頭跟達哥兒真是天造地設的一對兒，真好像金童玉女似的。」

梅書達聽此言抬頭看著孫氏微微一笑，楊蕙菊見他笑得譏誚，恐梅書達將適才的事講出來，當眾給楊家沒臉，慌忙轉過身快步走開了。柯穎鸞笑道：「大姑娘害羞了，咱們就莫要再打趣她了。」眾人聽了均笑了起來。

楊晟之站在廊外，從窗櫺看看笑得愜意的楊母和柳氏，又看看低著頭喝茶的梅書達，心裡默默嘆了一口氣。正此時，只覺袖子被人一扯，扭頭一瞧，只見怡人站在他身邊，手中端著碗酸梅湯，笑道：「我家姑娘說，天氣太熱，讓我端碗解暑的湯來。我剛聽小廚房的劉婆子說，今日的冰塊怕是不夠了，所以這冰鎮的酸梅湯也只做了一小鍋，每人輪到手上只有一碗。我家姑娘把她自己那碗給三爺端過來，說謝謝三爺。」

楊晟之忙接了過來，抬頭一看，只見婉玉遠站在屋裡，隔著窗櫺對他微微一點頭。楊晟之心旌搖曳，將酸梅湯一飲而盡，把碗遞過去道：「好喝，多謝妳家姑娘了。」怡人笑了笑，收了碗便轉身走了。

一時之間下人傳了飯來，眾人用飯完畢，又以香茶漱口，而後團團圍坐在一處說笑。丫鬟們擺好桌椅，楊母便和柳氏、孫氏、馮氏一同打牌取樂。直至申時，怡人悄悄進屋在婉玉耳邊道：「三爺說已經準備妥了，孫志浩候在外院通內院的小屋裡。」

婉玉聽罷起身走了出去，揀著僻靜無人的小路，行至小屋跟前，只見楊晟之正在門口守著，見婉玉忙迎上前低聲道：「那畜生就在屋裡，妳去吧，我就在門口守著。」

婉玉微一點頭，閃身便進了屋子。只見孫志浩正坐在椅子上，面上猶帶了幾分懼色，顯是先前剛被楊晟之教訓過，故而一見婉玉立刻站了起來，期期艾艾道：「妹……婉姑娘好……」

婉玉哼一聲坐下來，冷若冰霜道：「孫志浩，你平日裡的為人我清楚得很，如今你竟打歪主意打到我身上來了，真是好大膽子！」

孫志浩忙道：「我可不敢打什麼歪主意，我對妹妹是真心的！況且妳還不知道吧？姑媽已經許了咱們的親事了，咱們……」

孫志浩還未說完，婉玉便一瞪雙目道：「住口！」又連連冷笑道：「男人全是貪圖美色的混帳東西，說什麼真心實意，我看你不過是哄我罷了。」

孫志浩指天誓地的說道：「我今日說過的話，若是有半句虛言，便叫我不得好死！」又打起千百種溫柔小心翼翼賠不是，說了好多衷腸的話兒，道：「我自前些時日見了妳，便吃不下也睡不香。若有了妳，天下的女子我還都看得像糞土一般……好妹妹，我對妳真心實意，比真金還真！」

婉玉聽了此話怒容稍霽，道：「你既然這般說，我便要試你一試，眼下我有個東西求你帶出府去，不知你能不能辦得妥。」

孫志浩點頭如小雞啄米一般道：「別說一個東西，就是十個、一百個、一千個，只要是妹妹開口求我，就算是上刀山下火海，我眉頭也不會皺上一皺。」

婉玉不耐煩道：「先別忙著表忠心，這樁事情便是我身邊的心腹丫鬟都不能知曉，我是將她支開了，才能到這兒來見你的。眼下不是說話的地方，你等到一更時分便去楊府西邊二門外頭的那個小院子，我已安排好了，裡面沒人，你進右邊的小屋子等我。可別點蠟燭，若讓人撞見可就不好了。」

孫志浩聽罷不由有些遲疑道：「在楊府的院子？」

婉玉道：「我使了小屋裡的老嬤嬤回柳家幫我取東西，所以裡頭一個人都沒有。到時候我便去把東西交給你，再細細告訴你該帶給誰。你若不信便不去好了，橫豎你一個大男人，我是個姑娘，跟你獨處一室，傳揚出去也是我的名聲不好，跟你又有什麼相干的？你擔心個什麼？這件事情你若辦得妥了……」婉玉說到此處聲音略柔了一些，道：「咱們的親事倒還好說……」

孫志浩一聽登時喜上眉梢，看著婉玉明眸皓齒，不由心馳神往，卻冷不防婉玉忽又將臉拉了下來，面上冷冷道：「不過醜話說在前頭，你若是辦得不好，也休怪我不念任何情面，即便是死了也決計不會讓你稱心如意！」

孫志浩一聽忙不迭的應了，婉玉又將聲音放緩道：「楊家的三公子對我是有些意思的，楊家雖富貴，可他不過是個庶子，論身分、論前程都沒有你遠大，我還是更看重你多些，這才給你個將功折罪的機會，你可別平白的丟了。這樁事情也莫要跟楊家三爺說。無論他對你說過什麼、做過什麼，你一律不理睬便是了。」

孫志浩聽了心裡又信了幾分，保證了千萬回一定要去，將婉玉殷勤的送了出來。楊晟之正守在門口，見婉玉無事方才放心，剛想問婉玉幾句，偏巧前方打發人來喚他到前頭陪梅書達等人喝酒，故而只得抽身往前院去了。

且說婉玉回了楊母房中，此時楊母等人仍坐一處打牌；梅書達和柯瑞已到前方男賓處聽戲去了；姝玉、妍玉和楊蕙菊坐在一處說話，見到婉玉面上均露出不屑之色。婉玉知她們三人定不會講她好話，但也不放在心上，向暖閣內一瞧，見紫萱正和珍哥兒躺在一處睡午覺，柯穎思則坐在床邊上繡花。

婉玉悄悄上前低聲問道：「怎麼不跟前頭姊妹們說笑，孤零零的在這裡做什麼？」

柯穎思道：「不過是累了，懶得說話。」原來柯穎思盛裝出席本想挫挫春芹的氣焰，但柳氏今日身邊卻只帶了冬煙，柯穎思連春芹的影兒都沒瞧見，故而心中微微有些不痛快。她有心在楊母與柳氏面前表現，又見眾人皆讚楊蕙菊和柳家三玉，更將她放到一邊了，於是心裡又添了三分不快，索性找了個清靜地方做針線。

婉玉見了便命怡人亦取了針線來，跟柯穎思一邊做活兒一邊聊天，不知不覺便至酉時，廚房上已開始忙著備晚飯。婉玉拿捏著時辰已差不多了，便湊上前道：「思姊姊，我記得妳原先帶的一個繡了迴雲紋樣式的蓮花荷包，樣子頂好看，能不能取來給我看看？趕明兒個我也做一個。」

柯穎思道：「這個好辦。」遂喚來墜兒回含蘭軒取荷包。不多時墜兒回來，將荷包遞給婉玉，而後輕輕拽了拽柯穎思的袖子，低聲道：「奶奶出來一下，有事兒回稟。」柯穎思便站起來，搖著扇子跟墜兒走到屋外廊下，問道：「什麼事兒？」

墜兒道：「給奶奶道喜了，我剛去取荷包的時候，在奶奶的梳妝匣子裡看見這個。」說著從懷裡取出一個書箋方勝，遞上前去。

柯穎思展開方勝一看，只見上頭寫著「今晚一更一刻，二門小院，不見不散」，落款一個「昊」字，字跡清秀飄逸，與楊昊之平日所書別無二致。柯穎思心頭一敲，緊接著喜上眉梢，又將信箋看了兩遍。

墜兒在來之前便已偷看過信箋上的字了，此刻見柯穎思面露喜色，因笑道：「這方勝就放在梳妝匣子裡頭呢，我打開匣子找荷包方才發現的，幸虧看見得早才未耽誤這樁事。大爺也真是的，定是前頭事情忙，才想了這個法子給奶奶送信。這般鴻雁傳情，倒讓我想起先前的歲月了。」

柯穎思面上含笑，忙理了理頭髮跟衣裳，對墜兒道：「我這妝還好不好？要不要再換身衣裳？」

墜兒道：「這會兒才酉時二刻，便要用晚飯了。等用過飯，再重新洗臉勻妝也不遲。到時候我就說奶奶身上不爽利先回去睡了，奶奶早去早回便是。」柯穎思聽了連連點頭。

且不說柯穎思主僕如何商議，孫志浩卻早已等不及了。前方的賓客大多已散了，未走留到晚上的除卻親戚，便是楊家生意上常往來的商戶。孫志浩厚顏一直待到酉時，天剛一擦黑便偷溜出來，直奔了西邊二門外的小院，入了院子一瞧，果見右側房門並未上鎖，推開門一瞧，只見房中瑤窗繡幕，錦褥華裀，入內彷彿進了另一片天地，與外截然不同，真個兒好似溫柔鄉一般。

孫志浩喜不自勝，忙將房門掩了，牢記婉玉的話，不敢點燈，只在床上枯坐，但心裡頭想入非非，暗道：「適才跟梅家的二公子在一處喝酒，他說的幾句話倒是極有道理，遇見心儀佳人，定要先下手為強，待她成了我的人，還怕她逃得出我的五指山？任她再怎麼拿喬，到時候也只能乖乖聽話！是了，就在今夜，待會兒管她願意還是不願，爺都要硬上了那張強弓，免得夜長夢多！」孫志浩就這般翻來覆去的動著齷齪念頭，一時想起婉玉容顏絕色，身子便酥倒了；一時又想起婉玉嫵媚風流，更是淫念四起。

也不知坐了多久，正在他胡思亂想的當兒，卻聽見門嘎吱一聲開了，一抹窈窕的身影從外閃了進來，進了屋又將門關上。孫志浩隱約看出是個女子，迫不及待的奔上前，一把摟住那女子道：「心肝，好妹妹，想煞我了！」說著便湊上前親嘴，雙手一陣亂摸。

那女子顯是吃了一驚，而後發覺不對，欲張口大叫，拚命掙扎起來。孫志浩聞得滿鼻清香，慾火大熾，哪容得到嘴的鴨子飛了，把那女子按在床上，隨手拽下枕巾便將那女子的嘴巴堵了個嚴實，口中道：「妹妹、好妹妹，妳便成全了我吧！我日後定待妳千好萬好！」說著便去扯那女子的褲子。孫志浩適才便將淫念反覆轉了多遍，此刻正是久旱逢甘霖，卯足了氣力硬上，竟連一點憐香惜玉之心都沒有了，不消片刻，便只聽得身下女子嗚咽不止。

柯穎思一進屋便發覺錯了，登時魂飛魄散，還未回神，口被堵住，再無法出聲，她一個女子怎是個男人的對手，被孫志浩壓在身下又偏偏掙扎不得，忽身上一涼，下身猛一疼，更是痛入肺腑，當下心如死灰，淚順著面頰簌簌滑落。

孫志浩正在興頭上，忽聽身後門「砰」一聲被推開，緊接著燭火點燃，有一個人恭恭敬敬道：「岳父大人，您若身體不適，這裡倒可以歇上一歇，小婿這就去請大夫，待會兒叫幾個小廝將您扶到我的臥房去，比這裡要更乾淨些。」

此時又有一聲音道：「爹，我看你面色不好，八成是因天熱中了暑氣，趕緊到這床上躺一躺吧。」

話音未落，一雙手便撩開了床鋪的幔帳，此人正是梅書達，他手臂暗中使力，一下便將簾子掀到頭頂，隨後便「啊」的大叫一聲道：「不得了了！」眾人往床上一望，均倒抽一口涼氣，那床上一男一女正交纏在一處，孫志浩衣衫半褪，光著兩條腿，身下壓著一袒胸露乳的女子，那女子滿面淚水，雙手綁在床頭，口中塞著一團布，自有一番楚楚可憐之態，白皙的腰腿分外晃人眼目。

孫志浩自聽見門口的動靜便已嚇軟了身子，那床幔一撩，他便看見外頭竟烏壓壓站了一屋子人，不由魂飛魄散，此時又聽梅書達驚愕道：「這、這不是柯家的思姊姊嗎！」孫志浩心裡又是一慌，借著燭火低頭一看，方知自己姦錯了人，更是心亂如麻，慌張間，衣襟猛被人揪起，臉上「啪啪」挨了四、五記大耳刮子，打得他暈頭轉向，只聽楊昊之罵道：「下作的胚子！竟敢在我府上姦淫良家婦女！我打死你這個畜生！」話音未落，楊昊之已一把將孫志浩從床上拽下來，上前狠狠踹了幾腳，將孫志浩踢倒在地，而後猶不解恨，又擼起袖子一陣拳腳交加。

孫志浩知自己理虧，不敢還手，又見人多跑不出去，唯有連連告饒道：「楊大爺饒了我吧！」楊昊之渾然不理，他早將柯穎思視為自己的妻妾，已心心念念的要將嬌娘娶進門來雙宿雙飛，但今日撞見這一幕，如同被人扣了一頂綠汪汪的帽子做了王八，故而惱羞成怒，邊打邊罵，失了常態，恨不得將孫志浩打死方能甘休。

楊晟之在一旁攔道：「大哥休要氣惱，還是聽長輩們發落。」

楊昊之怒道：「老三，你今兒個休攔著我，打死這畜生也落個乾淨！」

楊晟之樂得孫志浩挨打，說兩句不過假意勸阻，上前攔阻也不過裝裝樣子，但面上卻一派焦急慌張，口中勸個不住。楊景之素是個沒主意的，見此情景更不知如何是好，一時拉楊昊之，一時又去拉孫志浩，急得團團轉。

柯穎思見一屋子站的皆是男人，更有一眾下人在場，想到這床幔帳雖放下了，但自己的身子上上下下早已被所有人看了個精光，直覺天塌地陷，想欲尋死，但雙手被綁，渾身無法動彈，只能悲泣不止。

屋中鬧得不可開交，只有梅海泉靜靜站在一旁連連皺眉。梅海泉五十歲上下，身量高瘦，面含威儀，五官雖平庸，但一雙眼目湛湛有神，氣勢極為壓人，與梅蓮英容貌甚為相像。

梅海泉今日下午接到小兒子一封書信，信上說梅蓮英是被人所害而亡，請他一更一刻來楊府看自己捉拿真凶。梅海泉知小兒子雖喜淘氣搗蛋，但行事卻有分寸，萬不會胡鬧，故而晚上便坐著轎子急急的來了，又按梅書達所言，從西邊的二門入內。剛到門口便瞧見楊家三兄弟並梅書達早已在門口候著，待進楊府，梅書達便連連向他打眼色，說他氣色不佳，身體不適，硬要找個地方先歇息，當下便暫借了角門外頭的小屋，誰知一進屋來便將一對男女捉姦在床。他見了此情此景剛欲開口呵斥，袖子卻被梅書達一拉，一愣神的工夫便聽梅書達對一眾僕役喝道：「都看什麼看？你，趕緊將柯府的太太和柳府的太太喚來！你，快些將楊老爺請來！觀棋，快些出去找個大夫過來！還有你們幾個還不快攔住你家大爺，這般打下去非出人命不可！沒眼色的東西，一個個就知道傻站著裝聾！」下人們聽了，唬得如潮水一般退下，請人的請人，送信的送信，拉架的拉架，登時忙成一團。

梅書達呼喝完畢，便退到梅海泉身邊，低聲道：「爹爹，您只須在這裡裝裝樣子管上一管，待會兒我讓人給您端一碗上好的六安茶，等著看戲便是。」

梅海泉看了梅書達一眼，低聲道：「你若胡鬧，給我捅了樓子，回去自有家法伺候！」說罷扭過頭沈聲喝道：「統統給我住手！」梅海泉手握一地重權，宦海沈浮早已養出一身官威，這一喝雖聲音不大，但極具震懾，楊昊之呆了一呆，立時便住了手。梅海泉又道：「還不快將這淫賊拿下！」立刻衝出幾名僕役早將孫志浩按倒在地。

等了片刻，門「砰」一聲被撞開，墜兒跌跌撞撞的奔了進來，馮氏和孫氏各自扶著個丫鬟緊隨其後。墜兒一撩開床幔，登時眼前一黑，哭道：「奶奶！奶奶妳怎的這般命苦哇——」說著嚎啕痛哭。一面哭一面爬上床給柯穎思蓋上薄被，掏出她口中的枕巾，又解開她雙手。柯穎思一旦能動，立時直起身子便要尋死，墜兒嚇得趕緊將她抱住，哭道：「奶奶，妳可萬萬不要想不開啊！」柯穎思邊哭邊尋死覓活，一時間氣促神虛，渾身癱軟，頭一歪便昏了過去。墜兒見了更是放聲痛哭。馮氏已是呆了，慌忙使人往柯府裡頭送信，一想到柯家顏面蕩然無存，亦禁不住大哭起來。孫氏早已嚇得手足冰冷、六神無主，一面使人回去給柳壽峰和自己娘家哥哥送信，一面跟著痛哭落淚。

楊昊之垂頭喪氣，心中又怒又悲又驚。怒的是孫志浩竟在他眼皮子底下姦污自己的情人，他簡直恨不得將孫志浩碎屍萬段；悲的是經此大鬧，柯穎思必名譽受損，再想入楊家與自己廝守簡直難如登天，即便是嫁進來，柯穎思被辱失節，渾身上下已被人看個精光，自己娶這樣的女子豈不是帽子發綠毫無顏面可言了；驚的是不解柯穎思為何突然出現在此處，若是扯出兩人往日姦情，自己便是吃不了兜著走了。一思及此，心裡頭七上八下，越發不是滋味。

梅海泉見屋中一團亂，馮氏和孫氏又進來了，忙率眾人押著孫志浩從屋中出來。梅書達推開隔壁房門道：「爹，此處有間空屋，不如入內等楊家伯父來了再做定奪。」梅海泉點了點頭。楊晟之忙舉著燈籠搶先一步進了房門，親手點燃蠟燭，剛想給梅海泉讓座椅，卻忽見個婆子被封了嘴，五花大綁的扔在地上，登時便是一愣。這人正是王婆，原來梅書達命小廝觀棋回去將長隨鄭祥找來，鄭祥本是個練家子，頗會幾分拳腳功夫，趁著晚飯時分依著梅書達所示到了這小院中，問清了此人是守小院的婆子，便一把扭住王婆胳膊，又在她嘴裡塞上破布，五花大綁扔在屋裡，方才悄悄的走了。

小廝上前將那婆子口中塞的破布取出來，王婆立時嚎哭道：「殺人了！府中進了歹人了！」正鬧得沒開交處，卻聽門口傳來一聲道：「什麼殺人？什麼歹人？快給我拖出去！」話音未落，楊崢便急匆匆的衝進來，一見梅海泉立即拱手抱拳，臉上硬生生擠出一絲笑道：「梅兄，你來了……唉，這……這讓你看了笑話了……」原來楊崢在路上便聽小廝說了此處情形，心裡又羞又怒，見到梅海泉更添了兩分尷尬之意。
梅海泉拱手道：「楊兄客氣，只不過恰好碰見這樁事罷了。」
梅書達見楊崢來了，忙湊上前指著孫志浩煽風點火道：「伯父，正是這淫賊為非作歹，玷污府上清譽，我看應該把他移交官府處置！」
孫志浩本跪在地上，聽要將他送去見官，嚇得渾身如篩糠，大喊道：「冤枉！冤枉啊！我是來見柳家的婉……」後半句話還未說出口，楊晟之便已伸手狠狠在孫志浩臉上打了一拳，口中罵道：「畜生！還敢亂攀咬人！」楊晟之本就高大魁梧，這一拳打得孫志浩滿眼金星，耳中轟鳴，嘴角崩裂，瞬間眼淚便順著臉頰雙雙掉落。孫志浩回過神扯著脖子喊道：「柳家的五姑娘與我在申時三刻見的面，讓我到此處等她！我與她的婚約是柳家的太太點了頭的，我以為是她才……不信的話拿她過來對質！」
楊晟之大聲道：「申時三刻？那時候我正跟婉妹妹在園子裡頭說話，後來她便往老太太房裡去了，怎可能跟你見面？當時前方還打發個小廝來請我去前頭喝酒，不信可以去問上一問的。至於內院，你根本進不去，外院婉妹妹也出不來，你們又如何相見？滿口的胡言亂語！」
梅書達亦跟著冷笑道：「婚約？未曾下文書小聘就算有了婚約，這叫什麼道理！再者說，即便是有了婚約，難不成就可以壞人女孩子清白了？來人吶，快將這畜生的嘴給我堵住，別讓他到處噴糞！」梅書達說完，旁邊立刻有小廝抓了塞王婆嘴的破布將孫志浩的嘴堵了個嚴實。

楊晟之看了梅書達一眼，心中暗奇道：「梅書達怎會如此維護婉妹妹聲譽？」面上不動聲色，轉回頭看著孫志浩冷笑道：「齷齪下流的東西，淫心不死，還敢出言玷污官宦人家小姐清譽！你的事情我清楚得緊，不如現在我便公諸於眾，讓大家也評評道理！」說罷便將最初在柳家撞見孫志浩對婉玉動手調戲，到後來私贈首飾綢緞，又到後來送蘭花被他撞見之事一一說了。最後道：「婉妹妹因這盆蘭花心裡頭急慌慌的，又聽說孫志浩今日也來給老太太賀壽，這才在申時三刻去找我，想求我將這盆蘭花送還給他。這盆花此刻還在含蘭軒裡擺著，各位不信可命人抱來便是。」

孫志浩聽楊晟之嘴唇一張一合，頃刻間便顛倒黑白，不由氣得渾身打顫，但偏生嘴被破布塞了，只能嗚嗚哼叫不能出言反駁，他幾次想跳起來衝上去，但身子被僕役死死按住，更是掙扎不得。眾人聽了均暗自點頭，心道：「這孫家的少爺原就是個淫賊！打的均是正經人家小姐的主意，原先覺得柳家姑娘貌美便上前戲弄，保不齊這次見了柯家的小姐有幾分姿色便在此處強姦！這婉姑娘顯是極厭惡孫志浩的，又怎會跟他做出下流事來？」

楊崢沈吟了片刻道：「梅兄，按說出了這等事，是應移交官府處置，但這廝到底是柳家太太的侄兒，所以有些不太好說了。況且若是這般鬧得大了，也未免不能顧及柯家的顏面。我看不如等這兩家來了，讓他們自行商量便是。」

梅海泉道：「此言有理……」話未說完，便覺梅書達輕輕一拽他的袖子，梅書達搶白道：「眼下要緊的應是柯家姊姊的情況，剛小廝跟我說大夫來已經給柯家姊姊診過脈象了，只怕其中有很大的凶險，萬一在楊府裡鬧出人命可就不好了。」

楊崢一聽唬得險些跳起來，一迭聲道：「快將大夫請來！」

立時有小廝從隔壁將大夫請了過來，梅書達見了心中暗笑道：「這大夫是我早就命觀棋備好了的，一直等在府外頭的馬車裡，否則一時之間怎可能十萬火急的變出個大夫出來？觀棋這回的事情辦得極好，待回過頭我須得好好賞他才是。」

只聽那大夫道：「病人如今並無性命大礙，但氣血兩虧，憂思鬱結於胸，一時急火攻心因痰迷了心竅，這才暈厥過去。又因其不久前才小產過，此時連番受了驚嚇，又行了房事，所以下身見紅，有些凶險了。我已開了方子，吃下去調和靜養，不可再動氣動躁。」

這一番話說完，滿屋皆靜，眾人面面相覷，心中均道：「一個孀居兩年的寡婦怎可能小產？」楊昊之只覺心怦怦直跳，汗珠子順著額頭滑了下來。片刻，梅書達似不可置信道：「小產？大夫，你定是診錯了！」

大夫撚了撚鬍子道：「老朽行醫四十餘載，敢用項上人頭擔保，這事萬萬不會診錯的。」

侍將大夫送走，梅書達忽然間冷下臉道：「這便是我說的凶險！姊夫，我剛剛看柯家姊姊頭上戴著一支金絞絲鑲翡翠燈籠釵，耳上也戴著同套的耳環，這首飾是我姊姊生前最喜之物，亦是陪嫁，此時怎會戴在柯家姊姊頭上了？我派人回去問了我姊姊生前的貼身大丫鬟侍書，她說這套首飾為姊姊摯愛，並未拿出去送人，她本想拿去做姊姊陪葬，但後來卻怎麼也找不到了。你說說這是什麼道理？」

這一句話問得楊昊之心肝俱是一顫，見眾人均看向他，登時叫屈道：「梅兄弟，你這般說是什麼意思？婦人家戴的釵環樣式重複的何其多，你這般問我，倒叫我跳進黃河也洗不清了！」

楊崢亦不悅道：「書達，你怎能這般說話？你的意思是你姊夫跟柯家……你真是冤枉了你姊夫了！」

梅書達冷笑道：「是不是冤枉他取釵環一驗便知。那套首飾是我姊姊及笄時娘特地請巧匠打造而成，其間嵌的翡翠均刻有我爹書寫的一個『梅』字，可說全天下獨一無二，只須取來讓我爹辨認，一見字體便知真偽。」

梅海泉聽到此處，心中已明白了八、九分，只覺怒意上湧，額角的青筋都微微跳動起來，但面上不動聲色，目光如電直看向楊昊之，口中道：「若是如此便取來看看吧。」說罷走到太師椅前一撩衣衫坐了下來，吩咐道：「去給我倒杯六安茶。」

楊昊之本就作賊心虛，此刻見梅海泉面沈如水，氣勢懾人，更震得心中發怵，腿已軟了兩分，但打定主意，只咬緊牙關，死活不承認便是。楊崢見楊昊之面色陰晴不定，知此事八成不是梅書達捕風捉影，心裡頭也不由著急，偏生無計可施。楊晟之靜靜站一旁，心中震驚，面上仍是一副呆愚之態，適才激昂痛斥孫志浩的氣勢風度竟絲毫都不見了。

不多時有小廝進屋奉茶，亦有下人取了釵環送進屋來，眾人的心登時提了起來。梅海泉此刻卻慢條斯理的將茶碗端起來，掀開碗蓋，吹了吹碗面上的熱氣，不緊不慢的喝上一口，而後把茶碗隨手交給站立在身側的梅書達，將釵環拿了起來，楊晟之忙上前舉起蠟燭照亮。屋中一時間靜悄悄的，楊昊之汗珠如雨，心跳如擂鼓，腿已在微微打顫了。

梅海泉定睛一看，這釵環的翡翠上均刻著一個古篆體的「梅」字，正是自己平日所書。想到梅書達信中寫自己的女兒是被害死的，咬牙暗想道：「莫非是蓮英識破了楊昊之和那寡婦的姦情，這二人羞惱之下將她推到河裡溺死？又或是楊昊之嫌棄我女兒是個瘸子，想要殺妻再娶？」一念及此只覺肝膽欲碎。梅蓮英是他唯一的女兒，從小聰慧過人又善解人意，最得他寵愛，小時候又因他治家不嚴而殘了雙腿，他每每想起心中都愧疚難當，故而反倒將這女兒看得比兒子還重些，一想到愛女竟可能是被他人所害，梅海泉不僅怒火大熾，捏著金釵冷冷道：「這釵環正是我女兒蓮英的。」

此言一出滿屋大譁，楊崢只覺頭痛欲裂，身子都跟著晃了一晃，狠狠瞪了楊昊之一眼，但口中道：「即便這釵環是媳婦兒的，也不能說是昊兒送出去的，興許是哪個丫鬟偷出來賣……」

梅海泉淡淡道：「此事容易，只須將柯家二姑娘的貼身丫鬟叫來問一問便清楚了。」

第十五回　動真怒梅巡撫行權　存疑慮柳織造驚心

梅海泉抬頭看了楊崢一眼，緩緩道：「親家，有句話我先說在前頭，此事雖發生在貴府，但畢竟與小女有關，本官今日便要插手管上一管，你且在旁邊歇息歇息，本官自有定奪。」

楊崢聽罷心中又驚又急，暗道：「梅海泉此番說辭已頗不客氣，雖還稱『親家』，但卻以『本官』自居，顯是要公事公辦，更教我不要插管此事，若那不爭氣的孽子真與那寡婦有什麼不乾不淨，那豈不是一點轉圜的餘地都沒有了？」他不敢與梅海泉爭持，唯有陪著笑臉應了，回轉身狠狠瞪了楊昊之一眼。楊景之忙端了一把椅子扶他坐了下來。

不多時，墜兒掀開簾子走了進來。適才她見有婆子進屋討要那套金絞絲鑲翡翠的燈籠釵環，便覺不妙，此刻進入屋中，偷眼一瞧，只見梅海泉沈著臉坐在最上首，官威壓人，目光森然，竟好似閻羅殿的判官一般。墜兒又是心虛又是膽顫，腿一軟「撲通」一聲便跪了下來，連連磕頭道：「墜兒給老爺們請安，給老爺們磕頭。」說完斜眼往楊昊之處看去，卻見楊昊之只是低下頭站著，連看都不看她一眼，不由越發驚疑不定。

梅海泉從梅書達手中接過茶碗，慢慢推開碗蓋又喝了一口。墜兒跪在地上只覺四周俱寂，心已提到喉嚨之上，忽聽「噹」一聲，梅海泉將碗蓋猛合上，登時驚得她渾身一哆嗦，連同楊昊之亦嚇出一身冷汗，還未緩過神，只聽梅海泉大喝道：「大膽刁奴，妳可知罪！」

墜兒額上冷汗直滾，磕頭道：「大人……小婢……」

梅海泉厲聲呵斥道：「刁奴，妳好大的膽！妳主子身為新寡之人卻不守婦道，孀居經年竟在前幾日小產落胎！柯家為名門望族，大世家裡出身的女子竟做出這等傷風敗俗的醜事，我看定是妳這沒品行的下作惡婢攛掇引誘的，我先拿妳治罪！」

墜兒唬得魂飛魄散，牙關上下打顫，暗道：「主子有了不才之事，首先便要拿奴才問罪，莫非我今日難逃一死了？」想到此處，身子更抖成一團，涕淚齊下，「砰砰」磕頭道：「大人饒命！大人饒命！」直磕得頭破血流。

梅海泉冷眼看著，又掃了楊昊之一眼，將茶碗端起，細細品起茶來。屋中眾人均是心驚肉跳，屏息凝神，皆不敢出一字半言。楊崢坐在椅上，手肘支在扶手上，指頭按著太陽穴，雙目死死瞪著楊昊之。他知道自己這大兒子是個風流種子，早些年還曾磨他母親成全他與柯穎思的婚事，倘若二人真是藕斷絲連，有了通姦之事，依梅海泉的脾氣，楊家這次必然脫不了干係！楊晟之亦連連皺眉，心下一嘆，暗道：「原聽說巡撫大人曾在大理寺任少卿，今日一見果然不錯。不問釵環如何而來，反先審起通姦之事，看來梅大人已懷疑大哥與那寡婦有染了……若真坐實了此事，那楊家可就處境堪憂了！」

過了片刻，梅海泉方將茶碗放了下來，聲音放緩道：「饒妳一命也非沒有可能，妳只須告訴我那男人姓啥名誰，我便放了妳，再不追究……」說到此處，聲音陡然淩厲道：「妳若所言不實，我便立刻將妳送到衙門，問個斬立決，以儆效尤！」說罷往楊昊之處掃了一眼，冷笑道：「那作奸犯科、勾引寡婦犯下奸罪的，本官絕不輕饒！」楊昊之唬得筋骨酥軟，渾身早已冷汗涔涔，彷彿是從水裡撈出來的一般，心中連連叫苦。

墜兒暗道：「即便是梅大人饒了我，待回了柯家我仍是難逃一死，還不如便將楊大爺保下來，望能看在我的面子上對奶奶和我的家人多幾分照顧便是。」想到此處，便咬牙道：「回稟老爺，小婢實不知情！」

楊昊之聽罷登時舒了一口氣。梅海泉冷笑道：「不見棺材不掉淚，來人哪，給我打！」話音剛落，立刻竄出幾個身強力壯的親隨，將墜兒按倒在地，掄起板子便打，下手又狠又痛，打得墜兒哭號不止，才幾下，臀兒上便腫了一層。楊昊之見了，心中越發驚懼。

墜兒疼得死去活來，流著淚連聲哀叫道：「大人饒命！小婢真的不知情啊！」

梅海泉擺了擺手，親隨們立即將板子頓住，梅海泉道：「妳去給柯氏傳個話，若她肯說出與她通姦的男人到底是誰，那便由本官作主，將她許配給那男人為妾；若她不肯說……」說著一指門外道：「那本官作主將她嫁與姦污她的歹人，保全她的名節，也算對得起與柯家這些年來的情分。」

墜兒頓覺看到一絲光明，忙爬起來擦乾了臉上的淚珠兒，忍著痛，一瘸一拐的到隔壁屋裡去了。過了片刻，墜兒又返回來，進屋趴在地上磕頭道：「回稟大人，我家奶奶說了，與她早有私情的正是楊家的大爺，還請老爺大人成全！」

楊崢一聽頓覺天旋地轉，站起身指著楊昊之，氣得渾身打顫道：「你……你這個……你這……」說著一口氣便要上不來，楊景之和楊晟之慌忙團團圍上前，又是抹胸又是捶背，楊晟之隨即出去喚人拿藥請大夫。

楊昊之嚇得六神無主，只一心想遮掩這醜事，遂幾步上前一腳將墜兒踢倒在地道：「胡說八道！黑了妳的心了！」說罷忙轉身對梅海泉道：「岳父大人，是這刁奴蓄意誣陷，還請岳父大人為小婿作主！」

墜兒一把抱住楊昊之的腿哭道：「大爺！你怎能如此負心薄倖！我家奶奶對你真心實意，你如今怎麼能翻臉不認人？你難道忘了原先對我們奶奶說過的那些話了？」楊昊之又驚又臊，掙扎不迭，口中只連聲道墜兒胡言亂語。

梅海泉的面色早已氣得青紫，怒極反笑，對墜兒道：「我這賢婿說柯氏是蓄意誣陷，看來我便只能作主將柯氏許配給玷污她的淫賊了，妳回去告訴她一聲吧。」說罷又厲聲道：「還不快將這刁奴拖開來，免得她玷污了我賢婿的名聲！」

墜兒被兩個小廝生生拖開，坐在地上不由放聲大哭，口中道：「奶奶！我苦命的奶奶哇！」邊哭著邊往門外爬，不多時便聽隔壁一陣喧譁大嚷，緊接著柯穎思披頭散髮的衝了進來，只見她面色慘白，雙頰掛淚，神態癡癲，似已魔瘋了。一進門看見楊昊之，便哭著跑上前一邊捶打一邊怒罵道：「楊昊之！你這沒良心的畜生！我一心一意的跟著你，三番五次墮胎，添了千百種症候，你卻翻臉不認人！我如今也是沒臉再活著了，不如便同歸於盡了吧！」說著便去掐楊昊之的脖子，手掌揮下，登時便給楊昊之臉上刮了一記。

楊昊之「哎喲」大叫一聲，眾人慌忙拉開，正鬧得沒開交處，只聽得梅海泉大聲道：「柯氏，妳說與我女婿早有私情，可有證據？」

柯穎思身子一軟便癱在地上，淚如雨下道：「我原就在這院子跟他相會，守這個院子的王婆是知情的……還有他身邊的小廝掃墨也是知曉的……」

梅海泉舉起鑲翡翠燈籠的金釵道：「那這支釵子……」

柯穎思指著楊昊之道：「還有同套的一對耳環，皆是他送給我的。」

梅海泉怒極，將拳頭緊緊攥了，冷冷朝楊昊之望去，緩緩道：「妙極了，以亡妻心愛之物贈予年輕寡婦，你倒真是個多情的種子。」

楊昊之轟得魂魄飛散，亦跪下來哭道：「這實是無妄之災，小婿不過是一時鬼迷了心竅……」話音還未落，便聽柯穎思尖叫道：「楊昊之，是你將那病子推下荷塘，要把她溺死好娶我為妻。如今你千方百計推諉陷害於我，不知又勾搭了誰，要將我殺死好成全你的好事！」

此言一出，眾人均是大驚，楊崢眼睛一翻便暈了過去，楊景之與楊晟之忙將父親扶到炕上，屋中比先前更忙亂了十分。楊昊之氣急敗壞怒罵道：「含血噴人！明明是妳這賤婦親手將蓮英推下湖溺死的！」說完對梅海泉連連磕頭道：「岳父大人明鑒，若是我將蓮英推下湖，便叫我五雷轟頂、爛了心肺！」

柯穎思罵道：「你這畜生早已爛了心肺了！」說罷又要上前撕咬踢打，旁邊的下人趕緊拽了開來，柯穎思此時亦終是受不住了，只覺小腹疼痛難當，眼一翻便暈死過去。

梅海泉站起身道：「如此說來小女蓮英之死是確有內情了？來人哪！將這男女給我押下收監，再請個大夫給柯氏好生醫治，萬不能讓她死在獄中！」說罷抬起腿便往外走，楊昊之已是嚇得呆了，上前撲倒，一把抱住梅海泉的官靴哭道：「岳父大人，小婿確是冤枉的，小婿與柯氏確有私情，但絕無害蓮英之心……蓮英確是柯氏害死的！」

梅海泉氣得渾身亂顫，想起愛女竟被眼前奸夫淫婦所害，不由淚如雨下，恨不得立刻便將楊昊之生生掐死，遂一腳將楊昊之踹開，頭也不回的便走了出去。還未走出院門，便瞧見前方黑影綽綽有幾個燈籠搖晃，似是有一行人匆匆往這邊趕來，待人走近了，梅海泉定睛一瞧，方認出來人是柳壽峰並柯家老爺柯旭。

這二人接到送信，登時便大驚失色，又聽聞巡撫大人竟在楊家審理了此事，便忙不迭命人備車匆匆忙忙的趕了過來。兩人在門口相遇在一處，雖有兩、三分尷尬，但此時卻已是什麼都顧不得了，只撩起衣襬，一路小跑步的奔了過來。柳壽峰一見梅海泉，臉上忙陪笑，弓起身子作揖道：「下官見過巡撫大人。」

柯旭哭喪著臉道：「還請巡撫大人為下官作主，下官小女委實命苦，先是死了夫君，此番竟又遭此橫禍！」

梅海泉沈著一張臉，看都不看這兩人一眼，逕自往前走，忽聽背後有人道：「大人，此人又該如何處置？」

梅海泉轉身一瞧，只見兩個隨從押著孫志浩走上前來。孫志浩此時口中塞著的破布已被除去，他一見柳壽峰來了，登時喜不自勝，扯著脖子哭叫道：「姑父！姑父你可來了！姑父你可要救我一救！」

柳壽峰臊得滿面通紅，揚起手「啪」的給了孫志浩一巴掌，怒道：「叫喚什麼？哪個是你姑父？我斷沒有你這樣喪行敗德的親戚！」說完拱手對梅海泉道：「一切聽憑巡撫大人處置。」

梅海泉道：「將這淫賊也一併押走。」又扭頭對梅書達道：「去把你外甥抱來回家去，這地方忒髒，別沒的平白污壞了孩子，帶偏了德行！」說罷便大步朝前去了。

柯旭與柳壽峰登時呆在原地，忽見楊昊之亦被押去，接著有人抬著柯穎思呼啦啦跟在梅海泉身後，二人又是一驚。因是個天大的醜事，這二人均有息事寧人之意，但見梅海泉此番作為卻分明擺著六親不認的架勢，二人對望一眼，知其間必有緣由，忙不迭使人打探去了。

且說婉玉一直在楊母房中與紫萱逗弄珍哥兒取樂，她面上笑語晏晏，但心裡卻七上八下如同沸水一般。一時屋中慌慌張張奔進個婆子，請馮氏和孫氏到前頭去；一時楊晟之又打發人來送信，告訴她若是旁人問起申時三刻她應如何對答；一時又有小廝來報說大爺犯了官司，被巡撫大人拿下送了大獄，老爺氣病暈倒。屋裡一眾女眷登時大亂，人人心中驚惶不定。

楊母慌忙將一眾親戚姊妹們都散了，傳小廝進來問明瞭實情，柳氏聽罷登時便哭道：「我早就說過，哥兒、姐兒們都大了，雖都是親戚，從小一處長大的，但也不應都同住一個園子，無顧忌的湊在一處玩笑，早就該分隔開來了……我們昊哥兒本就生得好，又有個溫柔的性子，那些人跟蜜蜂見了花蜜似的引逗他，到頭來還怪到昊哥兒頭上……」又咬牙道：「我早就看柯家的小蹄子狐媚魘道的不是什麼好貨，亂勾引爺兒們！只可憐昊哥兒……」說著又痛哭起來。

楊母亦跟著淚流滿面，今日逢她的壽辰，本是一派榮華長春、百富康泰之景，誰想突然間風雲突變，轉眼兒子臥病在床，長孫身陷囹圄，正灑淚之際，忽見碧桃走進來道：「老太太，剛聽婉姑娘說，梅家二爺把珍哥兒抱走了。」

楊母渾身一顫，手中撚著的玉佛珠便「噹」一聲摔在了地上。

話說楊府裡愁雲慘霧，楊崢病倒在床，急請了大夫來看，楊母身上不好，亦被丫鬟扶著回去歇息。柳氏坐在楊崢病榻前頭抹淚，又喚著「昊哥兒」，哭得如同摘去心肝一般。楊景之一時指揮小丫頭給楊崢煎藥，一時又恐柳氏哭壞了身子，忙忙碌碌的在屋中轉了半晌，忽覺袖子被人一扯，見楊晟之向他招手，便跟著出了門，站在廊底下。只聽楊晟之道：「二哥，眼下這般亂也不是個法子，前頭還有一眾親戚，後頭還有一眾女眷，如今父親又病了，大哥也下了大獄，全家便是指望二哥了。」

楊景之苦著臉道：「我能有什麼辦法？還是等爹醒了之後再作打算。眼下出了這樣大的事，咱們若是再拿錯了主意，爹定是要責罵的，若因此再添了新病症，倒是咱們不孝了。」

楊晟之皺了皺眉頭，暗道：「若是平日裡，我萬不會出言，但這般下去，楊家的臉都要丟盡了。」遂道：「這還能有什麼錯主意？等父親醒過來，怕是黃花菜都涼了，如今不過是暫代父親料理俗務罷了。二哥先命知情的下人一概封口，前頭留下來的親戚友人，此刻還不走的，就是要在楊家留宿了。二哥便跟賓客們說父親身上一時不爽利了，犯了舊疾，請大家莫要見怪，再將人妥善安排住下，橫豎也才七、八位，不算多。再請二嫂將女眷們安置了，父親和太太這邊有我顧看著，父親醒來若是知道了也不會怪你。」

楊景之忙道：「你說的極是，我因擔憂爹的病症，竟將這些都忘了。」說完急急忙忙的命人去喚柯穎鸞。

楊晟之素知自己這二哥是個行事顛倒的，須有人在旁邊提點著，又道：「不如帶了楊順和幾位執事一同去，若出了什麼事也好有個商議。」楊景之亦覺得有理，與柯穎鸞交代了幾句，而後帶著管家和執事匆匆的去了。

楊晟之微微搖頭，又往房中看一眼，見裡頭亂糟糟一片，不由暗自嘆了口氣，緊接著想到婉玉，又將眉頭擰了起來，心想：「剛才在二門外頭，孫志浩那廝說是婉妹引著他到屋裡去的……既是婉妹，後來又怎的成了柯穎思？最後竟扯出這樣大的一樁事來！婉妹是個養在深閨裡的女孩兒，絕不能知道這等齷齪事。依我看，許是孫志浩撞破了大哥跟與穎思的姦情，從而心生邪念，趁大哥走了便竄進屋裡強姦，最後又將事情起因扣在婉妹頭上，呸！下作的黑心秧子！」

楊晟之在心中連連暗罵，忽看見一個丫鬟站在院裡的假山後頭對他招手，口中喚道：「三爺、三爺。」

楊晟之走過去一看，見那丫鬟正是怡人，只聽怡人道：「婉姑娘讓我來找三爺。我家姑娘說了，三爺的恩情她記在心上了，這幾日姑娘得了閒便坐下來抄書，給三爺整理了幾部稿子，萬望三爺此次金榜題名，連中三元。」說罷掏出一軸紙卷遞了上去。

楊晟之接過一瞧，只見厚厚的一卷稿紙，上頭盈盈密密寫著小楷，心裡不由又喜又暖，因笑道：「妳家姑娘有心了，這不是說話的地方，妳且回去吧，明兒個我去好好謝謝她。」

怡人道：「怕是不行了，剛才我們家太太來了，命家裡的姑娘們立即把東西都收拾了，明日五更三刻便坐馬車回家去。太太還說，若不是因有宵禁怕出去犯夜，今兒個晚上便要帶姑娘們回府了。」楊晟之登時面色一變。

怡人又道：「我這是偷偷過來的，東西既已送到，我就先回去了。」

楊晟之聽罷忙道：「且等一等，我有話說。」說完頓了頓道：「若是我這次中了舉，便從家裡分出來過，家裡會給些田產出來，我也有了功名，以後日子雖不比在楊家富貴，但也能算得上殷實，自己能自主了，過得也會舒心些……」

怡人眨著眼笑道：「三爺是什麼意思？跟我說這個做什麼？」

楊晟之笑道：「我是什麼意思妳曉得的。」

怡人抿嘴一笑，道：「我是個笨人，三爺的話我會轉告我家姑娘，至於其他的，我卻一概不知。」說罷轉身便走了。

怡人回到含蘭軒，只見院中靜悄悄的，她沿著牆邊進了屋，一入內便看見婉玉坐在床上發愣。怡人上前道：「姑娘，事兒都妥了，東西已交給三爺了，他還有話要我說給姑娘聽。」

婉玉跟她打了個眼色，壓低聲音道：「太太在妍玉房裡頭，說話小聲著點兒。」

怡人捂著嘴偷笑了一聲，將楊晟之的話對婉玉說了，又道：「我看三爺頗有些擔當，跟姑娘的出身門第也相配，若是再中了舉，便是錦上添花了。如今趁著老爺還沒訂下姑娘的親事，早些讓三爺到家裡提親，若是姑娘真嫁了孫家那混帳，一輩子可就沒指望了。」

婉玉搖了搖扇子道：「我知曉的。」心中暗道：「剛才小弟過來抱珍哥兒的時候，將小院的事情匆匆講了個大概。萬沒想到我的仇竟這樣就報了！如今這情勢，再怎麼查也不會查到我頭上，雖說放在荷包旁邊的字條是我仿楊昊之的筆跡寫的，可誰都沒想到我竟會寫出他的字跡；孫志浩那頭我早料到有晟哥兒替我遮掩，若是查出來我私下裡見了孫志浩，他也要跟著受累……如今便等家裡的消息了……晟哥兒雖是好的，我也極感激他，但怕是要辜負他的心意了。」

婉玉想了一回便將事情丟開，她今日大仇得報，心裡暢快，臉上的笑比往日多了幾分，命小丫頭將行李收拾了，又和怡人說笑了一回，在燈底下做了一回針線，直到三更方才梳洗了睡去，一夜好夢。第二日五更二刻一過，孫氏便命備好轎子車馬，帶著眾人回了柳家。

回返柳家，眾人皆去休息，孫氏娘家的哥哥孫文林上門拜訪。原來孫文林聽聞愛子孫志浩犯了姦罪不由大驚失色，急匆匆趕到楊家，對柳壽峰又是作揖又是苦求，柳壽峰因在氣頭上，故一點好臉色全無，好歹應付幾句便坐著轎子跟在梅海泉身後去了。孫文林見求不動柳壽峰，一大清早就奔到柳府，跟孫氏哭訴道：「妹妹，咱們孫家唯有浩兒這唯一血脈，他若有了三長兩短，讓我怎麼有顏面去見咱們死去的爹……妳可要跟妹夫說說，好歹救上一救，不計較花多少銀兩，即便是傾家蕩產，也要將浩兒從大獄裡救出來……」說完便放聲大哭起來。

孫氏心中也不痛快，自己的侄兒犯了這麼一樁罪，柳家跟柯家可算結了個疙瘩，鬧得妍玉和柯瑞的事兒也壞了一半，但侄兒的事她也不好不管，何況當初孫志浩央求她同意他跟婉玉的婚事時，還送過一、兩樣名貴的玩器古董。孫氏放下茶碗擰著眉道：「浩哥兒這次惹的禍也忒大了點，且不說別的，他欺負的可是柯家的小姐！即便她是個庶出的，又成了寡婦，可柯家的顏面總是要的。再者說，她早逝的夫君還有秀才的功名，只怕這事情不好辦了。」

孫文林道：「只要柯家能撤了狀子，花多少銀兩咱們都不會計較的……再不成便讓浩兒將那小寡婦娶進門做妻，孫家雖不是什麼大戶，可咱們爹爹好歹做過知縣，在此地算得上有些名望，柯家總該滿意了吧？外頭人人都稱你們『梅楊柳柯』是『四木家』，均是交好了多年的姻親，還能有什麼說不上話的？勞煩妳讓妹夫多走動走動，定能將浩兒的罪名開脫了。」又同孫氏商議了一番。

等到柳壽峰歸家，孫文林便告辭。孫氏忙命廚房燉滋補的湯品，又親手奉上一杯清茶放在柳壽峰手邊，挪了個繡墩子上前，一邊給柳壽峰捶腿一邊低聲道：「老爺昨晚跟著梅大人去了，是不是忙了一夜都沒睡？快些將衣裳除了躺床上歇歇吧。」

柳壽峰仍沈著臉躺在籐椅上，孫氏看了不由有些心驚，但仍輕聲試探道：「梅大人是否親自審問此案？我那侄兒……」

話音未落，便瞧見柳壽峰猛地睜開眼，冷笑道：「妳侄兒？妳還有臉面提妳那侄兒？一肚子男盜女娼的下流貨色，妳竟還要把五丫頭許配給他！我原就說他游手好閒，妳偏生說他已經改了，又要上進去考功名，若不是鬧了這樣一齣，我要是點頭應了這門親，豈不是耽誤了婉丫頭的一生？孫氏，妳一向賢慧，莫非我原先看錯了妳了？就算婉丫頭不是妳親生的，妳也不該將她往火坑裡頭推！」

孫氏聽了眼淚便流了下來，哭道：「天地良心，老爺，你若這麼說，我便沒有立足之地了！我原一直瞧著我那侄兒是個好孩子，在我跟前乖巧又懂事。且我娘家又是個家底豐厚殷實的，家中只有浩哥兒一個兒子，婉丫頭嫁過去必然錦衣玉食，出門也有大奶奶的闊氣；而且我娘家看在我的面子上也必不會虧待了她……我只盼著婉丫頭能找一門好親事，這才跟我娘家提起來的，又怕人家嫌婉丫頭名聲不好不肯要她，費心費力的說了婉丫頭許多好處……老爺若是這般想我，不如拿個刀子將我胸膛剖開，看看我的這顆真心！」說著抽泣起來，用帕子不斷拭淚。

柳壽峰聽孫氏這般一說，面色稍緩，坐起身道：「看來妳也是被那個下流種子騙了。妳可知道他調戲婉丫頭，還私贈器物的事？」

孫氏一聽頓時一愣，柳壽峰見她神色便知她不知情，面色又緩了兩分，道：「總之，妳那侄兒不是什麼正人君子，以後咱們家也儘量別讓他來了，即便是來了也須在外院，不准進到內眷們住的地方去！有這樣的親戚更連累了咱們家的聲望，讓我也抬不起頭來，最是頂頂可恨！」說完聲音緩了緩道：「他雖犯了淫罪，也不是什麼要命的罪過，眼下梅大人正因楊、柯二人通姦而殺死他愛女之事震怒，一時還管不到妳侄兒頭上，至多將他關起來打上幾板子治治他也有好處。回頭讓妳娘家使些銀子給行刑的獄卒，否則幾十板子打下來，就算不打死，也去了半條命了。」

柳壽峰說一句，孫氏便應一句，又驚道：「梅氏竟是被殺死的？」

柳壽峰嘆道：「此事萬不可說出去。」想了想道：「婉丫頭的婚事先不用急，她年紀還小呢，若是有合適的人家先替妍玉和姝玉瞧著吧。」說完便站起身往外走，口中道：「讓人端點清淡的吃食送到書房，不要葷腥油膩之物。」

孫氏趕緊跟上前，親自打起簾子送柳壽峰走了，心裡卻暗暗恨道：「婉玉那小丫頭片子不知用什麼手段在老爺耳邊吹風！我侄兒調戲她、私贈她東西的事為何不跟我稟明？反倒背地裡下黑手跟老爺告狀，這豈不是明擺著讓我在老爺面前沒臉！」

孫氏回了房裡，坐在炕上又想道：「那小蹄子的娘親便是個可惡的，原先便常在老爺跟前給我挑唆，自她進了府，老爺就鮮少在我房中歇過，幸而她短命死了，卻偏生留個小的，一樣不是什麼省油的燈！」

孫氏越想越生氣，忽門簾子一掀，妍玉走了進來，她見孫氏擰著眉沈著臉，便上前抱住母親胳膊道：「娘親怎的不痛快了？說出來讓我聽聽，是因為哪個奴才？女兒替妳出氣去。」

孫氏冷笑道：「還能因為誰呢？真是個甩不開的狗皮膏藥，天下竟有這樣的母女！」

妍玉用扇子掩著口笑道：「既這麼說，那八成是因為婉玉那小貨了。我倒有一樁新聞，說給娘聽聽。」說完將身子向前湊了湊，低聲道：「昨天菊姊姊跟姝玉坐在一處悄悄說話兒，我偷偷上前聽了幾句……乖乖，不聽不知道，原來姝玉那小妮子思春了，竟惦戀著楊家那書呆子！又因那書呆子跟婉玉走得近了，惹得姝玉不痛快，氣得直抹眼淚兒呢。姝玉如今也恨著婉玉，罵她是個藏了奸的。」

柳氏唬了一跳，瞪著眼道：「這是真的？可切莫往外渾說，鬧出去豈不是也連累了妳的名聲！」

妍玉哼一聲道：「是婉玉那小蹄子自己沒臉！又贈瑞哥哥帕子，又跟楊家書呆子走得近，一點都不知道避諱。在楊家住著的時候，還跟昊哥哥傳出風言風語了，下人們都說昊哥哥看上了婉玉，要娶她進門當填房呢！我聽菊姊姊說，她因看不慣婉玉的行為便提點了她兩句，沒想到反而讓晟哥兒和達哥兒搶白了一頓，將她都氣得哭了。呸！真真兒是個狐媚子，跟她姨娘一個德行，跟這樣不知羞的人做了姊妹，真是上輩子沒積德了！」

孫氏道：「妳說的可當真？」

妍玉搖著扇子道：「千真萬確，這樣的事怎能胡說呢！」

孫氏聽罷冷笑幾聲道：「好、好！我正愁沒法治她，倒是有把柄落在我手裡了。」說完便吩咐個小丫頭道：「去把五姑娘叫來，我有話問她。」

婉玉一進房門，便看見孫氏擰著眉、沈著臉盤一條腿坐在炕上，胳膊搭著引枕，顯是憋了一肚子火氣。

婉玉上前恭恭敬敬施禮道：「給太太請安。」

孫氏挑著眉頭道：「不敢讓妳請我的安，是我委屈妳了。」

婉玉低眉順眼道：「太太若這麼說便是折殺我了，只怕是我年紀小不懂事，惹了太太生氣。」

孫氏哼一聲道：「這些時日不見，妳一張嘴倒越發伶俐了。我且問妳，是不是我侄兒私下裡曾引逗了妳，還私贈了東西？」

婉玉字斟句酌道：「確有此事。」

孫氏道：「既有這樣的事，妳為何不告知於我，反倒去告訴老爺？難道妳受了委屈我就不會替妳作主了？從中吹風挑唆，這是安的什麼心？」

婉玉立刻跪下來道：「太太明鑒，我從未告訴過爹爹！當日我被孫志浩輕薄了，回去只自己哭了一場罷了，畢竟是醜事，姑娘家的都不願拿出來說嘴。只是當日此事被楊家三爺撞見，幫我解了圍，後來孫志浩再送我東西，我才想著求晟哥兒幫我一幫，萬不想因為此事驚動長輩；因兩家是親戚，若是落得臉上都不好看，這便是我的不是了……我原想著將東西送回去便成了，萬沒有告訴爹爹的意思！至於爹爹是如何知道的，我便一概不知了。」

孫氏冷笑道：「好個一概不知！若不是妳平日裡扮俏裝妖舉止輕浮，怎會有男子來戲弄？我看分明是妳心虛，不敢報上來吧！」

婉玉心裡頭冷笑，面上仍作了委屈之色，哽咽道：「太太……太太為何這般說我……」說著眼淚便滾了下來，卻不用手去擦。

孫氏厲聲道：「聽聞妳在楊家裡住著好威風，跟幾個哥兒們走得都近極了，又贈帕子又談笑風生的，連府裡頭都有傳聞妳要給楊家老大當填房！不知自愛、不懂廉恥，柳家的門風都讓妳給敗壞了，名聲都讓妳給污了！若是妳平日裡行得端坐得正，我侄兒調戲了妳，我自是無話可說，但妳一連傳出這些不才之事來，卻讓我如何相信，又讓我的臉面往哪兒擱?!」

婉玉暗道：「多說無益，孫氏今日定是要治我了，強辯起來只能讓自己多遭罪罷了。」故而也不再分辯，只趴在地上痛哭著說自己冤枉。

孫氏見婉玉形容可憐，心頭的火氣消了幾分，瞪起雙目道：「妳冤枉？妳若是冤枉，這些謠言是怎的傳出來的？今日若不將妳這丟人現眼的放浪毛病兒改了，日後妳不知還要做出更辱沒家門的事情來！」說完命道：「來人！將她給我塞上嘴按住了！」

話音一落，立刻從門外走進來三個婆子，有的上前按住婉玉的胳膊，有的找了帕子將她的嘴塞了，有的將婉玉的手攤開來，孫氏手拿一柄戒尺，流著淚道：「五丫頭，妳自小到大我都沒彈過妳一個指甲，上回妳鬧出投湖的事兒，我憐妳少不經事，故而未橫加管束，誰想到竟是害了妳了！妳這次實是犯了女子的大忌，即便妳告訴了老爺，我寧可背著不賢的罪名也要管教於妳！讓妳記著疼，長了記性，從今往後改好了吧。」說完朝著婉玉手心便「啪啪」打了十幾下。那戒尺本是兩尺闊的竹板，孫氏積了多年的怨氣，一朝洩出便越發狠厲，打得又猛又快，全身的氣力都要使盡了。

婉玉疼得滿頭大汗，面色慘白，手上紅紅紫紫腫成一片，不多時兩手均已麻了，心中恨極，暗道：「我從小到大何曾受過這樣的屈辱？這兩番毒打均是在柳家受的，孫氏實是個毒婦！」但此時唯有苦苦忍受，淚如雨下。

婉玉這廂受罰，妍玉則隔著臥房的博古架（注）偷向外瞧，見婉玉疼得死去活來，心中暗暗稱願，心想道：「活該妳這小蹄子挨打！叫妳沒臉去勾引瑞哥兒，娘親早就該這般打妳了！」

正此時，門口跑來個丫鬟，氣喘吁吁道：「太太，巡撫大人的夫人和二公子來了！」

孫氏一聽登時一驚，立刻頓住手道：「妳說什麼？」

那丫鬟道：「轎子已經停在門口了，向門房遞了名帖，是巡撫梅大人的太太和公子，老爺急命門房引進來了，還讓我告訴太太，待會兒貴客來了，須備上好的茶點款待，萬不可有一絲一毫怠慢。」

婉玉聽聞母親和弟弟來了，心裡立刻如得了珍寶一般。孫氏又驚又慌，此時已顧不得婉玉，對婆子們道：「將她帶回去跪著思過！」又趕緊要回裡間換衣裳，往內一走，瞧見妍玉站在博古架邊上，心思一轉忙吩咐道：「妳也快回去換身衣裳出來，前兒不是給妳做了件藕紗的？快些拿出來換上，再好好梳頭打扮打扮，將臉重新勻了妝。待會兒見客機靈著些，切莫說錯話。」

妍玉最喜搶鋒頭博人讚美，剛聽到巡撫大人的太太來了，早就有心要賣弄一番，心中暗喜，忙不迭的回去打扮了。

注：博古架，室內陳列古玩珍寶的木架，類似書架，其中分不同樣式的許多層小格。

孫氏換完衣裳便趕緊出來迎接，走至半途便瞧見一位四十出頭的貴婦人，身量高䠷，膚白體端，眉目清秀，兩頰消瘦微帶病弱之態，身穿淺金雲紋褂子，玉色長裙，頭綰桃心髻，插一支大鳳釵，抹額亦是金色的，顯得彩光絢爛。她左手捏一方帕子，右手扶著個小丫頭子，緩緩而行，不急不圖，身後擁著七、八名丫鬟，如眾星捧月一般。此人正是梅府的夫人吳氏。

孫氏一見立即堆了笑臉，迎上前親熱道：「姊姊怎的突然來了？真是稀客，早些知會一聲，我定要到門口去迎迎妳了。」說完親自去攙吳氏的胳膊。

吳氏含笑道：「一大清早就過來，怕是我叨擾了。」

孫氏嘴角帶笑道：「姊姊說哪兒的話，我巴不得妳來呢，平常可是請都請不來的。前些日子聽說姊姊病了，不知身子好些了沒？」

吳氏道：「已經好多了。達哥兒也不知從哪兒尋了個外省的名醫給我瞧病，又巴巴湊齊了方子上的藥，知道我厭惡藥汁味苦，便團成了指甲大小的藥丸子，每日都要吃上七、八丸，都快成藥罐子了。」

孫氏嘆道：「姊姊有福，達哥兒真是個頂頂孝順的孩子，又雪團一般聰明，文武雙全的。若是我兒子能及得上達哥兒萬一，我也便知足了。」

當下兩人到了待客的宴席，姸玉正站在門口，見有人進門忙站了起來，盈盈一拜，舉止雅逸。

吳氏見她生得嬌俏玉白，粉面含笑，不由心生喜愛，對孫氏道：「這是妍玉吧？我已有些時日未見到妳家的女孩兒了，竟快不認得了。」說著由孫氏攙扶著在炕上坐了。

孫氏笑得見牙不見眼，道：「正是我那個不懂事的小女兒。」說著招手道：「快來，讓妳吳姨媽好生看看。」

妍玉走上前施禮道：「見過吳姨媽。」

吳氏打量一番，笑道：「真是好孩子，已經出落得這般標緻了。」

孫氏道：「原先妍兒還小的時候，她大姊便說她日後定是個美人，我只當說笑罷了，如今看來，也只是氣質稍微趕得上她大姊而已。」

孫氏說這番話是要引著吳氏稱讚妍玉的，自己好再接著說出妍玉的好處。妍玉聽了心中暗喜，剛想開口表白一番，卻聽吳氏又道：「妍丫頭確實生得好，可見府上極會調教，不如將府上的幾個姑娘都喚來讓我瞧瞧吧。」

孫氏只得命人將姝玉、紫萱並大兒媳紫菱一併喚了來，吳氏見一個讚一個，待都看完，喝了一口茶道：「是不是還差了一個？我記得府上應該有個五丫頭叫婉玉的，怎不見她了？」

孫氏心裡一沈，面上笑道：「婉玉昨兒個從柳府回來便得了病，正在床上躺著呢，怕把病氣過給姊姊，故而未叫她來。」

吳氏道：「哦？不知是得了什麼病了？可曾看了大夫？」

孫氏道：「不過是普通的風寒罷了，已吃了藥，如今怕是已經睡了。」

吳氏嘆了口氣道：「實不相瞞，此次來正是有事麻煩貴府。如今我那小外孫抱來梅家養了，可他昨晚哭鬧了一宿，還將晚上吃的都吐了，幾個極有經驗的老嬤嬤都哄不好，直到今兒個清晨才鬧累了睡過去。我看著孩子心疼，一時之間又找不到可靠的人兒，我聽達哥兒說，原先在楊家，均是婉姑娘跟珍哥兒同吃同睡的，極為投緣，便想著接她去我府上住兩天，照看下珍哥兒，梅府萬不會委屈了她。」

孫氏聽了心裡一驚，暗悔自己剛撒了謊，若是吳氏硬要將婉玉帶回去，抑或要去探病，這西洋鏡豈不是當場揭穿？臉上強笑道：「不巧婉丫頭生了病，也怕她傳給孩子。不如等她病好些了，我親自將她送過去。」吳氏聽了只是微微搖頭。

且說孫氏與吳氏在一處說笑，婉玉卻在浣芳齋急得團團轉。孫氏命個婆子將她看管著，竟不得踏出房門一步。怡人和夏婆子見婉玉被孫氏毒打不由大驚失色，翻箱倒櫃的找藥，婉玉想了一想，走到門口踢了踢門道：「老嬤嬤，我這兒已沒有藥膏了，妳不讓我出去，卻萬萬沒有不讓我丫鬟出去討藥的道理，妳且打開門，我讓怡人去問大嫂要點兒膏藥來。」

那婆子聽了這話不由有些猶豫，婉玉又哭道：「我這手又疼又麻，怕是要殘了！妳不過一個奴才，竟不給主子開門取藥，我要告訴爹爹！」

怡人亦在旁邊急道：「妳若不開門，不讓我將藥討來，我們姑娘出了三長兩短，我告到太太跟前，太太必不饒妳！」

那婆子一聽忙將門開了，婉玉立即奔了出去，那婆子伸手一抓卻沒抓住。婉玉跑至半途，忽見柳壽峰和梅書達正坐在荷塘邊的八角亭裡喝茶談天，婉玉一見喜不自勝，立刻便跑上前，「撲通」一聲跪了下來，一邊哭一邊將孫氏如何問話，她如何回答，孫氏又如何毒打她的事情說了，並忍著疼將雙手舉上前，流淚道：「我不知爹爹是如何知道我被惡徒輕薄之事，我從未跟爹爹說過，因我原先給家裡闖禍，故此事便不想張揚，只想悄悄的了斷了，又怎會如太太所說的，存了心的挑唆！」說完又哽咽道：「我從未贈過帕子給瑞哥兒，只管找瑞哥兒當面對質去，若是我贈了，我便一頭栽進這荷塘裡再沒臉活著！況且莫說是我沒贈，即便贈了又如何了？妍玉還繡了荷包送了瑞哥兒，太太怎的不說妍玉了？這難道不是『只許州官放火不許百姓點燈』嗎，莫非就因為我是庶出的，妍玉是她親生的，就厚此薄彼到這般境地不成？說我跟楊家的大爺走得近了，他病的時候我確是探過他幾回，但每次去都是與紫萱和珍哥兒一同去的，且不過坐一盞茶的工夫便出來，不信的話問問楊家上下便知道了。但太太說我被孫志浩那惡徒輕薄，皆是因為我不知自愛、舉止輕浮，太太若這般說我，我還有何顏面活在世上！我原先確實犯了錯、丟了柳家的顏面，卻也不是因不知廉恥！今日我所說，若有半句虛言，便叫我五雷轟頂！爹爹要是不信，我也只好一死罷了！」說完便趴在地上痛哭不止。

柳壽峰聽了氣得面色鐵青，他為官多年，比旁人更愛惜羽毛，平日裡以賢人雅士自居，最重名聲。今日婉玉竟在上峰之子跟前講了孫氏如此跋扈，當場便落了他好大的面子。他低頭再看婉玉雙手已腫得好似饅頭一般，越發添了幾分氣性，只礙於有外客在，便對婉玉道：「妳且回去，將藥搽了好生歇歇，我定會問明實情。」

梅書達冷冷道：「府上竟出了這等事了，看來我們也不方便留了。世叔須小心，此事若是讓御史言官知道，免不了便會參上一本，我爹一向器重世叔有名士風範，一直想大力提拔，如今有個好缺便等著世叔頂上去，若在這節骨眼上被人抓了把柄，未免得不償失了。」頓了頓又道：「今兒個我跟我娘到貴府，是想請婉姑娘去梅家住幾日照看珍哥兒，想不到人竟被打成這樣。世叔容我多說一句，即便是婉姑娘有錯在身，也沒有如此下狠手的，姑娘家的手須拈針拿線，若是打壞了，傷筋動骨，將來又該如何呢？」

柳壽峰聽了連連點頭稱是，滿腔的火氣早已拱到喉嚨邊，只強自按壓下來，心中犯疑道：「孫氏真做出這等事？莫非原先她的賢慧皆是騙我的不成？」

——未完，待續，請看文創風075《春濃花開》中卷。

狗屋
文創
風
書虫有禮！
復貴盈門
無鹽妖嬈
競芳菲
名門庶女
春濃花開

五. 活動辦法→

Step1：請挑選一本最愛的狗屋「文創風」書籍，撰寫您的個人書評，
推薦內容字數限50～140字之間。
（請分享看完這本書的心得，或是喜歡這本書的原因。）

Step2：登入「博客來」或「金石堂」會員，找到該書籍頁面進行書評留言。

博客來

KingStone
金石堂網路書店

Step3：成功留下書評後，請直接複製您的書評網址，來信至leaf@doghouse.com.tw，
信件主旨請標明：【我愛文創風！書虫書評_博客來】
(或金石堂，依您實際留言成功的網路書店為準)，信中也務必留下
您的聯絡資料——**真實姓名、聯絡電話、郵寄地址、郵遞區號**。

Step4：耐心等候得獎名單，也別忘了號召狗屋粉絲們一起來寫書評、拿好書哦！

六. 活動辦法→

▶「書虫獎」：**文創風書籍乙本：共計10名**。
（文創風015～016、017～018恕不參加贈書活動，其他皆可由您自行指定。）

▶「加碼獎」：**狗屋好物驚喜福袋，共計 3 名**。
「書虫獎」採隨機抽選，「加碼獎」則由狗屋編輯票選出最用心的三則書評，
得獎名單於4/12公佈在狗屋/果樹天地官網，並同步發佈至粉絲專頁，
請您密切關注官方粉絲團訊息，聯絡資料不完整則視同棄權，不予以遞補得獎者。

七. 注意事項→

1. 參加活動即代表您同意分享您的書評，如經採用，可轉載於狗屋/果樹所發行或維護的媒體、電子報、網站及刊物上，與其他讀友分享。
2. 所有活動相關辦法，皆以本網頁公佈為準，贈書不得折換現金或其他物品。
3. 獎項寄送地區僅限台灣地區，恕不處理郵寄獎品至海外地區之事宜。
4. 狗屋/果樹 有權修改贈書活動的實施權益及辦法。

重生報仇雪恨＋豪門世家宅鬥

同人不同命，同樣重生，
怎麼她就是比別人心酸又辛苦?!

步步為營 佈局精巧／禾晏

獲2010年第一屆晉江文學城&悅讀紀合辦
「女性原創網路小說大賽」**古代組第一名**

春濃花開

可恨哪！
只因愛了個虛情假意的男人，
她葬送了自己的性命，
雖獲重生，卻有家不能回，
有仇不能報，有子不能認……

文創風 074 上

前生，她是一品大官的掌上明珠，才情學識都不輸男兒，
雖然容貌平庸，加上自小腿殘，但憑藉著娘家的權勢，
她得以嫁給芳心暗許的男人，帶著滿腔喜悅，一心與子偕老。
沒想到卻是遇人大不淑，夫君勾搭上她的好姊妹已是殊可恨，
竟還眼睜睜看著小三殺害她，將她推入荷塘……
再睜開眼，她成了同一日裡投湖的柳府五小姐柳婉玉，
可幸的是，如今換了具健全的身子，還擁有絕色嬌顏，
可悲的是，身分卻換成小妾之女，在家不受待見，在外受人非議，
眼下她只能忍氣吞聲，日日看人臉色，處處小心討好，先掙扎著活下來，
再來想方設法報仇雪恨，讓那對奸夫淫婦血債血償！

可笑哪！
四年結髮夫妻，他對她始終冷冷淡淡，
末了還見死不救；
如今她只是換了個好皮囊，
才見幾次面，他竟這般溫柔體貼……

文創風 075 中

如今大仇得報，又與爹娘相認，柳婉玉心願已了了大半，
原想這輩子就守著兒子、侍奉爹娘到天年又有何不可？
可兒子雖然沒了親娘，畢竟是堂堂楊府的嫡重孫，貴不可言，
她一個未出閣的閨女，能護得了一時，卻顧不到一世，
而且還壞了家裡的聲譽，讓爹娘操心，也累得他們無顏面。
看來只能先嫁作人婦，再一步一步來進行認子計劃吧！
說來可笑，那殺千刀的前夫貪她如今嬌容嫵媚、丰姿綽約，
竟然不知恥的搶著來大獻殷勤，妄想娶她做填房，
但讓她再嫁這個人面獸心的畜生，不如讓她再死一次！
倒是那前生不起眼的小叔——庶出的三少爺楊晟之，
對她不但情深義重，又三番兩次的危急相助，
若嫁了他，是不是便能名正言順的成為孩子的娘？

＊隨書附贈 上、中 卷封面圖精緻書卡共二張

可歎哪！
再世為人竟又再次嫁人，
而且是嫁入同一個家門，
不同的是，
這次她絕不再委屈自己了……

文創風 076 下

重生後的婉玉憑了美麗容貌與嫻雅品格，絕色冠金陵，
加上有梅府權貴的身家相傍，要再訂一門好親事很容易，
但俗話說：易求無價寶，難得有情郎，
爹娘中意的人選雖然斯文倜儻、文采風流，又是親上加親，
可聽了些閒言碎語，便跑得不見人影，這樣的人怎堪託付？
唯有那英俊威猛的楊晟之始終相護，不論大小急難都毫不猶豫相幫，
只是有了前車之鑑，爹娘萬萬不肯再將她許配楊家了……
他是楊家不受待見的庶子，連有些頭臉的奴才也都給他臉色看，
原本一心考上功名後，娶個賢妻再討個美妾，人生便已圓滿了。
偏偏老天爺讓他看見了柳婉玉，那感覺好像一下子撞到胸口上，
即便知道她將要訂親，明知自己高攀不上，但他就是不能死心，
從這一刻起，他不再忍氣吞聲、裝傻扮呆，定要想個法子娶到她……

＊隨書附贈 下 卷封面圖精緻書卡

文創風 057 **4**

她深知自己總是看不透周十九，
便不費心猜他，睜隻眼閉隻眼地過了，
而他，卻時不時透露些自己的小事、喜好，彷彿在引她親近，
彷彿對她說，既然成了親，
便有很長、很長的時間，與她慢慢磨……

文創風 058 **5**

成親前，從未想過這個狡猾如狐狸、
狠如虎豹的男人能如此呵護自己，
但關於他的事，真真假假、假假真真，
或許有時也要由她「出擊」，
讓他明白，他想讓她心裡有他，
她也想他心中擱著她這個妻子……

文創風 062 **6**

曾幾何時，
她對周十九的猜疑及不確定淡了，
取而代之的是相信他的許諾，
從前，總覺得相識開始，
他便要將自己掌握在手，
連她的心也要算計，
但如今，
她明白結了婚不是誰拿捏了誰，
誰要主內主外，
卻是累了有個溫暖懷抱可倚靠，
傷心了能放心地落淚……

文創風 072 **7** 完

人只有一生一世，
真正存在的便是當下；
這一生，他既能為她感情用事，
她也能為他要跟上天拚一次，
搏一個將幸福留在身邊的機會——

文創風 071 4

相公生得俊美無比又腹黑無敵，
她孫錦娘也不差，
宅鬥速速上手，如今更能使計設陷阱，
一步步靠近幸福將來……

文創風 073 5

才剛過一陣子舒心日子，
陰謀詭計又接連而來，
當真是應接不暇，
不過他們小倆口也不能任人欺凌，
如今也要將計就計，反將一軍……

文創風 077 6

王府掩藏了十幾年的秘密，
終於一一水落石出，但傷害依舊，
因此她更堅定地要愛，
愛相公、愛家人，
用愛反擊一切陰謀！

文創風 078 7 完

終於能見到相公站起來，
玉樹臨風、英姿凜凜，
教她這個做妻子的多驕傲，
等了這麼多年，經歷各種離別，
他們總算能看見
最終的幸福日子……

文創風
074

春濃花開 上

國家圖書館出版品預行編目資料

春濃花開 / 禾晏著. --
初版. -- 臺北市 : 狗屋, 民102.03-
冊 ; 公分. --（文創風）
ISBN 978-986-328-019-4（上冊：平裝）. --

857.7 102002806

著作者 禾晏
編輯 呂秋惠
校對 林逸雲 黃亭蓁
發行所 狗屋出版社有限公司
地址 台北市104中山區龍江路71巷15號1樓
電話 02-2776-5889～0
發行字號 局版台業字845號
法律顧問 蕭雄淋律師
總經銷 知遠文化事業有限公司
電話 02-2664-8800
初版 102年3月
國際書碼 ISBN-13 978-986-328-019-4
原著書名 《花间一梦》，由北京晉江原創網絡科技有限公司授權出版

定價230元
狗屋劃撥帳號：19001626
網址：love.doghouse.com.tw E-mail：love@doghouse.com.tw